RALF STRACKBEIN

Tristan Irle – Der Luther-Anschlag

In dieser Reihe bereits erschienen:

Tristan Irle und der Rubensmord; Tristan Irle - Eine Leiche auf der HTS; Tristan Irle - Mord Pur; Tristan Irle - Die Abseitsfalle; Tristan Irle - Das sexte Gebot; Tristan Irle und das Rathauskomplott; Tristan Irle - Der Braumeister; Tristan Irle - Gegen den Strich; Tristan Irle - Tödliche Doktorspiele; Tristan Irle - Siegener Maskerade; Tristan Irle - Eisenhart; Tristan Irle - Die Fürstenjagd; Tristan Irle - Lokalzeit; Tristan Irle - Baum fällt!; Tristan Irle - Die zitternden Tenöre; Tristan Irle - Der Killersteig; Tristan Irle - Locht ein!; Tristan Irle hat Lampenfieber; Tristan Irle und der Grabräuber; Tristan Irle - Wo ist Marlowe?; Tristan Irle - Der Bienenstich; Tristan Irle serviert kalte Platte; Tristan Irle - Die letzte Filmklappe; Tristan Irle trifft den Wisent; Tristan Irle - Sturmwind; Tristan Irle - Der Missionsbefehl

Außerdem erschienen:
Der Billy-Code, Mord im schwedischen Möbelhaus
Wolkenmord, 12.000 Meter über Afrika
Das Aschebuch
Die ägyptische Totenbarke

Hörbücher:
Tristan Irle serviert kalte Platte
Tristan Irle - Die letzte Filmklappe

Der Autor:

Ralf Strackbein studierte Literaturwissenschaft, Politikwissenschaft und Angewandte Sprachenwissenschaft. Er beendete sein Studium erfolgreich als Master of Arts (Magister Artium). Er schrieb während des Studiums als Freier Mitarbeiter Reportagen und Filmkritiken für eine große Tageszeitung. Gegen Ende des Studiums veröffentlichte er seinen ersten Kriminalroman „Tristan Irle und der Rubensmord“. Die Romanreihe umfasst mittlerweile 27 Tristan-Irle-Krimis. 2012 wird er als „Sprachvorbild“ vom Verein Deutscher Sprache ausgezeichnet. Der Autor lebt in Siegen.

Ralf Strackbein

Tristan Irle

Der Luther-Anschlag

Ein Siegerländer Kriminalroman

Magolves-Verlag
Siegen

www.magolves.com

Deutsche Erstveröffentlichung
1. Auflage
Oktober 2017
Magolves-Verlag, Siegen

Umschlag: Michaela Herbst und Ralf Strackbein
Satz und Buchherstellung:
Vorländer GmbH & Co. KG, Siegen

ISBN: 978-3-935378-42-0

Das Buch wurde auf chlorfrei gebleichtem Papier gedruckt.

Zum Buch

Warnhinweis an Fromme:
Achtung, dieser Krimi könnte an der ein oder anderen Stelle Ketzerei enthalten.

Warnhinweis an Gutmenschen:
Achtung, dieser Krimi ist nicht immer politisch korrekt. Und wie das so ist, wenn Positionen bezogen werden, gibt es ein hier und ein da drüben.

Erinnerung:
Zitat aus der Präambel des Grundgesetzes: *Im Bewusstsein seiner Verantwortung vor Gott und den Menschen, von dem Willen beseelt (...) dem Frieden der Welt zu dienen.*

Es ist davon auszugehen, dass die Väter und Mütter des Grundgesetzes den christlichen Gott gemeint haben, zu dem ich mich als Christ bekenne.

Zum Schluss sei angemerkt, dass alle beschriebenen Charaktere erfunden sind. Jede Ähnlichkeit mit realen Tatbeständen, lebenden oder juristischen Personen, Örtlichkeiten, Körperschaften, Unternehmen, Gesellschaften oder Organisationen, natürlichen und übernatürlichen Hierarchien, ist rein zufällig.

Ralf Strackbein
Siegen, September 2017

Kreis Siegen-Wittgenstein

Übersichtskarte

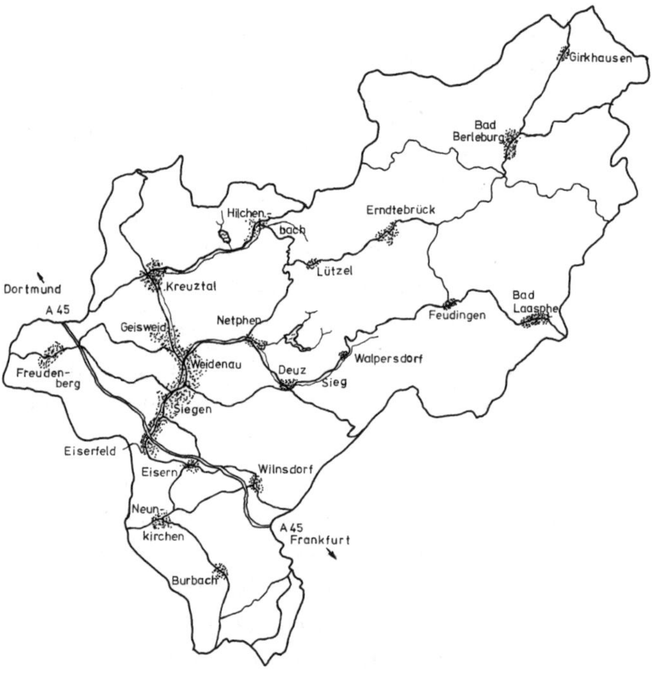

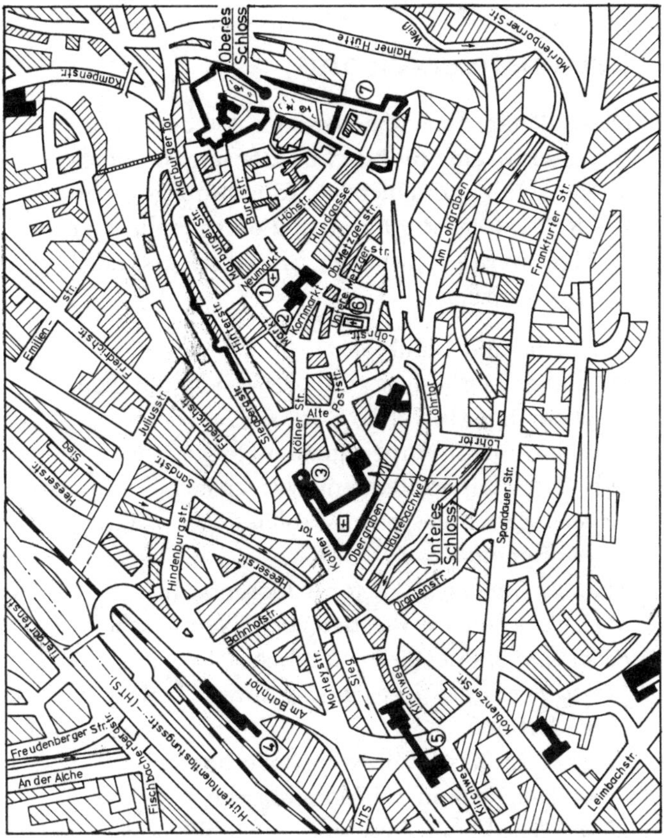

1 Nikolaikirche

2 Rathaus I und Marktplatz

3 Dicker Turm mit Glockenspiel

4 Hauptbahnhof

5 Landgericht

6 Marienkirche und Tristans Zuhause

7 Schlosspark

Personenverzeichnis:

Dieses Verzeichnis von Personen soll dem Leser, der Leserin, eine praktische Hilfe sein. Es ist als Vereinfachung und nicht als Täuschung gedacht. Die Reihenfolge der Figuren, die sich mehr oder weniger in das Geschehen einmischen, ist nach Gruppen sortiert.

Geistliche und Gläubige:
Das Opfer, *Martin-Lukas Luther*, Synodenmitglied, ehemaliger Juwelier,
Immanuel Breuer, Superintendent Siegen,
Josef Ritter, Superintendent Wittgenstein,
Johanna Rössel, Pastorin Nikolaikirche, Mitglied der Synode,
Matthias Montanus, Pastor in Gosenbach,
Magdalena Hübner, Presbyterin in Neunkirchen,
Peter Müller, Priester in Netphen,
Monsignore Frederick Königsberg, Anwalt, Erzbistum Paderborn,
Generalvikar des Erzbistums Paderborn,
Erich Roth, Diakon der Marienkirche,
Elisa Solms, Vorsitzende der Frauenhilfe,
Lothar Kehl, Kunsthistoriker und ehemaliger Presbyter.

Staatsmacht:
Friedrich Büdenbender, Oberstaatsanwalt mit Modetick,
Wilhelm Flender, Polizeidirektor und leidenschaftlicher Jäger,

Norbert Pfeiffer, Hauptkommissar und Chef der Mordkommission,
Werner Holzbaum, frisch beförderter Hauptkommissar in Pfeiffers Mordkommission
sowie diverse Lokalpolitiker.

Detektiv und Freunde:
Tristan Irle, Privatdetektiv und Freund Erichs,
Helga Bottenberg, Freundin von Tristan und Elisa,
Sina Santes, Computernerd und Erichs Schützling,
Lena Hartmann, Radioreporterin mit einem Gespür für heiße Geschichten
sowie
Marlowe, der sprechende Kakadu.

1. Gott, vergib!

Freitag – irgendwo im Kreisgebiet

»Gott, vergib!« presste die Gestalt leise ins Zwielicht eines Gewölbes. »Vergib unser Versagen, unseren Verrat und unsere Feigheit.«

Das Gewölbe roch nach feuchter Erde. Licht fiel durch ein vergittertes Fenster. Die wenigen Sonnenstrahlen versanken im grauen Nichts, das sich um einen Schatten gelegt hatte. Dabei hätte ein kleiner Handgriff die Gruftatmosphäre vertreiben können. Unter der gewölbten Decke hing eine Reihe ausgeschalteter Neonleuchten. Die Schattengestalt interessierte die Beleuchtung nicht. Sie hielt eine Bibel in der Hand.

»Vater unser im Himmel«, begann sie zu sprechen, »geheiligt werde dein Name.« Leise flüsterte sie die Worte des Gebetes, wie es Jesus gelehrt hatte. Nach einem lauten „Amen" verstummte die Stimme. Die Gestalt bewegte sich auf einen Gegenstand zu. Verstört schüttelte sie den Kopf, als sich ihr wütendes Gesicht verzerrt in dem Gegenstand spiegelte. Erneut begann sie vor sich hin zu schimpfen.

»Vergib! Wir haben es so weit kommen lassen und nicht gemerkt, dass wir uns verleugnen. Was hilft Barmherzigkeit, wenn wir dabei die Quelle aller Barmherzigkeit mit falschen Absichten zuschütten? Wenn der Teufel in Gestalt der Hilfsbereitschaft Einzug hält, wer kann da noch „Gut“ und „Richtig“ auseinanderhalten?

Wir müssen kämpfen!«

2

»Der Hammerschlag hallte bis nach Rom.« Martin-Lukas Luther, ein schlanker, hagerer Mann mit durchdringendem Blick, machte eine Pause. Seine braunen Augen schienen zu glühen, als er die Männer und Frauen im Raum ansah, die in einem Halbkreis um ihn saßen. »Gedruckt auf geschöpftem Papier verkündete mein Namensvetter am Vorabend des Allerheiligenfestes im Jahre des Herrn 1517, dass der Papst unrecht hatte, und er belegte dies in 95 Thesen.«

»Es ist gar nicht bewiesen, dass Luther die Thesen an die Tür der Schlosskirche zu Wittenberg geschlagen hat«, warf ein in Schwarz gekleideter Mann ruhig ein.

»Ach, der Diakon Erich Roth von der Marienkirche in Siegen.« Martin-Lukas musterte einen zwei Meter großen Mann, während sich ein scharfes Lächeln um seinen Mund bildete. Er griff zu einem Tablet, das auf einem Tisch lag, der neben ihm stand, tippte auf das Display und sagte dann in einem überheblichen Tonfall: »Als einem katholischen Priester verzeihe ich Ihnen Ihre Unwissenheit. Aber Georg Rörer, Luthers engster Mitarbeiter, notierte 1544, ich zitiere:

›Im Jahr des Herrn 1517 am Vorabend von Allerheiligen sind in Wittenberg an den Türen der Kirchen Thesen über die Ablässe angeheftet worden, von Doktor Martin Luther.‹«

Er legte das Tablet wieder zurück, atmete tief ein und postulierte: »Wir können mit Sicherheit sagen, dass die Thesen am 31. Oktober 1517 an der Tür der Kirche hingen.«

Die Männer befanden sich im Speisesaal eines abgelegenen Freizeitlagers, das oberhalb von Wemlighausen in einem kleinen Hain lag. Mit ihnen zusammen saßen noch zehn weitere Personen im Raum. Sie alle hatten gemeinsam, dass sie von ihren Kirchen als Vertreter zu dieser Zusammenkunft bestimmt worden waren.

Im sogenannten *Luther-Jahr* waren namhafte Vertreter des Bistums Paderborn sowie der Evangelischen Kirche von Westfalen auf die Idee gekommen, kontemplativ, also besinnlich, beschaulich und durchaus tiefsinnig, zusammen die Glaubensgrundsätze beider Konfessionen zu erörtern. Also hatte man die Kirchenkreise von Siegen und Wittgenstein gebeten, Pastoren und Pastorinnen sowie Presbyter und Presbyterinnen auszuwählen, um sie gemeinsam mit katholischen Priestern über ein Wochenende in ein Freizeitlager zu stecken, das hinter Bad Berleburg sozusagen im Niemandsland lag.

Die Katholiken hatten beim Anblick des Ausflugsortes die Nase gerümpft und waren daran erinnert worden, dass die Protestanten Schmucklosigkeit dem Prunk vorzogen. Die Protestanten hatten die Stirn gerunzelt, da sie hinter der Schlichtheit des Ausflugszieles eine Verschwörung der Katholiken gegen ihre Kirche sahen. Keiner der Anwesenden wusste, dass die Auswahl zufällig von einem Sachbearbeiter im Kreiskirchenamt Siegen-Wittgenstein getroffen wurde, der zuvor mit einer CVJM-Freizeit dort eine schöne Woche verbracht hatte. Das Bistum Paderborn nickte den Ort freudig ab, da die Abgeschiedenheit versprach, keinen der verwöhnten Priester entkommen zu lassen.

So fand sich eine zwölfköpfige Schar von Kirchenleuten ein, die an einem Freitagabend im Spätsommer des Jahres 2017, in Gottes schöner Schöpfung, mehr oder weniger würdevoll, der 500 Jahre Reformation gedenken wollten.

Die Sonne warf an diesem Tag ihre letzten Strahlen durch eine Reihe von Sprossenfenstern, die den Speisesaal des Freizeitlagers in ein mystisches Licht tauchten. Obwohl einige der Anwesenden in Physik aufgepasst hatten und wussten, dass der goldene Lichteffekt durch den Rotanteil des langwelligen Sonnenlichtes entstand, wurden sie doch alle von der göttlichen Inszenierung berührt.

Martin-Lukas hielt einen Moment inne, betrachtete die Staubpartikel, die die Sonnenstrahlen auffunkeln ließen, als seien sie Sterne. Dann sagte er in einem sonoren Tonfall, den man ihm gar nicht zutraute: »Es spielt doch gar keine Rolle, ob die Thesen an die Tür genagelt wurden. Wir sollten endlich anfangen, unseren Glauben wieder ernst zu nehmen. Ihn nicht mit Gutmenschentum verwechseln und für Gottes Wort kämpfen!«

Die anderen sahen ihn fragend an.

Das Mitglied des Kreissynodenvorstandes sprach leise weiter: »Mein Namensvetter spaltete 1517 die Christengemeinde – und das war gut so. Aber als 1529 der Türke vor Wien stand, wütete der Muselmane unter der Christenheit, dass es einer Predigt bedurfte, die Luther 1530 „wider den Türken" hielt, um die gespaltene Christenheit gegen den Teufel zu vereinen.«

Er blickte starr auf seine Zuhörer: »Liebe Glaubensbrüder und -schwestern, wir werden heute wieder von den Türken belagert, doch statt sie als das zu bezeichnen, was sie sind: verdammte Seelen, die in der Hölle landen, verleugnen wir unseren Glauben und lassen die Teufel in unserem Land gewähren.«

Es herrschte plötzlich Stille in dem Raum. Sie wirkte so bedrückend, dass das Knarren der alten Holzstühle, auf denen die Zuhörer und Zuhörerinnen unruhig hin- und herzurutschen begannen, weit entfernt klang.

Martin-Lukas begann mit einer Stimme aus Luthers Predigt zu rezitieren, die dem Ablassprediger Johann Tetzel gefallen hätte: »*Bisher haben wir nun gesehen, wofür der Türke und sein mohammedanisches Reich nach der Heiligen Schrift zu halten sei, nämlich dass er ein Feind Gottes und ein Lästerer und Verfolger Christi und seiner Heiligen durch Schwert und Streit sei, sodass er gleich darauf gerichtet und gestiftet ist, mit Schwert und Kriegführen gegen Christus und die Seinen zu wüten. – Sondern sie sind alle dem Teufel zu eigen und von dem Teufel besessen wie ihr Herr Mohammed und der türkische Kaiser selbst. Überlege: wie wolltest du handeln, wenn du zur Zeit der Märtyrer gelebt hättest, da dich auch die bösen Kaiser und Tyrannen um Christi willen erwürgt hätten? Was ist nun der Türke mit seinem Streiten anderes als ein solcher böser Tyrann, der Gottes Heilige tötet und zu Märtyrern macht?*«

Er machte eine weitere Pause und sagte dann: »Wir müssen endlich wieder unseren Glauben bekennen, und das heißt, dass es nur einen Gott gibt, dessen Sohn Jesus Christus uns erlöst hat. Das heißt, dass wir den Muselmann als das bezeichnen, was er nach unserem Glaubensverständnis sein muss, eine verlorene Seele, die wir retten müssen. Schluss mit dem Gutmenschentum, wir haben von Christus einen Auftrag erhalten! *Gehet hin in alle Welt und predigt das Evangelium aller Kreatur. Wer da glaubt und getauft wird, der wird selig werden, wer aber nicht glaubt, der wird verdammt werden*. Es wird Zeit, dass wir uns nicht länger selbst verleugnen!«

Martin-Lukas setzte sich und schwieg.

Erich Roth, der Diakon der Marienkirche, löste sich als Erster aus der Starre, die die Worte ausgelöst hatten.

»Das ist nicht Ihr Ernst?« fragte Erich leise.

»Und wie das mein Ernst ist«, antwortete Martin-Lukas so entschlossen, dass jedermann im Raum keinen Zweifel daran hatte, dass er sich zum Märtyrer machen wollte.

»Wollen Sie zu den Scheiterhaufen zurück?« rief Matthias Montanus, ein evangelischer Pastor aus Gosenbach.

»Darum geht es doch nicht«, wehrte sich Martin-Lukas und sprang auf. »Die Heiden sind verdammt, wer das nicht glaubt, ist hier fehl am Platz. In Matthäus 10 Vers 32–33 steht. ›*Wer nun mich bekennt vor den Menschen, den will ich auch bekennen vor meinem himmlischen Vater. Wer mich aber verleugnet vor den Menschen, den will ich auch verleugnen vor meinem himmlischen Vater.*‹

Wir verleugnen unseren Herrn, wenn wir zusehen, wie die Heiden durch unsere Straßen laufen und alles besudeln, was uns heilig ist. Wir sollten aufstehen und klarmachen, dass es nur einen Gott gibt. Doch das haben wir wohl vergessen!«

»Dann wären wir nicht besser als die Fanatiker«, sagte Montanus. »Das hätte Martin Luther nicht gewollt.«

»Hier geht es nicht um das, was der große Reformer wollte«, zischte sein Namensvetter wie eine Natter. »Es geht darum, dass Protestanten und Katholiken ihren Glauben verraten, weil sie gar nicht mehr an den *einen Gott* glauben! Denn wie sonst soll man verstehen, dass keiner unserer

Vertreter klar sagt, dass der Gott der Heiden der Teufel ist! Und schlimmer, dass man mit diesen Teufeln auch noch zusammen einen Gottesdienst feiert!

Wir müssen uns nicht wundern, wenn unsere Kirchen leer bleiben. Es scheint doch so, dass es scheißegal ist, an welchen Gott man glaubt! Man bekommt doch eh das ewige Leben!«

»Wir haben das Grundgesetz!« Johanna Rössel, Pastorin der Nikolaikirche in Siegen, stand auf. »Ich kenne deine Ansichten, Martin-Lukas, sie waren schon immer, sagen wir, extrem. Aber jetzt überspannst du den Bogen. Wir wollen keine Hetze!«

Johanna Rössel blickte wütend auf ihren Glaubensbruder. Ihre Augen leuchteten kampflustig, als sie fortfuhr. »Ich denke, in einer Sache hast du recht. Wir sollten unsere Werte, unser Menschenbild, unseren Glauben exzessiver darstellen. Wir haben viel zu bieten. Aber nicht auf Kosten anderer.«

»Siehst du, jetzt verleugnest du unseren Glauben schon wieder«, giftete Martin-Lukas. »Es ist nicht falsch, für das Leben, für den wahren Gott einzutreten. Wir müssen kämpfen!«

3

Auch Tristan Irle, Privatdetektiv, kämpfte, allerdings nicht mit Glaubensfragen. Ein profaner grauer Bindfaden weigerte sich, durch das Nadelöhr einer Nähnadel zu gleiten. Je länger das *Fummeln* mit dem Faden dauerte, desto näher schlitterte Tristans Gemütszustand auf einen Abgrund zu, was man an einem zunehmend verkrampften Gesichtsausdruck ablesen konnte.

Das war außergewöhnlich, denn der Mann war einiges gewohnt. Man hatte auf ihn geschossen, sein Auto sabotiert und ihn mit Messern attackiert. In all den Fällen war Tristan Irle Herr der Lage geblieben und sein bedächtiger Gemütszustand hatte für klare Entscheidungen gesorgt.

Doch nun?

Nun starrten ihn ein Dutzend Frauenaugen an. Ihre schaulustigen Blicke setzten den Privatdetektiv unter Druck, als seien sie die Herdplatte, auf der ein Dampfkessel stand.

Dabei hatte alles harmlos begonnen.

Tristan Irle hatte seinen langjährigen und besten Freund Erich Roth nach Wemlighausen chauffiert, wo der Diakon an einer ökumenischen Sitzung teilnahm. Da Tristan auf dem Rückweg nach Siegen durch Lützel fahren würde, entschied er, bei seiner Lebensgefährtin Helga Bottenberg, die unweit des Dorfes eine Pension und ein Restaurant betrieb, vorbeizuschauen.

Wie so oft an einem Freitagabend war das Restaurant gut besucht. Eine Gruppe Frauen aus dem Frauenhilfe-Verein Lützel und Erndtebrück saß zusammen, um einen gemeinsamen Ausflug nach Wittenberg zu planen. Die anderen Gäste waren Wanderer, die man an ihrem festen Schuhwerk als solche erkannte.

Tristan hatte die Gäste nicht groß beachtet. Er war mit seinem Haustier, einem weißen Kakadu, der auf seiner Schulter saß, über einen Nebeneingang in Helgas Wohnung gegangen. Dort hatte er Marlowe, den Kakadu, auf einer kleinen Kletterstange abgesetzt und sich dabei ein Loch in seine Strickjacke gerissen.

Der Privatdetektiv war jahrelang ohne Frau im Haushalt ausgekommen und so war es für ihn selbstverständlich, das Loch selbst zu flicken. Dummerweise kannte er sich in Helgas Wohnung nicht so gut aus, als dass er gleich gewusst hätte, wo Helga ihr Nähzeug aufbewahrte. Also war er ins Restaurant gegangen, um sie danach zu fragen.

Damit fing alles an.

Die Damen der Frauenhilfe schnappten Tristans Frage auf und wurden neugierig. Helga, die Mitglied in der Frauenhilfe Lützel war, lobte die Nähkunst ihres Freundes in höchsten Tönen, was Skepsis bei den anderen weckte. Ein Wort führte zum nächsten und ehe Tristan verstand, was da mit ihm geschah, saß er mit einem Faden in der einen und einer Nähnadel in der anderen Hand vor einer Gruppe gestandener Frauen, um zu beweisen, dass er ein Loch ordentlich flicken konnte.

Da saß er nun und der verdammte Faden wollte nicht durch das Nadelöhr.

»Also, ich will jetzt keine Schande erleben«, flüsterte Helga ihrem Freund zu, während sie ihm die gerissene Strickjacke reichte.

»Muss das wirklich sein?« Tristan hätte sich die Frage sparen können. Die geballte Frauenhilfe zweier Ortschaften stand um ihn herum. Der Gesichtsausdruck der engagierten Damen sagten dem Detektiv, dass es kein Entrinnen gab. Er seufzte laut und versuchte erneut den Faden durchs Nadelöhr zu schieben.

»Das ist ja fast so wie im Gleichnis von dem Reichen, der durch ein Nadelöhr gehen muss«, sagte eine der Frauen.

»Irmgard, das ist ein Kamel, das durch das Nadelöhr geht, bevor ein Reicher in den Himmel kommt«, erklärte Elisa Solms, die Vorsitzende des Bezirksverbandes der Siegerländer Frauenhilfe.

Die rothaarige Lehrerin übte das Amt jetzt im dritten Jahr aus. Die Menschen liebten ihre charmante Art, mit der sie ihre Ziele verfolgte. Sie wirkte nie arrogant oder aufdringlich und hatte für jeden ein offenes Ohr. Diese positiven Charaktereigenschaften und ihr ausgezeichneter Modegeschmack halfen vielen Gemeindemitgliedern, über ihre natürlichen Reize hinwegzusehen, die beim männlichen Geschlecht, nun sagen wir, Fantasien auslösten, die wenig heilig waren. Die pubertierenden Jungs auf dem Schulhof ihrer Schule sahen das entspannter und bescheinigten ihrer Lehrerin in ihrer Sprache, dass sie eine echte „Schleckrosine“ war.

Elisa Solms konnte Menschen für eine Sache begeistern. So war es keine Hexerei, dass die Mitglieder der Frauenhilfe im Kreis hinter ihrem Bezirksvorstand standen. Sie wussten, dass sich Elisa im Kreiskirchenamt durchsetzen konnte – und dies zählte.

»Also, das wird heute nichts mehr«, sagte Irmgard.

»Das ist jetzt nicht hilfreich«, mahnte Helga, die Tristans Schwierigkeiten erkannte und fieberhaft nach einer Lösung suchte.

»Also, bis jetzt ist er nicht sehr beeindruckend«, meinte Elisa trocken.

»Meine Damen, bitte«, schnaufte Tristan und in dem Moment ging das Fadenende durch das Nadelöhr. »Wer sagt es denn«, grinste der Detektiv.

Mit ein paar schnellen Handgriffen band er den Faden am Ende zusammen und begann das Loch in der Strickjacke zu stopfen.

»Ich muss mich korrigieren, das sieht gut aus«, nickte Irmgard anerkennend.

»Ja, das wird ein ordentlicher Flicken werden«, bestätigte auch Elisa und schaute auf ihre Armbanduhr. »Ihr Lieben, ich muss euch jetzt verlassen.«

»Was, jetzt schon!« Helga blickte enttäuscht zu der Vorsitzenden. »Wir haben noch nicht geklärt, welches Busunternehmen fahren soll. Und außerdem wollen wir doch noch andere Gemeinden einbeziehen.«

»Ich schicke dir per Mail eine Liste von vertrauenswürdigen Busunternehmen«, antwortete Elisa entschieden, »aber ich bin wirklich spät dran. Ihr könnt euch ja schon mal ein paar Gedanken machen, wie wir die anderen Gemeinden einbeziehen können. Was schulde ich dir?«

Elisa Solms hielt Helga einen Deckel hin.

Die Pensionsbesitzerin rechnete die Striche zusammen und ging mit Elisa an die Kasse.

»Es war schön bei euch«, sagte Elisa freundlich, während sie das Wechselgeld im Portemonnaie verstaute, »aber es ist noch eine halbe Weltreise zurück nach Siegen. Und ich habe noch einen Termin. Wir sehen uns!«

Sie verabschiedete sich und eilte dem Ausgang entgegen.

Unterdessen hatte Tristan das Loch in seiner Jacke perfekt gestopft. Ein schmeichelnder Applaus weckte die Neugier der anderen Restaurantbesucher.

»Das ist aber nicht nötig.« Tristan stand auf und lächelte verlegen. Er fand es ein wenig peinlich, wegen seiner Stopfarbeiten wie ein Held gefeiert zu werden. »Ich verlasse Sie jetzt.«

»Wo willst du hin?« rief ihm Helga nach, als er sich durch den Kücheneingang des Restaurants verziehen wollte.

»Hoch in deine Wohnung«, antwortete Tristan. »Marlowe ist dort ganz allein!«

»Oh, dann aber schnell, bevor der kleine Racker mir noch die Tapete von der Wand knabbert.«

Marlowe, der kleine Racker, saß brav auf seiner Stange im Flur der Wohnung. Der australische Kakadu mochte es, an Dingen herumzuknabbern, besonders Papierecken und Schnürsenkel waren vor ihm nicht sicher. Doch momentan war er schlecht gelaunt. Seinen Gemütszustand konnte man an seinem leicht geknickten Kamm erkennen. Als der Detektiv die Treppe im Flur hinaufschritt, richtete sich der Kamm auf und Marlowe plusterte sich auf.

»Na, Marlowe, hast du mich vermisst?« fragte Tristan, oben angekommen.

Der Kakadu wandte sich von seinem Herrchen ab und brabbelte: »Einsam irr ich durch die Gassen, / durch den Regen, durch die Nacht. / Warum hast du mich verlassen, / warum hast du das gemacht?«

4

Verlassen fühlte sich auch Martin-Lukas unter seinen Glaubensbrüdern.

Warum konnten sie ihn nicht verstehen, da sie ihn doch eindeutig hörten?

»Es gibt nur eine Quelle des Glaubens, und das ist die Heilige Schrift«, sagte Martin-Lukas energisch. »In ihr steht, dass wir unseren Glauben bekennen sollen!«

»Unsinn!« rief Erich Roth. »Es gibt zwei Säulen der Kirche und des Glaubens. Das sind die

Heilige Schrift und die Überlieferung unserer Tradition.«

»Bei euch Katholiken vielleicht«, antwortete Martin-Lukas abfällig.

»Ruhig, wir wollen uns nicht streiten«, mahnte Pastorin Johanna Rössel freundlich.

»Richtig, wir wollen uns nicht streiten«, sagte Peter Müller, ein katholischer Pfarrer aus Netphen. »Dass dies gelingt, dafür bedarf es aber der Achtung und des Respekts untereinander. Wir kennen die Unterschiede, die uns trennen.«

»Ja, genau«, schnaufte Martin-Lukas, »sie sind nebensächlich, wenn wir dabei sind, unsere Mitglieder in beiden Kirchen zu verlieren.«

»Wir gewinnen sie nicht zurück, indem wir andere ausgrenzen«, brummte Erich wütend.

»Was soll das? Wenn ich mich zur Dreifaltigkeit von Vater, Sohn und Heiligem Geist bekenne, dann ist für keinen anderen Platz. Und wenn ich mich damit zufriedengebe, die zu ignorieren, die nicht an Gott glauben, sie gewähren lasse, dann sage ich doch nur, dass es egal ist, an was ich glaube und dass jeder machen kann, was er will!« Martin-Lukas schritt aufgewühlt umher.

»Wenn man diesen Gedanken zu Ende führt, dann brennen bald wieder Scheiterhaufen. Das ist Hetze! Ich will mir das nicht länger anhören!« Erich stand auf. »Ich bin draußen!«

»Die Kirchen haben keine weltliche Macht mehr«, erwiderte Martin-Lukas trotzig und blieb stehen. »Wir können keinen verhaften lassen, wenn er zu *Manitou* oder wem auch immer betet. Wir können aber unsere Position mit dem Wort vertreten.«

Der zwei Meter große Mann ging schweigend zur Tür und trat in die Abenddämmerung. Die Luft war kalt und erfrischend. Der Diakon machte ein paar Schritte auf den kleinen Teich zu, der unweit des Speisesaals angelegt war. Das Freizeitlager bestand aus mehreren Hütten, die um das Hauptgebäude aufgestellt waren. In einer dieser Hütten würde er mit einem Kollegen heute Nacht schlafen.

»Er hat recht«, sagte eine sanfte Frauenstimme hinter ihm. »Wir können keinen mehr im Namen Christi auf den Scheiterhaufen schicken.«

»Hallo, Frau Rössel.« Erich nickte Johanna freundlich zu.

Wie alle Teilnehmer trug auch die Pastorin gemütliche Straßenkleidung. Sie hatte sich für einen weniger formellen Kleidungsstil entschieden. Ein dunkelblauer Blazer, den sie zu einer weißen Bluse trug, und Bluejeans mit flachen Sneakers waren ihrer Meinung nach dem Ausflugsort angemessen.

»Schön ist es hier«, sagte sie, während ihr Blick über den Teich streifte. »Hier kann man den ganzen Wahnsinn unserer Zeit glatt vergessen.«

»Es gab schon immer Wahnsinn auf Erden, aber dieser ist gefährlich«, antwortete Erich und blickte auf den Teich. »Als ich damals durch Schwarzafrika gepilgert bin, war es eigentlich nicht anders.«

»So?!« Sie machte eine Pause, dann sagte sie: »Wussten Sie, dass man in unseren Kreisen oft über diese Missionsreise spricht?«

Erich schüttelte den Kopf.

Johanna Rössel blickte ihn mit einem Lächeln an. »Oh, ja, das tun wir. Sie haben die Statur eines Athleten und ein Gesicht, das einer römischen Büste alle Ehre machen würde. Das alles macht Sie imposant, und dann die Geschichten. Ist das mit dem Löwen wirklich geschehen?«

»Welche Löwengeschichte meinen Sie, die in Kenia oder die aus dem Senegal?« Der Diakon schmunzelte nachdenklich.

»Sehen Sie, das meine ich.« Johanna schüttelte ihren Kopf. »Sie sind unglaublich und merken es nicht einmal.«

»Sie hätten mich damals sehen sollen.« Erich legte ein breites Grinsen auf. »Mit meinem Wanderstab in der Hand und gekleidet in meine schwarze Soutane trotz gleißendem Sonnenlicht, das machte Eindruck. Außerdem habe ich einen mächtigen Schatten geworfen.«

»Das kann ich mir gut vorstellen«, nickte sie. »Ihre Erscheinung muss ein Statement gewesen sein. Man sagt, Sie hätten den Wanderstab aus Afrika noch heute.«

»Oh, ja«, nickte der Diakon. »Ich will mit ein paar Teilnehmern zurück nach Siegen wandern. Deshalb habe ich ihn dabei. Möchten Sie ihn einmal sehen?«

»Das wäre sehr nett von Ihnen«, freute sich die Pastorin. »Auch wenn bei uns Protestanten die

Bischofsstäbe keine liturgische Bedeutung mehr haben, so ist doch der Wanderstab ein mächtiges Symbol, da die Apostel sicherlich auf ihren Reisen Wanderstäbe benutzten.«

»Ich denke, dieses Nostalgiebild stammt aus den Monumentalfilmen Hollywoods, mit denen wir aufgewachsen sind«, grinste Erich. »In *Quo vadis* läuft Petrus ständig mit einem Stab durch die Szene, aus dem zum Schluss sogar ein Rosenbusch wird. Und vergessen Sie Charlton Heston nicht als Moses!«

Johanna Rössels Handy klingelte. Sie zog das Telefon aus der Innentasche ihres Blazers und sah auf das Display.

»Oh, entschuldigen Sie, da muss ich rangehen.« Sie nahm den Anruf entgegen.

Da Johanna sich nicht abwandte, konnte Erich das Gespräch mithören. Er bekam mit, dass es sich um eine Aktion zur 700-Jahr-Feier der Nikolaikirche handelte, er hörte ebenfalls, dass Johanna sich über Martin-Lukas' Auftritt echauffierte. »Nein, es wird hoffentlich nicht zu einer Prügelei kommen«, flüsterte sie. »Außerdem ist Diakon Erich Roth ebenfalls hier. Er kam mit seinem Wanderstab, um nach Siegen zurückzuwandern ... Ja, mache ich. Wir sehen uns dann.«

Sie legte auf.

»Einen schönen Gruß von Lothar Kehl, einem ehemaligen Presbyter meiner Kirche. Er hilft mir bei der Planung des Jubiläums.«

»Sie meinen die 700-Jahr-Feier der Nikolaikirche?« hakte Erich nach.

»Genau«, nickte Johanna.

In diesem Moment flog die Tür zum Speisesaal auf und Matthias Montanus stürzte heraus.

»Sie müssen sofort kommen!« rief er laut.

Erich und Johanna eilten zurück in den Speisesaal. Martin-Lukas grinste höhnisch, als er die beiden in den Speisesaal treten sah. Er stand an einem Fenster zusammen mit Magdalena Hübner, einer Presbyterin aus Neunkirchen. In der Mitte des Saals empörten sich zwei Vertreter der katholischen Kirche lautstark vor zwei evangelischen Pastoren. Dabei wirbelten die Priester wild mit ihren Armen, als kämpften sie gegen den auferstandenen Antichrist. Die beiden Pastoren taten es ihnen gleich. Noch hielten die vier einen Meter Abstand voneinander, doch die aufgeheizte Stimmung konnte jederzeit zu einer Schlägerei eskalieren.

»Was ist hier los?« schrie Erich im Kommandoton eines Feldwebels bei der Grundausbildung.

Augenblicklich verstummte das Gezeter.

»Martin-Lukas, was hast du getan?« fragte Johanna enttäuscht.

»Gar nichts habe ich getan«, zischte er zurück.

»Das ist korrekt«, ergänzte Magdalena Hübner und blickte zu den beiden Pastoren.

»Ja, Frau Rössler, Herr Luther war nicht beteiligt«, nickte der Pastor beschämt. »Ich habe mich hinreißen lassen.«

»Und bei Ihnen?« Erich musterte seine Amtskollegen. »Haben Sie sich auch hinreißen lassen?«

»Er hat den Papst beleidigt«, antwortete der angesprochene Priester und deutete auf den evangelischen Pastor. »Wir konnten das nicht so hinnehmen.«

»Der Papst braucht nicht verteidigt zu werden«, schnaufte Erich und sah in die Runde. »Wir sind hier, um Gemeinsamkeiten zu entdecken.«

»Zum Beispiel, dass beide Kirchen ihren Glauben negieren, um es allen recht zu machen«, knurrte Martin-Lukas.

»Lass es gut sein!« schimpfte Johanna. »Es scheint, dass dieses Treffen schon viel früher hätte stattfinden müssen. Sie benehmen sich wie im Kindergarten! Vielleicht sollte Diakon Roth seinen Wanderstab zur Ordnung einsetzen.«

»Gewalt ist keine Lösung«, antwortete Erich reflexartig, doch dann grinste er und sah zu Martin-Lukas. »Allerdings hat eine ordentliche Abreibung noch keinem geschadet.«

»Ist das eine Drohung, Herr Roth?« Martin-Lukas verengte seine Augen, ballte eine Faust und ging langsam auf Erich zu. »Glauben Sie mir, ich kann mich wehren!«

»Jetzt ist es aber genug! Machen wir eine Pause und treffen uns später wieder hier.« Johanna sah freundlich in die Runde. »Hat jeder seine Hütte bezogen?«

Die Anwesenden nickten oder bestätigten es mit einem unverständlichen Gebrummel.

»Wer kümmert sich um das Abendbrot?« fragte Matthias Montanus, dem das leibliche Wohl sehr am Herzen lag.

Johanna, die neben ihrer Tätigkeit als Gemeindepfarrerin auch noch im Vorstand der Kreissynode als Schriftführerin tätig war, hatte die inoffizielle Leitung des Ausflugs übernommen. Deshalb sagte sie jetzt: »Wir hatten einen Grillabend geplant. Wenn sich jemand ums Feuer kümmern könnte?«

»Das mache ich«, sagte Erich spontan, »wenn mir jemand den Grill zeigt.«

»Es gibt eine kleine Grillhütte«, antwortete Johanna, »gleich nebenan.«

5

Hauptkommissar Norbert Pfeiffer und der kürzlich zum Hauptkommissar beförderte Werner Holzbaum saßen in Habachtstellung im Flur des Gerichtsgebäudes an der Berliner Straße. Oberstaatsanwalt Friedrich Büdenbender hatte die Beamten einbestellt, um mit ihnen eine Public-Relation-Angelegenheit zu besprechen.

»Was soll diese Warterei!« fluchte Pfeiffer, der gerne seine neue E-Zigarette benutzt hätte.

»Wir warten hier auf Büdenbender, wie es uns der Polizeidirektor Flender aufgetragen hat«, antwortete Werner Holzbaum gelassen.

Die beiden Kommissare bildeten ein in jeder Hinsicht auffälliges Gespann. Auffällig waren ihre unterschiedlichen körperlichen Maße, die dem Betrachter nicht selten ein Schmunzeln entlockten. Der wieselartige Pfeiffer, dessen Extremitäten ständig in Bewegung waren, dessen Augen hin- und herwanderten, als würde sich hinter jeder Tür ein Verbrecher verbergen, und dagegen Holzbaum: ein Mann mit fülligem Körper und einem liebenswürdigen Bulldoggengesicht. Er wirkte wie das Gravitationsfeld des Saturns, das seinen vorpreschenden Chef wie einen Asteroiden einzufangen wusste, bevor er die Welt in einen Abgrund stürzte. Holzbaum sorgte dafür, dass das Team der Mordkommission zu den erfolgreichsten Teams in Südwestfalen gehörte, indem er konstant seiner Bahn folgte und umherfliegende Unannehmlichkeiten auffing, bevor sie gefährlich werden konnten.

Pfeiffer hätte einer solchen Beschreibung nie zugestimmt. Astronomische Metaphern passten ohnehin nicht zu dem Hauptkommissar. Geologische Metaphern trafen da besser. Zum Beispiel das Bild von tektonischen Verwerfungen in seinem Gehirn. Sie hatten dort im Laufe der Jahre ein riesiges Höhlensystem geschaffen, durch das seine Gedanken wirr hin- und herfliegen konnten. Dabei kam es zu Eingebungen, die den Mordermittler entweder zum Deppen oder zum Helden werden ließen. Fehler seines Teams waren seine Fehler. Fehler von ihm, nun, die gab es nicht. Pfeiffer machte nämlich keine Fehler. Und wenn es doch mal eng wurde, dann war immer

Verlass auf seine Dienstwaffe. Norbert Pfeiffer schlief ausgezeichnet. Um beim geologischen Bild zu bleiben: Pfeiffer war ein schlummernder Vulkan, der Feuer und Asche spucken konnte. Es gab nur einen verdammten Feuerherd, der heißer und zerstörerischer war als der Hauptkommissar. Und dieser verdammte Feuerherd war Friedrich Büdenbender, der Oberstaatsanwalt am Landgericht Siegen. Ein Mann mit außergewöhnlichem Kleidungsgeschmack und exzentrischem Verhalten. Eine Kombination, die nur zu ertragen war, weil Büdenbender in seinem Bestreben nach Gerechtigkeit erbarmungslos vorging.

So auch an diesem Abend. In neongelben Socken und einem karierten, taubengrauen Anzug mit passender Weste marschierte der Oberstaatsanwalt auf die beiden Polizisten zu. Die Ledersohle seiner braunen Budapester knallten auf dem gebohnerten Boden. Eine junge Frau begleitete ihn. Sie war ein wenig kleiner als der Oberstaatsanwalt, schien aber ein ähnlich ausgeprägtes Modebewusstsein zu haben.

Pfeiffer blickte kurz zu seinem Partner Holzbaum.

»Seine Tochter?« fragte der Hauptkommissar.

»Keine Ahnung«, antwortete Holzbaum.

Die beiden Kommissare standen auf.

»Guten Abend, die Herren«, grüßte Büdenbender jovial, was eigentlich nicht seine Art war.

Pfeiffer schärfte automatisch seine Sinne. Ein freundlicher Oberstaatsanwalt glich einer brennenden Lunte, von der man nicht wusste, in was für einem Fass sie endete.

»Liebe Herren, darf ich Ihnen Frau Lena Hartmann vorstellen«, grinste Büdenbender und seine makellosen weißen Zähne blitzten auf. »Frau Hartmann, das sind die beiden besten Mordermittler in der Stadt.«

Lena Hartmann lächelte die beiden Polizisten schüchtern an. Ihre braunen Augen passten nicht zu ihrer hellen Haut und den platinblond gefärbten Haaren, die an den Seiten rasiert und auf dem Kopf nur ein paar Zentimeter lang waren – eine Frisur, die von irgendeiner Popsängerin inspiriert sein dürfte. Sie passte jedoch zu Lenas Skater-Minirock mit Tartanmuster und dünnem A-Line-Träger, den sie über ein eng anliegendes Top trug. Ihre Füße steckten in Sneakers.

Sie gab Pfeiffer die Hand.

»Es freut mich, Sie kennenzulernen«, sagte sie und drückte zu.

Der Hauptkommissar erwiderte den Druck und so standen die beiden sich einen Moment gegenüber und taxierten sich.

Sie reichte Werner Holzbaum ebenfalls die Hand. Sie sah dem schwergewichtigen Mann in die Augen und lächelte.

»Schön Sie kennenzulernen«, sagte sie.

Pfeiffer rückte seine Nickelbrille zurecht und sehnte sich nach einem tiefen Zug an einer echten Zigarette.

»Wie können wir weiterhelfen?« fragte er.

»Frau Hartmann wird Sie eine Weile begleiten und über Ihre Arbeit berichten«, antwortete Büdenbender süffisant.

»Äh, wie bitte?!« Pfeiffers Gesichtsausdruck verhärtete sich.

»Frau Hartmann ist Radioreporterin und wird zur besseren Transparenz der Exekutive über Ihre Arbeit berichten. Das ist mit dem Landrat abgesprochen«, betonte der Oberstaatsanwalt.

»Seit wann mischt sich die Judikative in die Arbeit der Exekutive ein?« zischte der Hauptkommissar.

»Seit es darum geht, Fake-News zu bekämpfen!« erwiderte Büdenbender einen Ton zu aggressiv.

»Was haben Fake-News mit unserer Arbeit zu schaffen?« wagte es Holzbaum zu fragen.

»Meine Herren, bitte«, mahnte Lena, was etwas komisch wirkte, da sie mit ihrem Alter und in ihrem Outfit nicht gerade wie eine Respektsperson auftrat. »Ich werde Sie bestimmt nicht bei Ihrer wichtigen Arbeit stören. Aber Oberstaatsanwalt Büdenbender hat recht. Gerade meine Altersgenossen sind unheimlich skeptisch, was die Polizei angeht.«

»Skeptisch?« Pfeiffer zog die Augenbrauen nach oben. »Erklären Sie das?«

»Mach ich gern, aber müssen Sie jetzt nicht irgendetwas erledigen?« Sie lächelte Pfeiffer frech an.

»Ich sehe schon! Sie werden sich verstehen«, nickte Büdenbender. »Pfeiffer, Holzbaum, Sie können dieser jungen Dame vertrauen. Zeigen Sie ihr, was es heißt, für Sicherheit und Ordnung zu sorgen.«

»Äh, ich bin nicht einverstanden«, knurrte der Hauptkommissar.

»Das ist unerheblich«, antwortete Büdenbender und verabschiedete sich.

»Also, was machen wir jetzt?« Lena blies die dunkle Wolke, die sich metaphysisch im Gerichtsgang zusammenbraute, einfach mit ihrer natürlichen Naivität weg.

Die Frau war Holzbaum nicht geheuer, zum ersten Mal in seinem Berufsleben verstand er Pfeiffers Impuls, nach einer Waffe zu greifen.

6

Die Hitze der Holzkohle war noch einige Meter entfernt zu spüren. Erich Roth stand neben einer Feuerschale und wedelte mit einem Stück Pappe ruhig hin und her, das er im Speisesaal gefunden hatte. Der stetige Luftzug ließ die Kohle weiß aufglühen.

Der Schwenkgrill stand in einer gezimmerten Hütte, die eigentlich nur aus einem runden Dach und ein paar Bänken bestand. Die Feuerstelle war ummauert und der Schwenkrost hing an drei Ketten, die am Dachbalken befestigt waren.

»Ihnen scheint die Hitze nichts auszumachen«, sagte Martin-Lukas, der langsam auf den Diakon zuging.

Die Sonne war untergegangen. Das blaue Licht der Abenddämmerung lag über dem Freizeitlager.

»Gibt es hier Licht?« fragte Erich, der keine Lust verspürte, sich auf Martin-Lukas einzulassen.

»Da oben ist ein Strahler angebracht«, antwortete Martin-Lukas und deutete auf diesen, der unter dem Dach des Unterstands zu sehen war.

»Jetzt müsste man nur noch wissen, wo man ihn einschaltet«, brummte Erich.

»Sie sind sauer auf mich, weil Sie wissen, dass ich recht habe«, sagte Martin-Lukas selbstgefällig. »Sie denken doch auch, dass wir uns viel zu passiv verhalten, wenn es darum geht, unseren Glauben zu artikulieren.«

»Haben Sie einen Lichtschalter gesehen?« fragte Erich und warf die Pappe ins Feuer.

»Nein«, Martin-Lukas schüttelte den Kopf. »Aber es wäre schon bemerkenswert, wenn uns hier mal ein Licht aufgehen würde.«

»Das ist nicht lustig«, knurrte Erich und atmete tief ein. Dann platzte es laut aus ihm heraus. »Ihnen ist doch klar, was Ihr Gerede verursachen kann!«

»Was soll ich denn verursachen?!« Der Protestant zuckte mit den Schultern. »Ich verursache nichts, was nicht schon in der Bibel steht.«

»Mensch, eure Selbstgefälligkeit kann einem die Luft abschnüren!« Der Diakon ballte die Hände zur Faust.

»Was für eine Selbstgefälligkeit? Ich gehöre keiner Kirche an, die behauptet, ihr Oberhaupt sei der Stellvertreter Christi auf Erden.«

»Nein, Sie kennen nur einen Herrn und das ist Jesus Christus«, antwortete Erich. »Und was Jesus Christus sagt, das entnehmt ihr der Bibel.«

»Eine der bemerkenswerten Taten Martin Luthers war es, das Wort Gottes der priesterlichen Oberherrschaft zu entreißen. Jeder Christ kann Gottes Wort aus der Bibel vernehmen und predigen. Dazu braucht er keinen Vermittler.«

»Also spricht Gottes Wort aus Ihnen? So was hatten wir schon ...« Erich wandte sich ab.

»Quatsch! Ich höre keine Stimmen«, zischte Martin-Lukas. »Bleiben Sie stehen! Sie wollen nicht erkennen, dass ich recht habe.«

Erich ging weiter. Martin-Lukas folgte ihm und griff nach Erichs Arm. Der Zwei-Meter-Mann blieb stehen und gab Martin-Lukas einen Schubs.

»Fassen Sie mich nicht an«, knurrte Erich.

»He, was ist los?!« rief Matthias Montanus. Der evangelische Pfarrer kam gerade mit einigen anderen Teilnehmern aus dem Speisesaal. Sie hatten Grillfleisch, Würstchen und vegetarisches Grillgut dabei.

»Nichts, alles ist gut«, schaufte Erich. »Der Grill ist bereit. Sie können beginnen.«

»Wo wollen Sie hin?!« wunderte sich der Pfarrer.

»Ich habe mir die Hose mit Kohle beschmiert. Ziehe mich um«, antwortete Erich, »komme gleich wieder«.

Er ließ Martin-Lukas stehen. Der Protestant hatte keine Lust auf weitere Gespräche und zog sich ebenfalls zurück.

Die Gruppe versammelte sich nach und nach unter der Grillhütte. Es stellte sich heraus, dass Montanus ein wahrer Grillmeister war. Steaks, Würstchen und sogar Gemüsespieße verließen den Grill in der perfekten Konsistenz. Einige katholische Priester hatten Salate in der Lagerküche angerichtet und trugen sie zur Grillhütte, was die Teilnehmer und Teilnehmerinnen mit einem kleinen Applaus würdigten.

Es war ein warmer Spätsommerabend. Über die Felder wehte eine angenehme Brise in den Hain und das, obwohl man sich mitten im Wittgensteiner Land befand. Der Mond strahlte vom wolkenfreien Firmament, als sei er die persönliche Laterne der kleinen Menschenschar, die sich um ein Feuer sammelte, wie es schon seit Urzeiten Brauch war.

Johanna betrachtete die Frauen und Männer, die auf Holzbänken rund um das Grillfeuer saßen und mit einem Lächeln zu Abend aßen.

»So hatte ich mir das vorgestellt«, murmelte sie zufrieden.

»Wo bleiben eigentlich Roth und Luther?« fragte Magdalena Hübner, die dabei war, eine zweite Portion vom gegrillten Hühnchen zu sich zu nehmen.

»Roth wollte sich eine frische Hose anziehen«, antwortete Johanna Rössel. »Aber wo ist Martin-Lukas?«

Die Teilnehmer sahen sich achselzuckend an.

»Sollen wir nachsehen?« fragte Montanus.

»Die Herren sind erwachsen! Wenn sie nichts essen wollen, ihr Problem.« Johanna Rössel war es leid, als Kindermädchen aufzutreten.

Sie ließ sich noch ein Steak auf den Teller legen, als ein grauenhafter Schrei durch die Nacht hallte.

Jeder, der schon mal eine Nacht im Nirgendwo an einem Feuer verbracht hat, weiß, wie laut Flüstern wirken kann. Es scheint ein Überbleibsel aus der Steinzeit in unseren Gehirnen verblieben zu sein, das uns in der Dunkelheit eines Waldes besonders empfindlich auf Geräusche reagieren lässt. Dieser Schrei aber bohrte sich in die Gehörgänge der Kirchenleute, als hätte der Teufel persönlich die Pforten der Hölle geöffnet. Jeder der Teilnehmer sprang erschrocken auf. Einige ließen ihre Teller fallen und sahen sich verwirrt um.

»Wo kam das her?« rief Johanna Rössel.

»Ich denke vom Teich«, antwortete Montanus unsicher.

»Wer hat eine Taschenlampe?« Die Pastorin sah sich fragend um.

Magdalena griff zu ihrem Handy und aktivierte dort die eingebaute LED-Leuchte. »Nutze ich im Winter«, sagte sie.

Johanna Rössel nickte, zückte ebenfalls ihr Handy und aktivierte die Taschenlampenfunktion. Die anderen taten es ihr gleich.

Mit dem Handy als Taschenlampe in der Hand eilten sie zum Teich.

»Verteilt euch!« rief Montanus.

Die Frauen und Männer bildeten eine Reihe, die sich langsam auf den Teich zubewegte.

»Ich sehe was«, rief Peter Müller.

Eine große, schwarze Silhouette zeichnete sich im Licht der vielen LED-Handyleuchten ab. Sie beugte sich über etwas.

»Wer ist da?« Die Pastorin hielt ihr Handy auf den Schatten.

»Schnell, wir brauchen einen Krankenwagen.« Erich Roths Stimme klang matt und hilflos.

Die vielen Handyleuchten vertrieben die Dunkelheit und jeder konnte sehen, dass der Diakon seinen Wanderstab in der Hand hielt, während unter ihm Martin-Lukas Luther mit gespaltenem Schädel aus toten Augen zu den Sternen starrte.

7

Norbert Pfeiffer und Werner Holzbaum fuhren mit Lena Hartmann vom Gerichtsgebäude zur Kreispolizeibehörde an der Weidenauer Straße. Dort führten sie die Radioreporterin ein wenig herum. Pfeiffer stellte amüsiert fest, dass die junge Frau mit ihrem extravaganten Kleidungsstil den einen oder anderen Kollegen verlegen machte. Zum Schluss zeigten sie ihr das kleine Büro, in dem sie arbeiteten, wenn es etwas im Kreisgebiet zu ermitteln gab. Schließlich entschied Pfeiffer, dass es Zeit sei, die Reporterin loszuwerden.

Er führte Lena zur Tür, als das Telefon klingelte.

Holzbaum war gerade damit beschäftigt, ein Formular auszufüllen, mit dem sie eine bestimmte Zeit auf dem Schießstand reservieren mussten. Er blickte auf und wollte seine Arbeit unterbrechen, doch da stürmte Pfeiffer zum Telefon und sagte zu Holzbaum: »Mach bloß weiter. Ich will morgen schießen gehen!«

Dann nahm er den Hörer ab, während Lena noch im Türrahmen stand.

»Was?!« Pfeiffer glotzte entsetzt auf seine Schreibtischplatte. »Das ist doch ein Scherz! … Sie machen keinen Witz!? – Oh, Gott!«

Lena spitzte sofort ihre Ohren und schaltete ein kleines, digitales Aufnahmegerät ein, das sie an einer pinkfarbenen Kordel um den Hals trug.

Der Hauptkommissar beendete das Gespräch und sah von der Tischplatte auf.

»Was ist passiert?« Werner Holzbaum beschlich eine böse Vorahnung, die sich in einem flauen Bauchgefühl und einer vermehrten Speichelproduktion körperlich bemerkbar machte.

Der auf einem Bauernhof aufgewachsene Polizist hatte dieses Gefühl das letzte Mal verspürt, als sein Vater ihn als kleinen Jungen nach der Messe beiseite nahm, um ihm vom Tod seiner Oma zu berichten. Damals sah ihn sein Vater mit dem gleichen entrückten Blick an, mit dem Pfeiffer jetzt in den Raum starrte.

»Der katholische Diakon Erich Roth hat einen Protestanten erschlagen«, erklärte der Hauptkommissar irritiert.

»Nein!« Holzbaum schüttelte den Kopf. »Das ist unmöglich ...«

»Sie kennen den Mörder persönlich?« Lena begriff sofort, dass es sich bei diesem Erich Roth um einen Bekannten der Polizisten handeln musste. Und sie erfasste, dass ihr im wahrsten Sinn eine mörderische Story vor die Füße gefallen war.

»Dem vermeintlichen Mörder«, erwiderte Pfeiffer überraschend nachdenklich. »Wir müssen los. Wo sind die Autoschlüssel?«

»Sie haben die Schlüssel in der Hosentasche«, sagte Lena. »Wo geht es hin?«

»Sie, junges Fräulein, bleiben hier!« befahl Pfeiffer.

»Das können Sie sich abschminken«, erwiderte Lena kampfeslustig. »Wenn Sie mich nicht mitnehmen, rufe ich den Oberstaatsanwalt an.«

»Machen Sie nur«, antwortete Pfeiffer, »der ist nicht mein Vorgesetzter.«

»Nein, aber der Polizeidirektor schon«, grinste Lena teuflisch, »und der ist dem Landrat unterstellt. Und der Landrat hat mit dem Oberstaatsanwalt ...«

»Ist ja gut, Sie …« Pfeiffer verkniff sich eine Beleidigung.

»Wo müssen wir hin?« fragte unterdessen Holzbaum.

»Hoch ins Wittgenstein«, antwortete der Hauptkommissar.

Nach etlichen Mordermittlungen kannte sich Pfeiffer auf den Straßen des Siegerlandes und Wittgensteins aus. Mit Blaulicht und Sirene lenkte er den zivilen Dienstwagen über die B 62 Richtung Erndtebrück. Die an der Straße aufgestellten Geschwindigkeitsschilder nahm der Beamte als Vorschlag zur Kenntnis. Mit Höchstgeschwindigkeit raste er über den Asphalt und wurde hie und da von ein paar neuen Schlaglöchern überrascht. Da es Freitagabend war, bremste der eine oder andere schlecht beleuchtete Traktor, der mit seinem Besitzer nach einem ausgiebigen Kneipenbesuch wie eine qualmende Metallschnecke plötzlich die Fahrbahn entlangkroch, den heranpreschenden Polizeiwagen aus. Aber die Kurven befanden sich immer noch da, wo er sie das letzte Mal bereits geschnitten hatte, und so kamen sie zügig voran.

Auf der Rückbank hielt sich Reporterin Lena fest. Sie stieß leise schrille Töne aus, wenn ihr Kopf mal wieder gegen die Scheibe der hinteren Autotür gestoßen wurde. Vorne auf dem Beifahrersitz konzentrierte sich Holzbaum aufs Atmen. Pfeiffer nahm einen Anruf der Siegener Wache entgegen, als sie den letzten Kreisel in Erndtebrück passierten. Die Lautsprecher der Freisprechanlage übertönten das Sirenengeräusch.

»Wo sind Sie?« fragte der Kollege aus Siegen.

»Wir sind kurz vor Schameder«, antwortete Pfeiffer und kreuzte einen Bahnübergang.

»Kürzen Sie über Hemschlar ab«, meinte der Kollege.

»Nein, wirklich!« höhnte Pfeiffer. »Bin hier schon mal gewesen.«

»Verzeihung«, murmelte der Polizist, »ich habe ein paar Hintergrundinformationen.«

»Schießen Sie los!« befahl Pfeiffer.

Der Kollege teilte ihnen mit, dass sie es mit einer 12-köpfigen Ausflugsgruppe von Geistlichen und Presbytern zu tun bekämen.

»Auch das noch!« schnaufte der Hauptkommissar. »Hat man Tristan Irle benachrichtigt?«

»Nicht hier von der Wache aus«, antwortete der Kollege. »Wenn Sie auf der B 480 fahren, müssen Sie links nach Wemlighausen abbiegen. In der Dorfmitte dann nochmals nach rechts abbiegen und rechts am Gemischtwarenladen vorbei zum Freizeitlager.«

»Gut, danke, wir werden das schon finden.« Pfeiffer beendete das Gespräch und fragte: »Alles klar mit euch?«

Da sich keiner der Angesprochenen traute, den Fahrer jetzt mit einer Schimpftriarde abzulenken, schwiegen sie.

Es war Mitternacht, als der Dienstwagen vor der Haupthütte des Freizeitlagers anhielt.

Die Streifenpolizisten aus Bad Berleburg waren mit zwei Dienstwagen angerückt. Sie hatten den Tatort bereits gesichert und sahen gerade zu, wie ein Lichtmast des Technischen Hilfswerks aufgestellt wurde.

»Die waren aber schnell!« bemerkte Lena.

»Sie halten sich im Hintergrund!« befahl Pfeiffer barsch und stieg aus.

»Klar«, nickte Lena und stieß die Autotür auf.

Holzbaum brauchte noch einen Augenblick, dann verließ auch er den Wagen.

Die drei sahen sich um.

»Oh, schau an«, murmelte Holzbaum und deutete auf einen Oldtimer, ein Borgward Cabriolet, der unter einer Eiche stand.

»Wie ist das möglich!« staunte Pfeiffer verärgert. »Wir haben keine halbe Stunde gebraucht. Das war Bestzeit! So schnell kann der alte Viertakter nie fahren?!«

Lena, die die Aufregung um den Oldtimer nicht verstand, schüttelte den Kopf und ging auf die Menschenmenge zu, die sich am Rand des Lichtkreises neben dem Teich des Freizeitlagers versammelt hatte.

8

Eine knappe Stunde zuvor hatte Tristan Marlowes Brust gekrault, was der Kakadu besonders mochte, wenn er nicht zu Hause in Siegen auf seiner Kletterstange saß. Dementsprechend verärgert stellte Marlowe seinen Kamm auf, als Tristans Handy klingelte. Eigentlich war es kein Klingeln, das die Telefonlautsprecher von sich gaben. Es war eher das Dröhnen einer Sirene, die in einem U-Boot das Tauchen signalisierte.

Der Detektiv hatte diesen Klingelton als besonders individuell angesehen, da ihn die plebejischen Voreinstellungen des Smartphones doch ziemlich verwirren konnten. Man muss nur mal morgens beim Bäcker stehen und zuschauen, wenn das digitalisierte klassische Telefonklingeln losging. Jeder griff zu seinem Handy, um festzustellen, dass es nicht seins war, was da um Aufmerksamkeit bettelte.

Allerdings fuhr einem der Schreck in die Knochen, wenn plötzlich eine aufheulende Sirene das Wohnzimmer beschallte. So auch Tristan. Er zuckte zusammen und griff nach dem Smartphone, das auf dem Wohnzimmertisch lag.

»Hallo, Erich«, grüßte er den Anrufer, dessen Bild ihn auf dem Display schelmisch angrinste. »Was im Auto vergessen?«

Die Heiterkeit in Tristans Stimme verflog, als ihn der Diakon über die Entwicklung des Abends informierte und ihn bat, so schnell wie möglich nach Wemlighausen ins Freizeitlager zu kommen.

Das hatte der Detektiv mit seinem Borgward-Cabriolet dann auch den Motorleistungen entsprechend getan. Er traf am Tatort ein, als der Notarzt gerade den Tod von Martin-Lukas Luther offiziell feststellte und zwei Polizisten nach Verstärkung funkten.

Tristan sah sich nach seinem Freund um. Erich ragte mit seinen zwei Metern aus der Menschengruppe heraus, doch jetzt war er nirgends zu finden. Erst als jemand die Beleuchtung vor den Eingängen der Hütten einschaltete, fand er eine große Gestalt zusammengesackt auf einer Bank vor einer dieser Hütten sitzen. Mit schnellen Schritten eilte der Detektiv auf ihn zu.

»Oh, gut, du bist da«, stieß der Diakon aufgelöst aus, als er seinen Freund aus der Dunkelheit auftauchen sah. »Man hat mit meinem Wanderstab einen Menschen umgebracht!«

Tristan hatte Erich noch nie in einem solchen Zustand gesehen. Der Diakon zitterte am ganzen Leib und wusste nicht, wohin mit seinen Händen. Tristan setzte sich neben seinen Freund, griff nach einer Hand und sagte: «Beruhige dich! Wir werden das hinkriegen!«

Erichs Zittern ließ nach.

»Erzähl mir in wenigen Worten, was passiert ist«, bat Tristan.

Erich konzentrierte sich und schilderte, was an dem Abend geschehen war. »Ich habe dann den Grill auf Temperatur gebracht, dabei habe ich mir die Hose beschmiert. Ich wollte sie zum Essen wechseln. Dabei habe ich mir Zeit gelassen. Die anderen begannen das Fleisch zu grillen, als dieser Schrei mich plötzlich zusammenzucken ließ.«

»Wo warst du da?« fragte der Detektiv.

»In meiner Hütte«, antwortete Erich. »Das ist die da hinten.«

Der Diakon deutete auf eine Hütte, die nicht weit von dem Teich entfernt stand, an dem man die Leiche gefunden hatte. »Ich bin direkt zum Teich gelaufen und war als Erster da. Sah meinen Wanderstab neben dem Mann liegen und griff instinktiv danach. In diesem Moment kamen die anderen und sahen mich über das Opfer gebeugt.«

»War deine Hütte abgeschlossen?« fragte Tristan.

»Nein, wir sind hier mitten im Nirgendwo!« staunte Erich.

»Also jeder hätte den Stab aus der Hütte nehmen können?« fragte der Detektiv.

»Nein«, schüttelte Erich den Kopf. »Ich habe ihn in den Schrank gestellt.«

»Wieso?!« Tristan sah verblüfft zu seinem ältesten Freund.

»Er ist mir wertvoll, da will ich nicht, dass er so rumsteht«, antwortete Erich, ein wenig beschämt darüber, dass ihm das Stück Holz wirklich am Herzen lag.

»Gut! Wer wusste von dem Stab?« hakte Tristan nach.

»Jeder, der mich damit in die Hütte gehen sah! Mensch, Tristan, willst du dir nicht die Leiche und den Tatort ansehen? Du musst Spuren suchen, die mich entlasten.« Erich flehte ihn an.

»Alles zu seiner Zeit«, erwiderte Tristan ruhig.

»Erich Roth!« Einer der uniformierten Polizisten trat an ihn heran. »Wir müssen Sie bitten, herzukommen!«

»Werde ich jetzt verhaftet?« fragte der Diakon demütig.

»Wir befragen Sie erst einmal!« antwortete der Polizist kalt.

Tristan sah ihnen nach, wie sie in eine andere Hütte verschwanden. Er nutzte die allgemeine Aufregung und ging zu Erichs Hütte.

Wie der Diakon gesagt hatte, war die Tür nicht abgeschlossen. Vorsichtig trat Tristan ein und tastete nach dem Lichtschalter, der sich etwas abseits von der Tür befand. Als die Deckenlampe in der Hütte aufleuchtete, erkannte der Detektiv, dass das Freizeitlager mehr für Jugendfreizeiten ausgelegt war als für gestandene Geistliche. Es gab zwei Etagenbetten, die links und rechts an den Wänden standen, einen Tisch in der Mitte mit vier Stühlen und zwei Schränken, die neben den Etagenbetten aufgestellt waren. Von Luxus keine Spur. Ein kleiner Waschraum mit Toilette befand sich im hinteren Bereich der Hütte. Alles machte einen gepflegten und sauberen Eindruck. Da sich Erich die Hütte nur mit einem Priesterkollegen teilen sollte, war auch genügend Platz vorhanden. Für ein, zwei Nächte konnten es selbst verwöhnte Erwachsene hier aushalten.

Allerdings fiel dem Detektiv sofort auf, dass man ohne Probleme an Erichs Wanderstab hatte gelangen können, auch wenn sein Freund ihn im

Schrank verstaut hatte. Der Kleiderschrank war das einzige Möbel in der Hütte, das einen Wanderstab aufnehmen konnte. Tristan traute seinem Freund keinen Mord zu, selbst dann nicht, wenn dieser Martin-Lukas Erich zur Weißglut getrieben hätte. Vielmehr fragte sich Tristan, wer so teuflisch kaltblütig die Gunst der Stunde genutzt und sich gerade für Erich Roths Wanderstab als Mordwaffe entschieden hatte?

Er sah sich nochmals um, grinste über ein Stanniolpapier, das auf dem Boden vor dem Schrank lag und prägte sich weitere Einzelheiten ein, als seine Aufmerksamkeit plötzlich durch eine laute Polizeisirene abgelenkt wurde.

»Ah, das dürfte Pfeiffer sein«, murmelte er und verließ die Hütte. Der Detektiv ahnte, dass der Oldtimer den Hauptkommissaren seine Anwesenheit bereits mitgeteilt hatte.

9

Der Oldtimer signalisierte den beiden Hauptkommissaren tatsächlich, dass Tristan Irle vor Ort war. Der Reporterin verriet die Anwesenheit des Borgward erst einmal gar nichts. Pfeiffer war sich nicht mal sicher, ob die junge Frau schon einmal etwas von Tristan Irle gehört hatte. Es wäre keine Schande gewesen, denn Pfeiffer konnte Privatdetektive nicht leiden. Für ihn waren die Schnüffler egozentrisch, sie besaßen keine ordentliche, sprich, keine staatliche Ausbildung und beachteten keine Regeln.

Ganz anders dagegen war Norbert Pfeiffers Verhalten. Er stammte aus dem Sauerland und war damit katholisch sozialisiert, was in erster Linie bedeutete, dass Schein und Sein zur Lebensphilosophie gehörten. So schimpfte man über den Papst und kam sich modern vor, aber gehorchte dem örtlichen Pfarrer. Pfeiffer zum Beispiel empfand sich als Rebell, der keine Hierarchien mochte und Respektspersonen gerne verbal anpinkelte. Ganz so, wie es der Reformer Luther seinerzeit mit den Mächtigen hielt. Doch wenn der Polizeidirektor „Platz!" befahl, dann setzte sich der Hauptkommissar. Man gab sich den Schein eines Rebellen, war aber doch nur eine Duckmaus.

Als Pfeiffer dann ins pietistische Siegerland kam, traf ihn das hiesige Verhalten der Menschen wie ein Hammerschlag. Zum ersten Mal bekam er eine Vorstellung, was Martin Luther mit seiner Reformation angestellt hatte. Plötzlich traf er auf Menschen, die ihren Worten Taten folgen ließen, die sich keinen Deut um göttliche oder weltliche Hierarchien scherten, wenn die nicht überzeugende Argumente vorweisen konnten. Die große Freiheit, für sich selbst verantwortlich zu sein, ließ selbstbewusste Bürger reifen, die wie selbstverständlich dem Bürgermeister den Stinkefinger zeigten, wenn der es verdient hatte.

Dann lernte Pfeiffer Tristan Irle, den Privatdetektiv, kennen und musste feststellen, dass der

Siegener das Prahlen und Protzen nicht zu seinen Charaktereigenschaften zählte, ganz so wie die Ausstattung protestantischer Kirchen darauf verzichtete. Tristan überließ Pfeiffer die Lorbeeren nach erfolgreichen Mordermittlungen. Das wirkte wie der stetige Tropfen, der den Felsen durchbohrte und verursachte feine Risse in dem gutgehegten Vorurteil, dass Privatdetektive miese Schufte seien.

Die drei gingen auf die Lichtquelle zu.

Die Radioreporterin wurde von einem Streifenpolizisten aufgehalten, als sie das Absperrband überqueren wollte.

»Ist schon gut!« zischte Lena. »Ich gehöre zu denen da!«

Pfeiffer und Holzbaum nickten und zeigten ihre Ausweise.

»Sie gehört zu uns«, murmelte der Hauptkommissar und ging auf die versammelten Menschen zu.

»Guten Abend«, rief er. »Mein Name ist Pfeiffer, Hauptkommissar Pfeiffer, und ich übernehme jetzt!«

Ein uniformierter Beamter musterte Pfeiffer und sagte: »Der Tatverdächtige wird in der Hütte dort hinten festgehalten.«

»Danke«, nickte Pfeiffer. »Holzbaum, hör dich um!«

Holzbaum nickte und ging, während Pfeiffer Tristan Irle begrüßte, der langsam auf den Hauptkommissar zuging.

»Was für eine Überraschung. Sie auch hier!«

»Mir ist nicht nach Scherzen«, antwortete Tristan ernst. »Man hat Erich über die Leiche gebeugt gesehen. Er soll den Mann erschlagen haben.«

»Ach, ja, die Leiche, wo ist sie?«

»Kommen Sie mit, ich zeige sie Ihnen.« Tristan führte den Hauptkommissar von der Gruppe weg.

»Man hat Sie gewähren lassen?« wunderte sich Pfeiffer.

»War kurz nach der Polizei hier«, antwortete Tristan. »Als Ihre Kollegen dann hörten, wer ich bin, gab es keine Schwierigkeiten.«

Tristan und Pfeiffer schritten zu dem kleinen Teich, der umgeben von Bäumen in einer Senke lag. Jemand hatte die Leiche mit einer Decke zugedeckt. Tristan nahm sie vorsichtig beiseite.

»Das ist Martin-Lukas Luther, ein Mitglied des Kreissynodenvorstandes. Ihm wurde mit Erichs Wanderstab zwei- bis dreimal auf den Schädel geschlagen.«

»Brutal!« bemerkte Pfeiffer. »Da muss man kräftig zuschlagen können. Erich hat die richtige Statur dafür.«

»Sie kennen doch Erich, er würde nie.« Tristan schüttelte den Kopf. »Jetzt ziehen Sie bitte keinen Ihrer voreiligen Schlüsse.«

»Was?! Ich ziehe keine voreiligen Schlüsse!« schnaufte Pfeiffer.

Holzbaum trat zu den beiden.

»Hallo, Herr Irle«, grüßte Holzbaum ernst.

Tristan nickte dem schwergewichtigen Kommissar zu.

»Wo ist Frau Hartmann?« fragte Pfeiffer leise.

»Sie unterhält sich mit den Zeugen«, antwortete Holzbaum.

»Wer ist Frau Hartmann?« Tristan blickte verwirrt zu dem Kommissar.

»Nicht wichtig«, ging Pfeiffer dazwischen, »was sagten die Leute?«

»Es hat einen Streit zwischen Erich Roth und dem Opfer gegeben. Es muss heftig zugegangen sein«, erklärte Holzbaum.

»Verbal. Es gab eine Diskussion«, verteidigte Tristan seinen Freund.

»Jedenfalls gingen die beiden Streithähne auseinander, eine Versöhnung gab es nicht, und dann hörte man Schreie und wenig später fand man Erich Roth mit dem Wanderstab in der Hand über das Opfer gebeugt.«

»Eindeutige Beweise und glaubwürdige Zeugen«, sagte Pfeiffer nachdenklich.

»Nach den ersten Ermittlungen wurde das Opfer mit Erichs Stab erschlagen.« Holzbaums Stimme klang matt.

»Ja, es sieht schlecht aus«, stöhnte Tristan, »aber Erich ist kein Mörder!«

»Wir müssen ihn mitnehmen«, sagte Pfeiffer entschlossen.

10

»Hier nimmt niemand jemanden mit!« schallte es den Männern entgegen.

Aus der Dunkelheit schritt ein stattlicher Mann in schwarzer Soutane. Seine blauen Augen funkelten im Scheinwerferlicht, als wären sie gefrorene Eiskristalle. Auf seiner Brust baumelte ein reichlich mit Edelsteinen verziertes goldenes Kreuz, das durch brillantenbesetzte Manschettenknöpfe sozusagen funkelnden Flankenschutz bekam.

»Wer sagt das?« antwortete Pfeiffer, jederzeit bereit, sich einen Kampf zu liefern.

»Monsignore Frederick Königsberg, Anwalt und Ermittler im Auftrag des Bischofs Franz-Josef Bräcker aus Paderborn«, erwiderte Königsberg. »Sind Sie Hauptkommissar Norbert Pfeiffer?«

»Monsignore?!« grinste Pfeiffer höhnisch, dann knurrte er: »Sie haben hier überhaupt keine Befugnisse.«

»Das ist nicht korrekt.« Der Priester hielt ein Handy in einer perfekt manikürten Hand und reichte es an Pfeiffer weiter. »Bitte!«

Der Polizist nahm das Handy skeptisch entgegen und hielt es ans Ohr.

»Wer ist da?« brummte er. »Oh, Landrat Müller?!« Dann folgten „Ja's" und als könnte der Landrat das sehen, ein Kopfnicken. Schließlich raunzte der Hauptkommissar: »Okay, aber nur unter Protest, das geht auf Ihre Kappe.«

Er gab das Handy Frederick Königsberg zurück.

»Ja, Herr Landrat, ich werde die Ermittlungen nicht stören, versprochen.« Der Monsignore legte auf. »Also, das wäre geklärt.« Er setzte ein freundliches Lächeln auf, als wollte er allen Sündern der Erde mit einem Ablass die Sünden abkaufen. »Wo befindet sich mein Glaubensbruder Erich Roth?«

»Zunächst einmal, Sie dürfen uns beraten und Sie dürfen uns zusehen«, knurrte Pfeiffer, »mehr ist nicht erlaubt. Wir befinden uns nicht mehr im Mittelalter.«

»Ach, immer dieser Reflex auf das Mittelalter«, stöhnte Königsberg. »Als ob die katholische Kirche nur im Mittelalter existiert hätte. Ich will helfen! Sollte der Diakon den Mann erschlagen haben, dann wird er seine weltliche und himmlische Strafe erhalten.«

»Wo kommen Sie eigentlich her?« Holzbaum baute sich vor dem durchtrainierten Mann auf. »Ich meine, fragt sich keiner von euch, wo der Herr so schnell herkommt?«

»Mich hat der Bischof persönlich beauftragt, kurz nachdem Erich Roth per Telefon uns in Paderborn Bescheid gegeben hat«, erklärte Königsberg ruhig. »Von Paderborn mit dem Auto dauert die Fahrt knapp zwei Stunden. Es ist Nacht und wenn man sich nicht unbedingt an die Geschwindigkeitsbeschränkungen hält, nun, dann geht's etwas schneller. Ich nehme an, dass Sie gerade mal eine Dreiviertelstunde früher da waren.«

»Wir sind vor einer Viertelstunde angekommen«, antwortete Pfeiffer.

»Dann sind Sie langsam gefahren«, meinte Königsberg abfällig. »Also noch mal, wo befindet sich Erich Roth? Ach, lassen Sie es, ich finde ihn schon selbst.«

Bevor der Hauptkommissar die Beleidigung beantworten konnte, schritt der Monsignore von dannen auf eine Hütte zu, vor der ein uniformierter Polizist stand.

»Wer ist das?!« Pfeiffer ballte eine Faust. »Der ist ja ...«

»Arrogant!« Lena trat aus der Dunkelheit. »Habe etwas von dem Gespräch mitbekommen.«

»Irle, das ist Frau Hartmann«, stellte Pfeiffer die Reporterin vor. »Sie soll uns begleiten, wegen Transparenz und so.«

»Es scheint, als hätte die Mordkommission einen Tag der offenen Türen«, sagte Tristan. »Das ist nicht beruhigend.«

»Ach, machen Sie sich keine Sorgen«, meinte Lena. »Ich schaue nur zu und nehme das eine oder andere auf.« Sie deutete auf das kleine Aufnahmegerät um ihren Hals und wedelte mit dem Handy, das wohl für Videoaufnahmen genutzt werden sollte.

»Schön, aber diesen Mann sollten wir nicht allein mit Erich sprechen lassen«, meinte Tristan und folgte dem Monsignore.

Der uniformierte Polizist hielt Frederick Königsberg lange genug auf, und so erreichte Tristan den Priester, bevor der zu Erich durchgelassen wurde.

»Ich begleite Sie«, sagte Tristan und lächelte Königsberg an.

»Sie sind Erichs Freund«, antwortete der Priester, »Irle, Tristan Irle, nicht wahr?«

»Das ist korrekt«, nickte der Detektiv.

Tristan öffnete die Tür und trat als Erster ein.

»Hallo Erich, ich bringe jemanden mit«, sagte Tristan aufmunternd.

Frederick Königsberg betrat langsam das Innere der Hütte.

Als Erich den Monsignore erblickte, sah Tristan, wie Erichs Freundlichkeit aus dessen Gesicht floh und einer hasserfüllten Fratze Platz machte.

Dem Detektiv lief ein kalter Schauer den Rücken hinunter.

2. Das fröhliche Pfeifen …

Samstag in der Früh

Das fröhliche Pfeifen der Vögel störte sich nicht an den Grausamkeiten der Menschen. Der neue Tag erwachte mit den ersten Sonnenstrahlen, die sich schleichend durch einen zarten Nebeldunst auf der Heide ausbreiteten. Spatzen, Rotkehlchen und eine putzmuntere Drossel zelebrierten ein Morgenkonzert, dessen Töne durch den Spalt eines offenen Fensters bis an Tristans Ohr drangen.

Der Detektiv wachte mit einem beklemmenden Gefühl auf, das ihn an seine Schulzeit erinnerte. Es war immer dann aufgetreten, wenn eine Mathearbeit geschrieben werden sollte. Tristan hatte in seiner ganzen Schulzeit mit Textaufgaben auf Kriegsfuß gestanden. Die Logik der meisten Aufgaben irritierte ihn. Wieso sollte man zum Beispiel ausrechnen, wie lange es dauern würde, wenn Lokomotive EINS mit Lokomotive ZWEI auf demselben Gleis zusammenstoßen würde, wenn es doch sinnvoller gewesen wäre, beide Lokomotiven zu stoppen? Dieser offensichtlich logische Fehler hatte ihn immer wieder so abgelenkt, dass der pädagogische Ansatz, den Dreisatz zu lernen, danebenging. Was blieb, war dieses beklemmende Gefühl, wieder versagt zu haben.

Mit diesem Gefühl wurde er nun wach. Die neue unlogische Textaufgabe lautete: Erich Roths

Unschuld zu beweisen, obwohl doch klar war, dass er nie zu einem Mord fähig war. Tristan musste dieses Mal der Aufgabenstellung folgen und das ihm Offensichtliche auch darlegen. Seine grauen Zellen sträubten sich gegen diesen Gedanken, aber wenn er das Leben seines Freundes retten wollte, durfte er dieses Mal nicht versagen. Wenn er nicht Erichs Unschuld beweisen konnte, würde der Diakon den Rest seines Lebens im Gefängnis verbringen.

Er atmete einmal tief ein und blickte zur Seite. Dort fand er ein zerknäultes Kopfkissen und eine zurückgeworfene Bettdecke. Helga hatte das Bett bereits verlassen. Der Detektiv stöhnte einmal laut und schwang sich ebenfalls aus den Federn. Das Schlafzimmer befand sich im ersten Stock der Pension. Er suchte seine Kleidung, zog sich hastig an und schlenderte ins Bad. Aus dem Parterre hörte er Stimmen. Eine war besonders gut zu vernehmen. Helga gab Anweisungen und das in einem todernsten Tonfall.

»Marlowe wird doch nicht?!« murmelte er und sah nach seinem Haustier, das nicht auf der Kletterstange saß.

Marlowe konnte in einer fremden Umgebung zu einer Herausforderung werden. Das weiße Gefieder und die dunklen Knopfaugen täuschten darüber hinweg, dass die Gattung noch heute im wilden Busch zu Hause war. Der Kakadu besaß einen kräftigen Schnabel, den er einzusetzen wusste.

Der Detektiv beeilte sich, die Morgentoilette abzuschließen und eilte frisch rasiert eine schmale Treppe hinunter. Dort lief er seiner Lebensgefährtin direkt in die Arme.

»Morgen, auch schon wach?« grüßte Helga spitz.

»Dir auch einen schönen guten Morgen«, lächelte Tristan und sah sich nach Marlowe um.

»Wenn du den kleinen Racker suchst, der ist draußen auf der Terrasse«, erklärte Helga. »Marie beschäftigt ihn oder umgekehrt, das weiß man bei den beiden nie.«

Marie war die Tochter von Helgas Freundin. Sie wohnte in Lützel und hätte gut aus einem Kinderbuch von Astrid Lindgren stammen können.

»Er hat doch keinen Mist gebaut?« hakte Tristan vorsichtig nach.

»Nein, der nicht!« zischte Helga.

»Oh, wer denn dann?« Tristan war klug genug, die Frage zu stellen, die seine Freundin subtil ins Gespräch einbrachte.

»Wir hatten doch gestern das Treffen der Frauenhilfe«, begann Helga hastig zu berichten. »Irmgard, du erinnerst dich an sie?«

Tristan nickte, was ihm bei Helgas angespannter Verfassung sinnvoll erschien, wusste aber eigentlich nicht, wen sie meinte.

»Jedenfalls, Irmgard sollte sich nach einer passenden Unterbringung in Wittenberg umsehen, wegen unseres Ausfluges, aber dann ruft sie heute Morgen in der Früh an und erklärt, dass sie dafür keine Zeit hat.« Helga bebte vor Wut. »Das hätte sie doch gestern sagen können! Aber das ist mal wieder typisch! Spielt vor der Vorsitzenden die Engagierte, und wenn es dann an die Arbeit geht, kommt ihr immer etwas dazwischen.«

»Soll ich einspringen?« Tristan bot seine Hilfe mehr aus einem Reflex an, als wirklich darüber nachgedacht zu haben, was das an Zeit kosten könnte.

»Das würdest du?« Helgas Stimmung hellte sich augenblicklich auf.

»Äh, natürlich!« nickte Tristan.

»Hast du denn Zeit dafür? Ich meine, was hat es denn gestern im Freizeitlager gegeben?«

Der Detektiv war gestern Nacht spät zurück in die Pension gekommen, da hatte sich Helga schon schlafen gelegt. Sie wusste nur, dass es ein Unglück gegeben hatte.

»Was das angeht«, Tristan blickte seine Freundin ernst an, »Erich wird verdächtigt, einen Mord begangen zu haben.«

»Was? Du machst einen Scherz?« Helga schüttelte ihren Kopf und wurde dann zunehmend bleich im Gesicht.

»Nein, leider nicht«, stöhnte Tristan, »lass uns raufgehen!«

Sie verließen die Pension und zogen sich in Helgas Küche in den ersten Stock zurück. Dort stand eine frisch gefüllte Kanne mit Kaffee. Außerdem hatte Helga ein paar Brötchen hingestellt.

Tristan begann zu frühstücken und berichtete seiner Freundin, was in der Nacht passiert war.

»Und das Gruseligste ...«, Tristan machte eine Pause, »... das war dieser alte Bekannte von Erich. Monsignore Frederick Königsberg. Er hat zusammen mit Erich das Priesterseminar besucht. Wie Erich mir berichtete, muss er damals ein teuflischer Intrigant gewesen sein. Diese Person ist jetzt für spezielle Aufgaben im Bistum Paderborn zuständig. Die beiden hegen eine alte Feindschaft.«

»Das ist aber nicht besonders christlich«, sagte Helga, die sich nur schwer vorstellen konnte, in Erich einen Mörder zu sehen.

»Auch Priester sind nur Menschen, auch wenn die Katholiken das gerne anders sehen«, antwortete Tristan. »Allerdings ist nicht ganz klar, ob er Erich helfen wird. Das ist eine heikle Angelegenheit.«

»Wie kommst du darauf, dass dieser Monsignore nicht helfen wird?« Helga sah ihren Freund überrascht an. »Ich meine, wenn der Bischof diesen Mann ins Siegerland schickt, erwartet er doch sicher, dass die Angelegenheit geklärt wird.«

»Ja, ganz sicher! Doch mit welchem Ergebnis?« schnaufte Tristan. »Königsberg wird dem Bischof klarmachen, dass Erich schon immer impulsiv reagiert hat. Nach dem Streit mit Martin-Lukas hätte der Monsignore sogar einen Grund.«

»Erich soll impulsiv sein?! Wer glaubt denn so was?!« Helga schüttelte den Kopf.

»Nun«, Tristan sah seine Freundin ernst an, »Erich war nicht immer der ausgeglichene Mensch, der er heute ist. Warum, glaubst du, hat er seine legendäre Pilgerreise durch Schwarzafrika angetreten?«

»Echt jetzt? Erich konnte ausrasten?«

Tristan nickte. »Und das bei seiner Körperstatur. Wir hatten in der Altstadt einen Ruf als Rabauken.«

»Erich war ein Schläger?! Das habt ihr mir aber gut verheimlicht!«

»Kein Schläger, aber leicht reizbar«, korrigierte Tristan.

»Und dieser Königsberg weiß das, weil?« Helga spürte, dass Tristan etwas zurückhielt.

»Weil Erich ihm damals im Seminar eine runtergehauen hat«, antwortete der Detektiv, »und ihn, heute würde man sagen, gemobbt hat.«

»Oh, das ist nicht gut! Ihr glaubt also, dass des Bischofs Handlanger nichts Gutes im Schilde führt«, kommentierte Helga.

»Ja, du hast es mal wieder richtig erkannt«, nickte Tristan und nippte an seiner Tasse.

»Dann lass ihn außen vor«, schlug Helga vor.

»So einfach wird das nicht werden. Wie sieht das aus, wenn ich eine Zusammenarbeit mit Königsberg verweigere? Der Monsignore gehört ja zum gleichen Team wie Erich. Wir können schlecht die Streitigkeiten zwischen Königsberg und Erich öffentlich machen. Die Vergangenheit lassen wir besser ruhen. Sie würde Erich heute belasten.«

»Du musst gewiefter sein«, grinste Helga.

»Soll das heißen, dass ich das sonst nicht bin?!«

Helga überhörte die Frage. »Was sagt eigentlich Pfeiffer zu allem?«

»Oh, der liebe Hauptkommissar findet die Umstände sehr entgegenkommend. Er meinte, wann hat man schon solche Beweise: den Täter mit der Mordwaffe über das Opfer gebeugt und mehrere glaubhafte Augenzeugen!«

»Ist denn sicher, dass man Erichs Wanderstab als Mordwaffe benutzt hat?«

»Die Spurensicherung muss das noch klären, aber ich habe den Stab gesehen. Der Mörder hat eindeutig den Stab als Waffe genutzt!«

»Dann solltest du dich jetzt an die Arbeit machen!« Helga stand auf. »Finde heraus, wer den Mann getötet hat!«

»Dann mache ich mich mal auf den Weg«, nickte Tristan. »Bleibst du hier?«

»Ich komme später nach Siegen«. Sie gab Tristan einen Kuss. »Und vergiss Marlowe nicht!«

2

Wie könnte er den Kakadu vergessen? Schnell packte er ein paar seiner Sachen in eine kleine Reisetasche und ging hinunter ins Restaurant. Durch die großen Fenster sah er auf die Terrasse. Der Morgennebel hing in feinen Schwaden über der Heide. Es war noch früh und der Pfaffenhain, mit seinen 653 Metern Höhe, warf einen langen Schatten ins Tal. Ein Mädchen stand auf der Terrasse und trotzte der frischen Morgenluft. Es trug eine Latzhose, ein T-Shirt und an den Füßen feste Holzfällerschuhe. Zwei Zöpfe wippten hin und her, wenn es anfing, mit den Händen Zeichen in die Luft zu malen. Vor Marie saß Marlowe auf dem Terrassengeländer und verfolgte aufmerksam, wie ihre Hände hoch und runter wirbelten.

Tristan trat auf die Terrasse und hörte, wie Marie erzählte:

»Und dann war da ein so…o…o großer Käfer! Ich schwör dir, so was hast auch du noch nicht gesehen. Der kletterte mir ... und das ist nicht gelogen ... den ganzen Arm hinauf!«

»Morgen, Marie!« rief er. »Wie geht es dir?«

»Morgen, Tristan!« grinste sie erfreut. »Erzähle Marlowe gerade von meiner Begegnung mit dem Hirschkäfer. Haste mal einen gesehen?«

»In meiner Jugend«, nickte Tristan und trat zu beiden, »ist aber jetzt schon ein paar Jahre her.«

»Die Viecher sind echt groß«, sagte sie und blickte nachdenklich zu dem Detektiv. »Du willst Marlowe holen?«

»Ja, wir fahren zurück nach Siegen«, nickte Tristan und hielt seinem Haustier den Arm hin. Der Kakadu sprang auf den Arm und kletterte hinauf bis zur Schulter. »Musst du nicht in die Schule?«

»Nee, wir haben Ferien«, antwortete Marie und blickte verlegen auf den Boden.

Marlowe sträubte seinen Kamm und krächzte: »Der Knabe Fips, der hatte gegen's Lernen was! / Doch was er schätzte, selbst in Serien, / das waren jedesmal die Ferien, / die er von sich aus noch ergänzte, / indem er gern die Schule schwänzte.«

»Äh, ich muss dann los! Tschüss, Marlowe!« Und schon rannte Marie über die Terrasse auf die Heide zu und verschwand.

Tristan grinste ihr hinterher und ging dann mit Marlowe zu seinem Oldtimer, der vor der Pension stand. Der Oldtimer besaß zwischen den Vordersitzen eine spezielle Stange, die einzig für Marlowe angebracht worden war. Er setzte den Vogel darauf ab, überlegte, das Verdeck einzuklappen, entschied sich dann dagegen, weil Marlowe den Fahrtwind nicht mochte und startete den Motor.

Die Fahrt nach Siegen verlief ereignislos. Eine gute Gelegenheit, die Geschehnisse der vergangenen Nacht Revue passieren zu lassen. Als der Detektiv Siegen erreichte, hatten seine grauen Zellen nichts Nennenswertes zusammenreimen können. Etwas frustriert lenkte er den Wagen von der Löhrstraße in die Zaungasse und bog dann ab auf den Platz hinter der Marienkirche. Sein altes Fachwerkhaus stand gleich neben weiteren Häusern mit der im Siegerland typischen Baustruktur. Eine Wohngemeinschaft mit Studenten hatte vor einiger Zeit das alte Haus nebenan bezogen. Die Nachbarn saßen an einer aus groben Holzbrettern gezimmerten Sitzecke und prosteten Tristan zu, als er den Borgward vor der Kirche parkte. Der Hof wurde durch das Kirchenschiff der Marienkirche und mehrere Fachwerkhäuser umschlossen. Im Norden und im Süden gab es zwei Zugänge, wobei nur der von der Zaungasse im Süden mit dem Auto befahrbar war. Tristan erwiderte den Gruß, nahm Marlowe auf den Arm und stieg aus. Jetzt bemerkte er, dass sich zwei gut gekleidete Herren von der Sitzecke erhoben, die am Ende des Hofes, direkt gegenüber dem Eingang zur Sakristei, um einen Brunnen angelegt war. Der Detektiv erkannte von Weitem, dass es sich um Geistliche handelte, da ihre weißen Kragen in der Sonne glänzten wie die Leuchtmarkierungen eines Flugzeuges.

»Guten Morgen«, grüßte der Größere von ihnen freundlich. »Sind Sie Herr Irle?«

»Ja, der bin ich«, antwortete Tristan und gab Marlowe einen Stups. Der Kakadu breitete seine Flügel aus und flog davon.

Das verwirrte die beiden Männer einen Augenblick, dann fassten sie sich wieder.

»Mein Name ist Immanuel Breuer und der Herr neben mir ist Josef Ritter«, seine Stimme klang nervös und er wedelte mit den Händen, als wüsste er nicht wohin mit ihnen. Dann zückte er eine Visitenkarte, reichte sie Tristan und sagte: »Wir sind die Superintendenten der Kirchenkreise Siegen und Wittgenstein.«

Wenn der katholischen Kirche und den evangelischen Kirchen eines gemeinsam ist, dann ist es die Vorliebe für lateinische oder griechische Bezeichnungen. Die Bezeichnung „Superintendent“ lautet übersetzt „Aufseher“. Das klingt überhaupt nicht würdevoll für den Leiter eines Kirchenkreises und erinnert mehr an Schule oder Gefängnis. Damit wäre geklärt, dass die Protestanten den Trick von der katholischen Kirche geklaut haben, profane Begrifflichkeiten hinter gelehrsam wirkenden lateinischen Wörtern zu verbergen.

Einen vergleichbaren Job nennt die katholische Kirche übrigens „Dechant“, was, aus dem Lateinischen abgeleitet, „zehn“ heißt und sich auch nicht viel besser anhört.

Der Superintendent oder die Superintendentin – da sind die Protestanten oder Protestantinnen schon weiter – leiteten den Kirchenkreis und waren in der Regel ausgebildete Pastoren oder Pastorinnen. Zu den Aufgaben gehört die Dienstaufsicht über die Pastor/innen sowie die Repräsentation des Kirchenkreises in der Öffentlichkeit. In Anbetracht dessen, was sich im Norden des Kreises abgespielt hatte, würden die Herren Superintendenten der Öffentlichkeit einiges zu erklären haben.

Für den Detektiv war es deshalb keine Überraschung, die beiden vor seinem Haus anzutreffen, wusste er doch, dass der Sitz des Kreiskirchenamtes nur ein paar hundert Meter den Berg hinauf unterhalb des Oberen Schlosses lag.

»Meine Herren, was kann ich für Sie tun?« Tristan deutete auf eine alte Eichenhaustür. »Bitte folgen Sie mir doch ins Haus. Es lässt sich besser reden, wenn man ungestört sprechen kann.«

Er blickte zu der Studentengruppe.

»Was ist mit Ihrem Vogel?« fragte Josef Ritter, der kleinere Mann.

»Der Vogel ist ein Kakadu und kann sich ein wenig austoben«, antwortete Tristan, während er die Haustür aufschloss.

»Er fliegt nicht fort?« wunderte sich Ritter und rückte eine randlose Brille zurecht, als er nach Marlowe schaute, der sich auf dem Dachsims der Marienkirche niedergelassen hatte.

»Nein, wo bekäme er sonst sein Futter her«, erklärte der Detektiv. »Außerdem leben Kakadus monogam.« Tristan stieß die alte Eichenhaustür auf und bat die Herren einzutreten. »Zum Glück oder je nachdem, wie man es sieht, auch Unglück, hat er mich als seinen Partner ausgewählt. Er kommt zurück.«

»Interessant«, nickte Ritter und folgte seinem Amtskollegen ins Haus.

Der Detektiv führte die Pfarrer durch eine kleine Diele ins Wohnzimmer. Issac Newton und Gottfried Wilhelm Leibniz, zwei protestantische Universalgelehrte aus dem 17. Jahrhundert, hätten das Wohnzimmer geliebt. Es glich einem mit Büchern vollgestopften Studierzimmer. Die niedrigen Fachwerkdecken, der altertümliche Wandkamin und die kleinen Sprossenfenster taten ihr Übriges, um die Zeitreise in die Vergangenheit vollständig zu machen. Einzig und allein ein zusammengeklapptes Notebook deutete an, dass man sich im 21. Jahrhundert befand.

Während Josef Ritter den Raum auf sich wirken ließ, schien der Superintendent des Kirchenkreises Siegen kurz vor einer mentalen Kernschmelze zu stehen. Der asketisch wirkende Mann blickte sich gehetzt um.

»Darf ich Ihnen etwas zu trinken anbieten?« fragte der Detektiv.

»Nein, danke«, wehrte Breuer entschieden ab. »Bitte, verzeihen Sie meine Direktheit, aber was ist in Wemlighausen passiert?«

»Inwieweit wurden Sie von der Polizei informiert?« Tristan musterte Immanuel Breuer.

»Überhaupt noch nicht«, stöhnte der. »Frau Rössel rief gestern Nacht an und berichtete grob, was vorgefallen war. Sie sagte auch, dass der Tatverdächtige Ihr langjähriger Freund und Diakon der Marienkirche sei.«

»Das ist korrekt«, nickte Tristan und gab eine umfassende Darstellung der Ereignisse der vergangenen Nacht wieder. »Leider kann ich mich zu den theologischen Streitigkeiten nicht äußern, weil sie mir im Einzelnen nicht bekannt sind. Es hieß nur, man habe sich gestritten. Im Übrigen betrachte ich Erich Roth nicht als Mörder, obwohl die Beweise momentan gegen ihn sprechen.«

»Uns sind die Ansichten von Martin-Lukas bekannt«, seufzte Ritter, »wir hielten es aber nicht für möglich, dass sie zu gewalttätigen Auseinandersetzungen führen könnten.«

»Martin-Lukas war lange Zeit Presbyter in der Nikolaigemeinde und Mitglied der Kreissynode. Er hatte einen Juwelierladen in der Oberstadt und unterstützte die Kirche auch finanziell«, erklärte Breuer. »Dann, wie aus heiterem Himmel, verwandelten sich seine Ansichten.«

»Was genau vertrat er denn?« hakte Tristan nach.

»Er warf uns, also der evangelischen Kirche, vor, uns heutzutage selbst des Ablasshandels schuldig zu machen«, begann Immanuel Breuer zu berichten.

»Wie das?!« Tristan kannte sich in der Geschichte einigermaßen aus, aber einen Zusammenhang zwischen Ablassbriefen, die einem die Zeit im Fegefeuer verkürzen sollten, und der heutigen evangelischen Kirche sah er nicht.

»Luther hat sich gegen die Praxis gewehrt, Sünden gegen Geld erlassen zu bekommen. Die sogenannten Ablassbriefe, gesegnet vom Papst, versprachen den Menschen Erlösung. Martin-Lukas warf seiner Kirche vor, dass die Diakonie, die Caritas, die christlich geführten Krankenhäuser und die Altenpflege nichts anderes seien als die teuflische Praxis der Ablassbriefe, transformiert ins 21. Jahrhundert.«

»Niemand bekommt Sünden erlassen?« wunderte sich Tristan. »Wo ist da ein Bezug?!«

»Der Mann ging ja noch weiter«, merkte Ritter an.

»Richtig, er warf uns vor, den Glauben verraten zu haben.« Dem Superintendent fiel es schwer, dies zu sagen. »Seine These lautete: Wenn die Kirche andere Glaubensvertreter außerhalb der christlichen Gemeinschaft anerkennt, dann verleugnet sie den wahren christlichen Glauben. Sie signalisiert damit, dass es egal ist, an welchen Gott man glaubt und verspielt so das ewige Leben ihrer Gemeindemitglieder.«

»Immer da, wo wir als Kirche nicht unseren Glauben ausdrücken, durch Zeichen, durch Sprache oder durch klare Abgrenzung, so seine Auffassung, würde dieser Verrat an Jesus Christus begangen«, ergänzte Ritter.

»Seine Folgerung: Die aus der Barmherzigkeit und der Nächstenliebe gewachsenen christlichen Hilfsorganisationen, wie Diakonie und Caritas, bedienen sich ökonomischer Strukturen, die an dem Gebot und dem Bekenntnis an Jesus Christus … Sie können es sich denken … Verrat begehen.«

»Er macht diesen Vorwurf übrigens auch der katholischen Kirche«, sagte Ritter. »Für Martin-Lukas gab es da keinen großen konfessionellen Unterschied mehr. Sah er doch unseren Glauben durch die immer aggressiver auftretenden Türken gefährdet.«

»Okay, der Mann hatte seine ganz eigene Wahrnehmung«, murmelte Tristan. »Aber mal ehrlich, es leuchtet ein, wenn man in einer Kirche einen Priester neben einem Imam stehen sieht, dann signalisieren die Verantwortlichen schon, dass es egal zu sein scheint, an welchen Gott man glaubt.«

Die beiden Pfarrer sahen den Detektiv überrascht an.

»Alleinstellungsmerkmal, Branding auf Neudeutsch!? Im Fußball und im Glauben gibt es keinen Kompromiss! Sie glauben an Jesus Christus, dann gibt es für Sie keinen anderen Glauben. Diejenigen, die an etwas anderes glauben, das sind Dämonen!«

»Herr Irle, Sie erschrecken mich!« Breuer begann hin- und herzugehen. »Wie können Sie einen Vergleich zum Fußball ziehen? Überlegen Sie mal, was das bedeutet!«

»Nun, es bedeutet wahrscheinlich, dass mehr Menschen für ihren Fußballklub in den Krieg ziehen würden als für ihren Glauben«, antwortete Tristan überzeugt.

»Nein, das meine ich nicht«, stieß Breuer aufgewühlt aus.

»Sie meinen, wer nicht an Christus glaubt, landet in der Hölle?«

Der Superintendent nickte.

»Was ist daran so entsetzlich? Nur wer an die Hölle glaubt, hat sie auch zu fürchten, oder? Außerdem haben wir eine laizistische Grundordnung, also Kirche und Staat sind getrennt. Es gibt nur eine weltliche Staatsmacht! Die Kirche kann laut und deutlich sagen, dass die anderen Dämonenanbeter seien. Es hat keine weltlichen Folgen, keiner wird verbrannt oder gefoltert. Den meisten wäre das sowieso egal. Aber wir schweifen ab. Oder hat diese Diskussion doch etwas mit dem Mord an Martin-Lukas Luther zu schaffen?«

Tristan hatte plötzlich wieder das ungute Gefühl im Magen, das ihn am Morgen schon begleitet hatte.

»Sie müssen wissen, dass Martin-Lukas ein ehemaliger Geschäftsinhaber in der Oberstadt war. Außerdem engagierte er sich jahrelang als Presbyter in der Oberstadt-Gemeinde.«

»Was Herr Breuer sagen will«, mischte sich Josef Ritter ein, »Martin-Lukas gehörte zu den Menschen, die ihren Worten Taten folgen ließen. Er war dabei, eine, wie er selbst formulierte, Verteidigungslinie gegen die Heiden aufzubauen.«

»Verteidigungslinie?« Tristan schüttelte den Kopf. »Was muss man sich darunter vorstellen?«

»Zum Beispiel eine Kundgebung mit einem drei Meter hohen Kreuz vor einem Heidentempel«, antwortete Breuer.

»Da die Osmanen noch wie im Mittelalter leben und ihnen die glorreiche Zeit der Aufklärung fehlt, könnte das zu Komplikationen führen«, murmelte Tristan.

»Wir haben die Befürchtung, dass man den Mann stoppen wollte«, erklärte Breuer. »Es gab anonyme Drohungen.«

»Außerdem wissen wir, dass Martin-Lukas auch Ihren Freund Erich Roth mehrmals aufgesucht hat.« Ritter reichte Tristan eine ausgedruckte E-Mail. Der Absender, eine Maika79, hatte beobachtet, wie der Protestant die Marienkirche betrat.

Der Detektiv gab das Schreiben zurück und sagte: »Davon hat mir Erich nichts berichtet.«

»Wir wissen natürlich, dass Sie für Ihren Freund ermitteln«. Immanuel Breuer sah den Detektiv verzweifelt an. »Aber, könnten Sie sich vorstellen, uns über Ihre Ermittlungen zu informieren?«

»Sehen Sie«, ergänzte Josef Ritter. »Die Behörden werden uns außen vor lassen. Was uns ehrlich gesagt beunruhigt. Wir würden doch gerne reagieren können, sollten die extremen Ansichten von Martin-Lukas bekannt werden.«

»Allerdings! Diese Vorstellungen könnten sich kontraproduktiv auf unsere Gemeinden auswirken. Wir kämpfen ja schon genug.« Der Superintendent sah den Detektiv flehentlich an.

»Was sagen Sie?« fragte Josef Ritter. »Sie würden der Kirche einen ehrbaren Dienst erweisen.«

3

Einen ehrbaren Dienst versuchte auch Hauptkommissar Pfeiffer seinem Auftraggeber, den Bürgern von Nordrhein-Westfalen, zu erweisen. Allerdings gestaltete sich die Ausführung etwas delikater, da „die Bürger von Nordrhein-Westfalen“ doch eher ein abstrakter Begriff waren. Deutlich konkreter wirkte da Polizeidirektor Wilhelm Flender. Seine massige Struktur und sein entschlossener Blick, den er sich in Dutzenden Nächten auf dem Hochsitz angeeignet hatte, weckten bei Pfeiffer den im Stammhirn eingepflanzten Überlebenswillen.

»Sie haben nicht das Bedürfnis verspürt, mich über das kleine Arrangement mit Oberstaatsanwalt Büdenbender zu informieren? Ich hatte Sie ja schließlich zum Gericht geschickt! Leider wusste ich nichts von dieser Reporterin.« Der Polizeidirektor thronte hinter einem monströsen Schreibtisch. Das Möbel wirkte wie aus der Zeit gefallen und erinnerte an alte Spionagefilme, die einen General im Kreml zeigen, wie er hinter einem solchen Monster hockt und zum Telefon greift.

»Ja, ich gestehe, da einen Fehler begangen zu haben«, antwortete Pfeiffer kleinlaut.

Flender runzelte die Stirn.

»Sie haben nichts zur Ihrer Verteidigung zu sagen?« hakte der Polizeidirektor nach.

»Nein, habe ich nicht«, antwortete der Hauptkommissar.

»Werden Sie krank?« Flender war es nicht gewohnt, dass sein Hauptkommissar aus Hagen einfach klein beigab. Zumindest hätte er die Anweisung des Oberstaatsanwaltes als Ausrede anmerken können. »Sie nehmen den Tadel hin?«

»Ja«, nickte Pfeiffer.

»Was geht hier vor?« Flender stand auf und trat hinter dem Schreibtisch hervor, was einen Augenblick dauerte.

Pfeiffer stand regungslos vor dem Schreibtisch und wartete.

»Jetzt raus mit der Sprache, warum werfen Sie diese Reporterin nicht raus!« Flenders Stimme dröhnte in Pfeiffers Ohren.

»Es gab da einen Anruf!« sagte Pfeiffer leise.

»Und?!« schnaufte Flender.

»Um meines Seelenheils willen, gedenke ich dem Oberstaatsanwalt den Gefallen zu tun«, erklärte Pfeiffer.

»Sie wissen schon, dass ich dies unterbinden kann«, murmelte Flender, der sich fragte, was den wieselartigen Pfeiffer so in die Ecke drängen konnte, dass er handzahm wurde.

»Ja, das könnten Sie«, nickte der Kommissar.

»Mensch, Pfeiffer, was ist los mit Ihnen?«

»Es gab einen Anruf«, wiederholte der Hauptkommissar stoisch.

Flender wedelte mit den Händen, was den Beamten auffordern sollte, mehr preiszugeben.

»Es ist etwas peinlich«, nuschelte Pfeiffer.

Diese Antwort war das Pendant zu einem Irren, der Benzin auf glühende Kohlen spritzt. Die Hitze der Stichflammen ließ, metaphorisch gesprochen, Flenders Nackenhaare sträuben.

»Mensch, jetzt lassen Sie sich nicht alles aus der Nase ziehen!« brüllte der Polizeidirektor.

»Der Anruf kam von meiner Mutter«, stöhnte Pfeiffer und schien den Widerstand aufzugeben, »sie wurde persönlich vom Bischof angerufen, um mir mitzuteilen, dass ich die gute Frau Lena Hoffmann unterstützen solle.«

»Äh, der Bischof? Welcher Bischof? Und was interessiert ihn an der Reporterin?« Flenders Gehirn produzierte Fragen so schnell, dass dem Polizeidirektor schwindlig wurde.

»Der Bischof von Paderborn. Meine Mutter ist eine gläubige sauerländische Katholikin«, erklärte Pfeiffer. »Der Kirchenfürst ist anscheinend der Meinung, dass wir mit der Presse im Nacken keine Vertuschung betreiben.«

»Weshalb sollten wir etwas vertuschen?« wunderte sich der protestantische Flender.

»Er traut den Siegerländer Pietisten nicht«, antwortete Pfeiffer. »Ein katholischer Priester, der ein Mörder sein soll, käme euch Protestanten gelegen, meinte er am Telefon gegenüber meiner Mutter.«

»Und Sie machen immer das, was Ihre Mutter Ihnen sagt?« Der Polizeidirektor schüttelte den Kopf.

»Nein, ganz sicher nicht«, antwortete Pfeiffer, »aber ich dachte mir, wenn die in Paderborn schon so schräg drauf sind, was könnte da noch von der protestantischen Seite auf uns niederrollen?«

Darauf hatte Flender keine Antwort. Er wollte sich nicht einmal vorstellen, was das für eine Antwort werden könnte.

»Okay, machen Sie weiter«, schnaufte er und entließ den Hauptkommissar.

In Pfeiffers Büro, einen Stock tiefer, saßen Werner Holzbaum und Lena Hoffmann. Die junge Reporterin hatte in der Früh einen Beitrag im Lokalradio über den Mord gesendet und war anschließend ins Kreispolizeigebäude gefahren. Holzbaum tippte auf einer Tastatur und füllte ein Formular aus, das die bisherigen Ermittlungen zusammenfasste. Es war die langweilige Polizeiarbeit, während der er Namen und Adressen von Zeugen in Formulare eintrug. Nachdem er alle Daten eingegeben hatte, wandte er sich der nächsten Seite zu. Dort mussten die interessanten Fakten festgehalten werden. Wie zum Beispiel, welche Mordwaffe benutzt wurde, wie der Tathergang abgelaufen sein könnte und natürlich eine Tatortbeschreibung. Der neu ernannte Hauptkommissar suchte nach einer passenden Beschreibung des Freizeitlagers und wandte sich an Lena.

»Frau Hoffmann, wie nennt man einen abgelegenen Ort, der aus wenigen Gebäuden besteht?«

Lena, die ein kleines Tablet in der Hand hielt und etwas darauf eintippte, antwortete: »Weiler?«

»Ja, das passt, danke«, nickte Holzbaum. »Was tippen Sie da ein?«

»Ein paar Notizen«, murmelte sie, ohne weiter auf den Hauptkommissar zu achten. »Ich möchte nichts vergessen oder später etwas falsch wiedergeben.«

»Löblich«, lächelte Holzbaum und wandte sich wieder seinem Formular zu.

Die Bürotür flog auf und Pfeiffer betrat den Raum.

»So was Peinliches!« knurrte er und ließ sich auf dem Stuhl hinter seinem Schreibtisch fallen, als wäre er faules Obst, das auf den Gehsteig fällt.

»Gab es Probleme?« fragte Holzbaum. Sein Blick klebte weiter auf dem Bildschirm.

»Keine, die ich nicht aus der Welt schaffen könnte, aber unsere Schießübungen können wir vergessen«, antwortete Pfeiffer genervt. »Frau Hoffmann, Sie haben jetzt das offizielle Okay des Polizeidirektors.«

»Gut, kann ich ihn interviewen?« fragte sie, während ihre lackierten Fingernägel über das Display huschten.

»Damit würde ich warten, bis wir den Fall gelöst haben«, mahnte Pfeiffer. »Also, was haben wir?!«

Holzbaum deutete mit dem Zeigefinger auf einen Hefter, der vor Pfeiffer auf dem Schreibtisch lag.

»Hm«, grunzte der Hauptkommissar. Er griff nach ihm und begann zu lesen. »Interessant, Roths Wanderstab besteht aus Bilinga, einem Hartholz, das vorwiegend in Zentralafrika wächst.«

»Ja«, nickte Holzbaum und tippte weiter.

»Holzsplitter wurden in der Kopfhaut des Opfers sichergestellt«, murmelte Pfeiffer, »damit steht also eindeutig fest, dass der Wanderstab die Mordwaffe ist. Hat man andere Fingerabdrücke außer denen von Erich Roth gefunden?«

»Nein«, stöhnte Holzbaum und sah zum ersten Mal auf. »Glaubst du, dass Erich ein Mörder ist? Ich glaube das nicht.«

»Glauben kannst du in der Kirche«, antwortete Pfeiffer und warf den Hefter auf den Schreibtisch. »Bei unserer Arbeit zählen Fakten.«

»Mit dieser Aussage wäre ich vorsichtig«, sagte Lena und grinste.

»Was gibt es da zu grinsen?« Pfeiffer klopfte sein Jackett nach seiner E-Zigarette ab. Er fand die täuschend echt aussehende E-Zigarette und steckte sie in den Mund, ohne sie einzuschalten.

»Fakten können in die Irre führen«, antwortete sie. »Haben Sie das hier schon gesehen?«

Sie hielt den beiden Polizisten ihr Tablet hin, auf dem ein Video lief.

»Für das Internet ist eigentlich ein Kollege zuständig«, erklärte Pfeiffer miesepetrig. »Der Kerl ist leider unpässlich.«

»Hoffentlich nichts Schlimmes«, meinte Lena beunruhigt.

»Nein, hat sich beim Mountainbiken auf die Fresse gelegt und sich dabei die Schulter gebrochen«, grummelte Pfeiffer, als wollte er den verunglückten Kollegen Affolderbach damit bestrafen. »Was ist das?«

»Da hat jemand den Streit zwischen dem Opfer und dem vermutlichen Täter aufgezeichnet«, erklärte Lena. »Sie müssen sich im Speisesaal des Freizeitlagers befinden. Sehen Sie, die anderen Teilnehmer sind ebenfalls auf dem Video.«

Pfeiffer sah sich das Video an. Mit jeder Sekunde, die das Tablet Bilder abspielte, verwandelte sich die Ermittlung in ein Freizeitvergnügen. Neben der Mordwaffe lieferte der kleine Film ihm nun auch noch ein Motiv und den Beweis, dass beide Männer emotional aufgebracht waren.

»Das ist ja perfekt!« rief er und klatschte in die Hände.

»Nun, ich denke nicht ganz«, mahnte Lena und hielt das Video an. »Sehen Sie hier genau hin!«

Sie startete das Video erneut, zoomte aber den rechten Bildrand heran. Zu sehen war eine Hand, die mit hitzig werdendem Streit sich langsam zu einer Faust ballte.

»Erich Roth war nicht der Einzige, der sich von Martin-Lukas provozieren ließ«, sagte Lena. »Zu wem auch immer diese Hand gehört, die Person schien ebenfalls eine gewisse Wut zu verspüren.«

»Fragt sich nur, auf wen?« meinte Pfeiffer.

Das Telefon klingelte. Holzbaum nahm den Hörer ab und sagte: »Wir bekommen Besuch. Irle ist im Anmarsch.«

Ein paar Minuten später klopfte es an der Bürotür und Privatdetektiv Tristan Irle trat ein.

Der Detektiv trug eine seiner Strickjacken, eine Jeans und wie immer seine Lesehalbbrille auf der Nase. Überrascht musterte er die junge Frau, die in einer Skinny Jeans und einem T-Shirt an Affolderbachs Schreibtisch saß.

»Frau Hartmann, das ist Herr Irle. Sie haben sich ja schon gestern Abend gesehen«, erklärte der Hauptkommissar. »Jetzt lernen Sie sich auch noch kennen.«

»Hat es einen besonderen Grund, dass Sie mir Frau Hartmann vorstellen? Oder wollen Sie nur Zeit gewinnen, bis Ihnen etwas einfällt, um mich loszuwerden?«

Tristans Toleranzschwelle befand sich momentan weit unter dem Meeresspiegel. Es nervte ihn, irgendwelche Spielchen zu spielen. Außerdem hatte er Marlowe allein gelassen und wollte deshalb so schnell wie möglich wieder in die Altstadt zurückkehren. Nachdem die beiden Superintendenten gegangen waren, wollte der Kakadu partout nicht vom Dachsims der Marienkirche herunterkommen. Also hatte Tristan entschieden, Marlowe seinen Willen zu lassen und war ohne ihn zur Kreispolizeibehörde losgefahren.

»Jetzt seien Sie nicht gleich beleidigt«, antwortete Pfeiffer, der sich nicht entscheiden konnte, verärgert oder amüsiert zu wirken. »Frau Hartmann wird uns bei der Mordermittlung über die Schulter schauen.«

»Keine Sorge, Herr Irle, ich werde nicht im Wege stehen.« Lena reichte dem Detektiv die Hand. »Auf das wir den wahren Täter überführen.«

Das stimmte den grantigen Detektiv etwas gutmütiger. Er nickte der jungen Reporterin mit einem angedeuteten Lächeln zu.

»Wie können wir Ihnen helfen?« fragte Pfeiffer und blickte auf den zuvor weggelegten Hefter.

»Ich würde gerne wissen, ob Sie von allen Beteiligten eine Positionsbestimmung aufgenommen haben?«

Pfeiffer blickte zu Holzbaum, der schüttelte den Kopf.

»Nein, haben wir nicht«, sagte der schwergewichtige Polizist. »Es gibt aber zu jedem der Teilnehmer ein Verhörprotokoll.«

»Könnte ich von denen eine Kopie erhalten?« Tristan betonte es nicht als Frage.

»Ich weiß nicht?!« murmelte Pfeiffer. »Das sind polizeiliche Unterlagen.«

»Das ist mir bekannt«, knurrte Tristan. »Aber ich kann ja Erichs Anwalt darüber informieren, dass Sie die Ermittlungen behindern.«

»Erich hat einen Anwalt?!« wunderte sich der Hauptkommissar. »Wer soll das denn sein?«

»Die ganze katholische Kirche, einschließlich des Papstes in Rom«, antwortete Tristan ein wenig zu laut. »Und hier vor Ort den Herrn Monsignore Königsberg.«

»Ist das so?!« Pfeiffer sah zu Holzbaum hinüber, der schüttelte leicht den Kopf und gab seinem Chef zu verstehen, besser mit den Sticheleien aufzuhören. »Die Protokolle erhalten Sie.«

Holzbaum startete bereits den Drucker.

»Machen Sie besser zwei Kopien«, sagte Tristan. »Dieser Monsignore wird die Protokolle sicherlich auch haben wollen.«

Holzbaum nickte.

»Haben Sie das Video gesehen?« fragte Lena und deutete auf ihr Tablet.

Pfeiffers plötzlich wechselnde Gesichtsausdruck als zitronensauer zu bezeichnen wäre geschmeichelt gewesen.

»Was für ein Video?« Tristan sah auf das Tablet und erst, als Lena es ablaufen ließ, verstand der Detektiv, dass jemand den Streit gefilmt hatte.

»Achten Sie auf den rechten Bildrand, auf die Hand!« Lena reichte Tristan das Tablet.

Der Detektiv verfolgte angespannt das Geschehen. »Wissen Sie, zu wem die Faust gehört?«

»Nein, wir haben das Video eben erst entdeckt«, antwortete Pfeiffer. »Es entlastet Ihren Freund aber nicht wirklich.«

»Zumindest gibt es noch jemanden, der sich von Martin-Lukas ebenfalls provozieren ließ«, fauchte Tristan. »Und diese Person trägt einen Ring.«

»Ja?! Herr Irle hat recht«, nickte Lena. »Das sieht nach einem Siegelring aus.«

4

Das Video beunruhigte Tristan. Er fuhr über die Weidenauer Straße zurück in die Altstadt. Neben ihm auf dem Beifahrersitz lag der Stapel Verhörprotokolle. Er fragte sich: Wen hatte Martin-Lukas noch provoziert und war dieser Jemand zu einem Mord fähig?

»Wer könnte mir darauf eine Antwort geben«, murmelte er vor sich hin und setzte den Blinker, um vom Kölner Tor in den Obergraben abzubiegen.

Samstagmorgens gab es einen traditionellen Markt vor dem Rathaus. Der damit verbundene Verkehr bremste den Detektiv an der Kreuzung zur Löhrstraße aus. Tristan musste den Borgward anhalten. Ein kleiner Stau hatte sich von der Kreuzung am Clubb bis hinunter zum Laternchen gebildet. Der Detektiv konnte bereits die Abfahrt in die Zaungasse erkennen, aber momentan ging es nicht weiter.

Plötzlich klopfte jemand auf das Stoffverdeck. Einen Augenblick später lächelte Frederick Königsberg mit zwei perfekt geweißten Zahnreihen durch das Seitenfenster.

»Morgen, Herr Irle!« rief er ihm zu. »Schon so früh unterwegs?«

Da der Borgward über keine modernen elektrischen Fensterheber verfügte, beugte sich der Detektiv über den Beifahrersitz und kurbelte das Seitenfenster hinunter.

»Guten Morgen, Monsignore«, antwortete der Detektiv. »Was führt Sie in die Altstadt?«

»Ich möchte mich mit dem Superintendenten Breuer treffen«, antwortete er freundlich.

»An einem Samstag?« wunderte sich Tristan.

»Der Herr Superintendent möchte behilflich sein«, antwortete Königsberg süffisant. »Diese Protestanten, so arbeitswütig und organisiert.«

»Ich bin ebenfalls ein Protestant«, erwiderte Tristan, aber das ignorierte der Monsignore.

»Wir sehen uns«, antwortete er und klopfte zum Abschied nochmals auf das Stoffverdeck.

Endlich ging es auf der Straße weiter und Tristan erreichte den Hof hinter der Marienkirche. Die kurze Ablenkung half dem Detektiv, einen klaren Gedanken zu fassen. Er musste jetzt als Erstes mehr über das Opfer herausbekommen, um sich ein Bild von ihm machen zu können. Und er wusste auch, wen er fragen konnte: Johanna Rössel.

Sie wohnte ein paar Meter den Berg hinauf gleich neben der Nikolaikirche. Alle Teilnehmer des Ausfluges hatten noch in der vergangenen Nacht entschieden, dass Treffen aufzulösen und waren nach Hause gefahren. So konnte Tristan davon ausgehen, die Pastorin anzutreffen. Er ging die Barstewende hinauf und weiter über den Kornmarkt auf den alten Marktplatz zu. Dort reihten sich Marktstände aneinander. Es war ein sonniger Samstagmorgen, und dementsprechend nutzten viele Menschen die Gelegenheit, heimische Agrarprodukte einzukaufen. Tristan kämpfte sich durch die Menge und schritt die Stufen der mächtigen Steintreppe zur Nikolaikirche hinauf. Dann hielt er sich rechts, um auf die Pfarrstraße zu gelangen. Dort befand sich das Pfarrhaus.

Pastorin Rössel öffnete ihm überrascht die Tür.

»Mit Ihnen hätte ich jetzt nicht gerechnet«, sagte sie und bat den Detektiv einzutreten.

»Wen hatten Sie denn erwartet?« fragte Tristan nach.

»Die Polizei oder diesen Monsignore«, antwortete sie freundlich.

Sie führte den Detektiv in ihr Arbeitszimmer.

»Darf ich Ihnen etwas zu trinken anbieten?«

»Nein, danke«, wehrte Tristan ab. »Ich möchte Sie nicht lange aufhalten.«

»Sie halten mich nicht auf, Herr Irle«, antwortete die Pfarrerin und bat Tristan, an einem schmalen Besprechungstisch Platz zu nehmen. Im Arbeitszimmer dominierte ein Schreibtisch, der mit allerlei Papieren, Büchern und Erinnerungsstücken überladen war. Hinter dem Schreibtisch standen auf einem Bord ein Drucker und zwei Vasen mit Schnittblumen. Ein Bücherregal erstreckte sich über zwei Wände, von einem Fenster unterbrochen.

»Gemütlich haben Sie es hier«, sagte Tristan und setzte sich.

Rössel setzte sich ihm gegenüber. »Was kann ich für Sie tun?«

»Erzählen Sie mir etwas über das Opfer«, bat Tristan.

»Martin-Lukas?« Sie stöhnte auf. »Was wollen Sie wissen?«

»Was war er für ein Mensch?«

Sie nickte, stand auf, ging zu ihrem Schreibtisch und nahm dort ein Papier. »Sehen Sie sich das an.«

Sie reichte es Tristan. Es war ein Flyer, auf dem ein loderndes Feuer zu sehen war, über dem mit fetten Buchstaben ein lateinischer Satz stand.

»*Verus thesaurus ecclesie est. sacrosanctum euangelium glorie et gratie dei*«, rezitierte sie den Satz. »*Der wahre Schatz der Kirche ist das heilige Evangelium um der Herrlichkeit und Gnade Gottes*. These 62. Jeder der Anwesenden im Freizeitlager hat diesen Flyer auf seinem Bett gefunden. Wir nehmen an, dass er von Martin-Lukas verteilt wurde.«

»Was hat das zu bedeuten?« Tristan legte den Flyer auf den Tisch.

»Theologisch hat es eine Menge zu bedeuten«, antwortet sie. »Aber ich denke, für Martin-Lukas hatte es nur eine Bedeutung. Sehen Sie, Christus hat uns keine Schätze hinterlassen, sondern ausschließlich seine Worte, sein Evangelium. Martin-Lukas spielt da auf die heutigen Schätze der christlichen Kirchen an.«

»Die Herren Breuer und Ritter sprachen davon, dass Martin-Lukas die Kirche wegen ihres Gewinnstrebens anprangerte.«

»Sie haben also die beiden Herren bereits kennengelernt«, Johanna Rössel grinste vielsagend.

»Ja, aber ehrlich gesagt, kommt mir sein Verhalten eher suspekt vor. Er gleicht einem Fanatiker. War er schon immer so?«

»Nein, Martin-Lukas war ein engagiertes Mitglied meiner Gemeinde. Er führte einen Juwelierladen in der Oberstadt, war ein talentierter Goldschmied. Er spendete viel und half, wo immer Not am Mann war.« Sie blickte nachdenklich auf den Flyer. »Dann starb seine Frau. Plötzlicher Hirntod, das hat er nicht verkraftet. Er zog sich aus den meisten seiner Ehrenämter zurück. Verkaufte sogar sein Geschäft. Nur den Sitz in der Kreissynode behielt er. Dann begann er seine Thesen zu verbreiten. Er fand auch Anhänger, die seine Meinung teilten. Manche waren wie er Presbyter in der Gemeinde.«

»Waren die ebenfalls im Freizeitlager?« fragte Tristan.

»Nein, Lothar Kehl, ein Freund und Unterstützer von Martin-Lukas, würde sich nie in ein Etagenbett legen.« Johanna Rössel schüttelte anmutig ihren Kopf. »Außerdem sind Martin-Lukas Unterstützer eher verschwiegen.«

»Hatte er Feinde?« fragte Tristan nachdenklich.

»Nicht dass ich wüsste«, überlegte Johanna Rössler. »Doch, da war eine Sache, die man sich in der Gemeinde erzählte. Es gab da irgendwelche Unstimmigkeiten beim Verkauf seines Ladens.«

»Wissen Sie, wer den Laden gekauft hat?«

»Nicht direkt, aber jetzt, wo Sie mich darauf ansprechen: Es gibt da ein Gerücht, dass die Frau unseres Superintendenten das Gebäude gekauft haben soll.«

5

Eine interessante Information, dachte der Detektiv, als er die Pfarrstraße betrat.

Das eigentümliche Kirchenschiff der Nikolaikirche strahlte in der Mittagssonne. Die von Kaufleuten im 13. Jahrhundert finanzierte Kirche war dem heiligen Nikolaus, dem Schutzpatron der Reisenden und Kaufleute, geweiht. Sie war wohl die einzige Kirche in Deutschland, die nicht von einem Kreuz, sondern von einer goldenen Krone geziert wurde. Der liebevoll als „Krönchen" bezeichnete Turmschmuck machte jedem Gläubigen klar, dass es im Siegerland eine besondere Sichtweise gab, mit der geistliche wie weltliche Dinge betrachtet wurden.

Das „Krönchen" war 1658 von Johann Moritz gespendet worden, als er in den Fürstenstand erhoben wurde. Der Fürst machte jedem seiner Untertanen klar, dass er sie als Protestanten schützen würde. Dafür sicherten die Gläubigen dem Fürsten die weltliche Macht, was in ihrem Sinne war, wollten die braven Siegener Bürger doch nur eins: gute Geschäfte machen und damit Gott gefallen.

Die heutigen Machthaber halten es mit dem Beschützen von Christen nicht so genau. Sie haben den Heiden Tür und Tor geöffnet und prahlen noch mit dem christlichen „C" in ihrem Partei-Namen.

Gottlosigkeit überall!

Was hätten die alten protestantischen Stadtväter wohl darüber gedacht, wenn fremdländische Teufelsanbetung mittags über die Dächer der Stadt hallte?

Tristan wusste es nicht. Er umrundete die Nikolaikirche im Marschtempo, eilte über den immer noch gut besuchten Marktplatz, schritt vorsichtig die Barstewende hinunter und sah sich, im Hof hinter der Marienkirche angekommen, nach Marlowe um.

Der Kakadu war nirgends zu finden. In dem engen Häusermeer der Altstadt mit seinen Giebeldächern überraschte das Tristan nicht wirklich. Er hoffte nur, dass Marlowe sich nicht in eine gefährliche Situation begeben hatte. Sein Borgward parkte noch vor dem Seiteneingang der Marienkirche. Als Tristan weiter über den Hof auf sein Haus zuging, erkannte er Helgas kleinen Panda. Seine Freundin hatte also ihr Versprechen gehalten und war in die Stadt gekommen.

Der Detektiv lächelte zufrieden und ging zu seinem Haus. Er öffnete die alte Eichentür, deren Angeln knarrten, als wäre man in einem Spukschloss.

»Ich bin in der Küche«, rief Helga, die das gruselige Geräusch nicht ausstehen konnte und ihren Freund schon mehrmals gebeten hatte, etwas dagegen zu unternehmen.

Tristan betrat die Diele und ging ins Wohnzimmer, wo er zu seiner Erleichterung sein Haustier auf der Kletterstange vorfand.

»Hast du ihn mit reingenommen?« fragte Tristan, der in der Küche Helga mit einem Kuss begrüßte.

»Er ist mir freiwillig gefolgt«, antwortete sie und verstaute einen kleinen Essensvorrat in der Tiefkühltruhe.

»Wer soll das alles essen?« fragte Tristan laut.

»Wenn wir in Wittenberg sind, dann will ich mir keine Sorgen machen.« Sie drückte ihm einen Kuss auf die Wange und ging ins Wohnzimmer. »Hast du dich um die Unterkunft gekümmert?«

Der Detektiv zuckte zusammen. Natürlich hatte er sich noch nicht um die Unterkunft gekümmert. Wie auch, er hatte einen Mord aufzuklären! Außerdem war gerade einmal ein Vormittag vergangen.

Okay, das hatte in biblischer Zeitrechnung ausgereicht, um einen Planeten zu schaffen. Für die Sonne ging dann der Nachmittag drauf.

Tristan wusste, dass Helga eine Anhängerin von effizienten Arbeitsweisen war. Sie hatte keine Probleme mit der biblischen Zeitrechnung, weil sie pragmatisch dachte. Vor dem Nichts gab es keinen Tag, also kann ein Tag durchaus auch 1 Milliarde Jahre lang dauern. Dieser pragmatische Ansatz hatte jedoch seine Tücken.

Aufforderungen, etwas „gleich" zu erledigen, konnten bedeuten, es im Laufe des Tages abzuschließen, oder sofort, innerhalb der nächsten Minuten. Da Tristan kein Telepath war, der in Helgas Gedanken eindringen konnte, um die genaue Zeit zu erfahren, in der sie es für angemessen hielt, die Aufgabe zu beenden, blieb ihm nur seine Intuition. Und die sagte ihm in diesem Moment, ihm hätte klar sein müssen, dass seine angebotene Hilfsbereitschaft nicht ewig aufgeschoben werden konnte. Helga wollte das Problem am liebsten noch gestern gelöst haben.

»Die Unterkunft«, wiederholte er langsam.

»Du hast dich noch gar nicht darum gekümmert«, stellte Helga mit einem enttäuschten Tonfall fest.

»Ich setze mich jetzt sofort an den Computer«, antwortete Tristan entschlossen.

»Lass nur«, lächelte Helga, »ich habe Elisa gebeten, herzukommen. Sie wird jeden Moment eintreffen. Dann kannst du dich der Mördersuche widmen.«

Als hätte ein Regisseur ein Zeichen gegeben, klopfte es an der Haustür.

»Das ist unheimlich«, murmelte Tristan, ging ins Wohnzimmer und rief: »Die Tür ist offen, treten Sie ein.«

Elisa Solms stemmte die Eichentür auf und blickte sich forschend um.

»Kommen Sie herein!« forderte Tristan sie erneut auf. Der Detektiv beobachtete sie aus dem Wohnzimmer, dessen Tür zur Diele offenstand.

Elisa nickte, musterte den gefliesten Dielenboden und stöckelte dem Detektiv entgegen.

»Das ist aber nett hier«, lobte sie mit einem freundlichen Lächeln, das von Menschen mit misstrauischem Gemüt auch als Beleidigung verstanden werden konnte.

Helga kannte Elisa lange genug, um ihre elitäre Ausdrucksweise zu verstehen.

»Das ist nett gesagt von dir«, lächelte Helga zurück. »Das Haus hat etwas Bodenständiges, etwas Altertümliches, nicht wahr?«

»Ja, genau! Das ist die richtige Beschreibung«, nickte Elisa. »Ich habe es persönlich ja lieber etwas modern.«

»Ja, das glaube ich«, nickte Tristan, dem Elisas Erscheinungsbild erst jetzt richtig bewusst wurde. Als er sie das erste Mal am gestrigen Tag gesehen hatte, war seine Konzentration auf eine Nadel und deren Nadelöhr fixiert gewesen.

Die Vorsitzende der Frauenhilfe im Siegerland trug ein teures Kostüm, als wolle sie im Anschluss ihres Besuches noch auf der „Kö" in Düsseldorf shoppen gehen. Ihre geschnittenen Haare lagen perfekt frisiert und ihre Nägel waren frisch manikürt. Sie blickte misstrauisch zu Marlowe, der auf seiner Kletterstange den marineblauen Stoff des Kostüms ins Visier nahm.

»Der Vogel bleibt doch da sitzen?« fragte sie nervös. »Ich fände es sehr unpassend, wenn Ausscheidungen jeglicher Art meinen Dress verschmutzen würden.«

»Oh, das kann ich verstehen«, nickte Helga. »Das Kleid steht dir ausgezeichnet.«

»Findest du?« Sie sah an sich herunter. »Ich war mir nicht sicher, ob es nicht etwas zu übertrieben wirkt.«

»Nein, überhaupt nicht.« Helga wedelte mit den Händen. »Wenn man noch eine so gute Figur hat wie du, dann wäre es eine Schande, das Teil im Schrank verrotten zu lassen.«

»Das ist nett«, lächelte Elisa und umarmte Helga spontan.

Tristan fühlte sich plötzlich fremd im eigenen Haus.

Marlowe musste Tristans Ungemach gespürt haben, denn plötzlich sträubte er seinen Kamm und krächzte: »Eine ist die himmelblaue, / Die uns froh entgegenlacht, / Doch die andre ist die graue, / Welche angst und bange macht.«

»Er spricht!« stieß Elisa in einem viel zu hohen Ton aus.

»Ja, manchmal«, antwortete Tristan mit einem sarkastischen Unterton, der ihm von Helga einen strafenden Blick einhandelte.

»Was für eine Kuriosität!« Die Vorsitzende schüttelte den Kopf, dass die mühevoll frisierten roten Haare durcheinanderflogen.

»Setz dich doch bitte«, bat Helga und deutete auf ein viktorianisches Sofa, das mitten im Raum stand.

In diesem Moment klopfte es erneut an der Haustür. Da Tristan dieses Mal nicht ahnen konnte, wer da Einlass wünschte, ließ er die Damen im Wohnzimmer zurück und öffnete die Haustür.

»Hallo, Herr Irle«, grüßte ein gut gelaunter Monsignore. »Ihre Klingel funktioniert nicht.«

»Herr Königsberg, was für eine Überraschung! Ich weiß, die Klingel ist abgeschaltet«, erwiderte Tristan. »Wie war Ihr Treffen mit dem Superintendenten, hilfreich?«

»Je nachdem«, antwortete Königsberg. »Wäre es möglich, dass wir uns unterhalten?«

»Ich habe Besuch«, antwortete Tristan, als plötzlich von hinten Elisa rief: »Lassen Sie diesen Mann nicht über die Schwelle. Er ist der Teufel!«

3. Der Teufel lächelte …

Immer noch Samstag

Der Teufel lächelte Tristan überrascht an. Elisa Solms eilte in die Diele. Ihr rotes Haar schien zu glühen, während sich ihre weichen Gesichtszüge in eine hasserfüllte Fratze verwandelten.

»Was willst du hier?« schleuderte Elisa dem Monsignore entgegen.

»Liebe Ex-Schwägerin, das geht dich nichts an«, antwortete Königsberg mit einer Stimme, so hart, dass sie glühendes Eisen hätte schmieden können.

»Sie kennen sich?« Tristan richtete seine Lesebrille. Er war überrascht, dann sagte er: »Na, dann kommen Sie doch mal herein, Monsignore.«

»Was ist hier los?« Helga trat ebenfalls in die Diele und sah verblüfft den Anwalt in der Soutane an. Sie hielt zwei Tassen Kaffee in der Hand.

»Wir haben weiteren Besuch bekommen«, erklärte Tristan und bat alle, zurück ins Wohnzimmer zu gehen.

Helga reichte Elisa eine Tasse, nachdem diese sich auf das viktorianische Sofa gesetzt hatte. Die zweite Tasse bot sie dem Priesteranwalt an. Königsberg lehnte dankend ab und sah sich um. Helga behielt die Tasse und setzte sich neben Elisa auf das Sofa.

»Also, Sie waren verwandt?« begann der Detektiv, der sich vor den Sekretär stellte.

»Frau Solms war einmal Frau Königsberg, die Frau meines Bruders«, antwortete der Monsignore, während er sich im Wohnzimmer umsah und unbewusst mit dem goldenen Kreuz spielte, das um seinen Hals hing.

»Das ist eine Ewigkeit her«, zischte Elisa, die sich langsam zu fangen schien. »Es war keine glückliche Ehe und absolut keine einvernehmliche Trennung, daran hattest du einen großen Anteil!«

»Deine Streitlust ist immer noch Gesprächsthema auf Familienfesten, echt legendär«, erwiderte Königsberg gelassen, womit er Elisa provozierte.

»Bitte, benehmt euch!« warnte Helga.

»Was willst du eigentlich hier?« fragte Elisa und atmete langsam aus, ohne gleich wie ein Dampfkessel vor der Explosion zu klingen.

»Hat man dir das noch nicht gesagt?« wunderte sich Königsberg. Er stand jetzt vor Tristans mächtiger Bücherwand und begutachtete den Bestand.

»Was gesagt?!« Elisa blickte verstört zu ihrer Freundin. »Helga?«

»Unser Freund Erich Roth wurde wegen Mordes verhaftet«, mischte sich der Detektiv ein. »Er soll Martin-Lukas Luther erschlagen haben.«

»Was?! Martin-Lukas ist tot!?« Elisa sah ihren Ex-Schwager verwirrt an. »Was hast du damit zu tun?«

»Nichts. Ich bin wegen Erich Roth hier. Ich bin sein Anwalt.« Er zuckte mit den Schultern, als sei das nichts Besonderes.

»Ist das wahr, Herr Irle?« Elisa sah ungläubig zum Detektiv.

»Ja, soweit er die Wahrheit spricht, dass er wirklich ein Monsignore im Paderborner Bistum ist«, antwortete Tristan.

»Das ist er«, fauchte Elisa widerwillig.

»Wieso duzest du das Opfer?« Helga sah die Vorsitzende der Frauenhilfe kritisch an.

»Wir kennen uns durch die Arbeit in der Kreissynode. Außerdem hat er Ansichten vertreten, die ich nicht alle gutheißen kann.«

»Aber dein neuer Lover, Lothar Kehl?« grätschte Königsberg dazwischen.

»Woher weißt du, dass Lothar mein Freund ist?« Elisa richtete sich auf und sah den Mann in der perfekt sitzenden Soutane angriffslustig an.

»Dein Liebhaber prahlte damit, eine wunderschöne Rothaarige sein Eigen zu nennen«, erklärte Königsberg genüsslich. »Und bevor du mir Löcher in den Bauch fragst: Er hat für das Bistum einige Statuen geschätzt. Er war auch bei Erich Roth in der Marienkirche.«

Tristan hörte den Namen jetzt zum zweiten Mal. »Ist Ihr Freund mit der Planung zur 700-Jahr-Feier der Nikolaikirche beschäftigt, Frau Solms?«

»Ja, er hilft Johanna Rössel, der Pastorin in der Nikolaikirche«, antwortete Elisa, nippte an der Tasse Kaffee und zischte dann: »Frederick, jetzt rück endlich raus, was du von Herrn Irle willst?«

Königsberg nickte und sagte: »Ich habe von einem befreundeten Anwalt einen Tipp bekommen. Wie es aussieht, haben die Frau des Superintendenten Breuer und der verstorbene Martin-Lukas einen Rechtsstreit.«

»Ich weiß, dass Breuers Frau den alten Laden von Martin-Lukas gekauft hat«, nickte Elisa. »Aber dass die beiden sich vor Gericht streiten, war mir nicht bekannt.«

»Das könnte ein Mordmotiv sein«, überlegte Königsberg laut.

»Vorsicht, Frederick, du sprichst vom Superintendenten!« warnte Elisa.

»Bitte, bleiben Sie ruhig«, mahnte Tristan. »Herr Könisgberg, ich schlage vor, dass Sie jetzt gehen.«

»Eine gute Idee«, nickte Elisa.

»Und wir kümmern uns jetzt um eine Unterkunft in Wittenberg«, sagte Helga. »Elisa, was hältst du davon, zu einem Reisebüro zu gehen, ganz altmodisch.«

Tristan nickte seiner Freundin zu.

»Eine Sache hätte ich da noch«, meldete sich Königsberg erneut zu Wort. »Erich bat um ein paar Dinge aus seiner Wohnung, Rasierer und so etwas. Er meinte, Sie hätten einen Schlüssel für sein Haus.«

»Warum hat er mich nicht angerufen?« fragte Tristan ein wenig beleidigt. Doch noch bevor er die letzte Silbe ausgesprochen hatte, war ihm die Antwort klar. Erich saß in einer Gefängniszelle und konnte nur über seinen Anwalt kommunizieren, und der war der bischöfliche Gesandte Frederick Königsberg.

2

Königsberg verließ zusammen mit Helga und Elisa das Haus. Als Tristan allein im Wohnzimmer stand, füllte er Marlowes Fressnapf mit Körnern und setzte sich dann an einen Esstisch, der unweit neben dem Eingang zur Küche stand. Auf der Tischplatte lagen die Verhörprotokolle, die er von Holzbaum erhalten hatte. Der Detektiv rückte seine vergoldete Lesebrille zurecht und schlug den obersten Ordner auf. Er las ein paar Zeilen, dann schlug er den Ordner wieder zu.

»Ich muss da anders rangehen«, brummte er.

Neben dem Esstisch zierte ein viktorianischer Sekretär die Wand zur Küche. Er diente als kleiner Schreibtisch. Auf ihm standen das alte Festnetztelefon, ein zugeklapptes Notebook und Schreibzeug sowie Stifte, Blätter und was sonst noch auf einen Schreibtisch gehörte. Der Drucker versteckte sich unterhalb der Schreibtischplatte hinter zwei Türen.

Tristan nahm sich einen Stift und ein Blatt Papier und setzte sich wieder an den Esstisch. Dort sortierte er die Ordner nach Konfession und Geschlecht.

»Als Erstes muss ich mir einen Überblick über die anwesenden Personen verschaffen«, sagte er und begann die Namen der Teilnehmer aufzulisten.

Er hatte am Mordabend nicht mit allen gesprochen. Eigentlich, so stellte er jetzt fest, hatte er nur mit Johanna Rössel und Erich geredet. Tristan notierte sich die Namen nach Konfessionen. Dann begann er die Aussagen zu lesen, die die Polizei aufgenommen hatte.

Peter Müller war ein katholischer Priester aus Netphen, er stand zum Zeitpunkt des Schreies neben Matthias Montanus, einem evangelischen Pfarrer aus Gosenbach. Magdalena Hübner, eine Presbyterin aus Neunkirchen, unterhielt sich mit Johanna Rössel, der Pfarrerin der Nikolaikirche. Und so ging es weiter, jeder Teilnehmer und jede Teilnehmerin hatte ein Alibi.

»Das ist nicht gut«, schnaufte Tristan, nachdem er den letzten Ordner zugeschlagen hatte.

Sie alle hielten sich zum Zeitpunkt des Mordes in unmittelbarer Nähe des Grills auf. Nur Erich Roth konnte niemanden nennen, der ihn weit entfernt vom Opfer gesehen hatte.

Das sah in der Tat sehr belastend für seinen Freund aus. Da er aber keinen Augenblick daran zweifelte, dass Erich keinesfalls ein Mörder sei, gab es für den Detektiv nur eine plausible Erklärung: Eine weitere, noch unbekannte Person musste das Freizeitlager betreten und Martin-Lukas ermordet haben.

»Es gab genügend Außenstehende, die von dem Ausflug wussten«, murmelte Tristan. »Zuallererst natürlich die Herren Superintendenten Breuer und Ritter. Nicht zu vergessen den Bischof in Paderborn und seine Entourage.«

Zu einem Mord gehört immer ein Motiv, überlegte Tristan. Doch zu diesem Zeitpunkt hatte er nur ein Indiz, das als Motiv herhalten konnte und ihn zu Immanuel Breuer führte.

Königsberg deutete einen Rechtsstreit an, der sich um eine Immobilie in der Altstadt drehen sollte. Soweit sich der Detektiv erinnerte, gab es in der Altstadt nur ein Gebäude, das mal einen Juwelier beherbergte. Es stand an der Ecke Am Klubb und Marburger Straße.

Tristan benötigte Informationen und er hatte eine Idee, wo er diese herbekommen konnte. In einer Altstadt zu wohnen ist nichts für jedermann. Es gibt kaum Platz, um das Auto ordentlich abzustellen. Der Nachbar kann einem durch die Fenster auf den Tisch sehen und was den Winterdienst betrifft, darüber schreibt man besser nichts.

Aber es hat auch seine Vorteile.

Wenn die passenden Menschen zusammenlebten, dann standen die Chancen gut, dass die Nachbarschaft zu einer verschworenen Gemeinschaft zusammenwuchs. Tristan hatte das Glück, in einer solchen Nachbarschaft zu leben. Nicht selten halfen ihm die Bewohner der Altstadt, an die eine oder andere inoffizielle Information zu gelangen. Da gab es den alten Berthold, der in der Unteren Metzgerstraße wohnte. Er hatte im

Gericht gearbeitet und immer noch gute Beziehungen zu ein paar ehemaligen Kollegen.

Sicherlich ließ sich so erfahren, um was es sich konkret bei dem Streit zwischen dem Opfer und der Frau des Superintendenten handelte.

Tristan nahm Marlowe von der Kletterstange, setzte sich den Kakadu auf die Schulter und verließ das Haus. Eine warme Brise wehte durch den Hof. Das Wetter entwickelte sich zu einem prächtigen Altweibersommer: für Siegerländer Verhältnisse viel zu warm, was ein deutlicher Beleg dafür war, dass an der Klimakatastrophe vielleicht mehr dran war, als die Offiziellen zugeben wollten. Der Detektiv genoss das mediterrane Klima und schlenderte den Hof hinauf bis zur Unteren Metzgerstraße. Der Straße folgte er, bis sie auf die Mauerstraße stieß. Bertholds Haus stand gleich an der Ecke. Tristan klingelte und hoffte, dass der Mann zu Hause war.

Er hatte Glück, denn einen Augenblick später öffnete Berthold ihm die Haustür.

»Was für eine Überraschung«, lächelte er.

»Hallo, Berthold«, grüßte Tristan und Marlowe schien den Mann ebenfalls begrüßen zu wollen. Der Kakadu begann auf der Schulter hin- und herzuwippen.

»Kommt rein«, bat der Mann. »Ich habe bestimmt noch irgendwo einen Keks.«

Das Wort Keks hatte seinen ganz eigenen Klang, den Marlowe aus tausend anderen Wörtern heraushörte.

Sofort brabbelte er: »Wie man's auch dreht, wie man's auch nimmt, / das Los ist uns vorausbestimmt.«

»Er kann's noch«, lachte Berthold und führte die beiden in die Küche.

Marlowe bekam einen Keks, den er mit einer seiner Krallen fachmännisch hielt, während sein Schnabel ihn zerlegte.

»Was kann ich für dich tun?« fragte Berthold, dem gleich klar war, dass Tristan eine Information benötigte.

»Wie immer scharfsinnig«, nickte Tristan und erklärte ihm, was er wissen wollte.

»Da kann ich dir gleich helfen«, grinste Berthold. »Willi, der unten an der Flurenwende wohnt, hat mir neulich gesagt, dass es wohl bei dem Haus zu einer Absenkung gekommen ist, die der liebe Martin-Lukas verschwiegen hat.«

»Eine Absenkung?!« Tristan verstand nicht gleich.

»Das Gebäude hat Risse bekommen, die normalerweise durch eine Absenkung verursacht werden«, wiederholte Berthold.

»Wie das?! Ich meine mich zu erinnern, dass das Gebäude schon lange dort steht.«

»Das ist korrekt«, nickte Berthold, »aber mehr weiß ich momentan auch nicht.«

»Danke, dann muss das reichen«, nickte der Detektiv.

»Der Superintendent muss aber auf seinen Glaubensbruder nicht gut zu sprechen sein«, ergänzte Berthold. »Ich habe sie neulich vor dem Haus der Kirche, oben am Parkplatz unter dem Oberen Schloss, kräftig streiten hören. Da sind Ausdrücke gefallen, bei denen sich das Krönchen vor Scham verbogen hätte. Das sage ich dir!«

»Nochmals danke für deine Hilfe, Berthold.«

»Mach ich doch gern«, grinste der Nachbar und führte sie zur Haustür.

3

Während Tristan nachdenklich zurück zur Marienkirche ging, betraten keine hundert Meter den Berg hinauf die Hauptkommissare Norbert Pfeiffer und Werner Holzbaum die Nikolaikirche. Lena Hartmann war zuvor in die Redaktion gerufen worden, was den beiden Kommissaren nur recht war.

Im Pfarramt hatte man ihnen mitgeteilt, dass Johanna Rössel in der Kirche zu finden sei. Die Beamten betraten das 700 Jahre alte Gotteshaus durch den Seiteneingang an der Südseite, eine Besonderheit des Gebäudes, dessen Altarraum nicht wie üblich exakt nach Osten wies. Die Erbauer hatten die Mittelachse zur Martinikirche und dem Oberen Schloss ausgerichtet. Sie lag dadurch in Richtung Nordosten. Normalerweise wurde die Gebäudemittelachse genau nach Osten ausgerichtet, sodass der Altarraum nach Osten zeigte. Die christlichen Kirchenbauer richteten sich nach dem Wort Christi, das sagt: *oriens orientium universum obtinet*. Was übersetzt heißt: *Der Anfang aller Aufgänge regiert das All.* Damit war der Sonnenaufgang gemeint, der als Symbol der Auferstehung galt, weshalb der Chor und der Altar in der Regel nach Osten zeigten. Die Siegerländer Erbauer hielten sich mehr an die Machbarkeit und so wurde die Achse den örtlichen Bedingungen angepasst.

Die Kommissare fanden die Seelsorgerin hinter dem Altar stehend, wo sie sich mit respekteinflößenden Männern unterhielt, die in Schwarz gekleidet waren. Als die Pastorin die Beamten erblickte, unterbrach sie das Gespräch und wandte sich den Polizisten zu.

»Herr Hauptkommissar, was führt Sie in die Nikolaikirche?« fragte sie überrascht. Ihre Stimme füllte laut das Kirchenschiff.

»Wir hätten noch ein paar Fragen«, antwortete der Hauptkommissar und musterte die beiden schwarz gekleideten Männer. »Alles in Ordnung?«

Die Pastorin verstand die Frage nicht sofort, doch als auch Holzbaum die beiden Männer kritisch beobachtete, ahnte die Seelsorgerin, was die Gäste denken mussten.

»Ja, ja, alles in Ordnung«, lächelte sie, »kommen Sie rauf. Die Herren gehören zu einem Wachdienst, den wir für die Jubiläumsfeier engagiert haben. Es sind keine Attentäter oder Räuber.«

Die Beamten stiegen einige Treppenstufen hinauf zum Altar. Der Opfertisch war mit einem verzierten Tischläufer bedeckt. Auf ihm lag eine vergoldete silberne Schale, die sogenannte Taufschale aus dem Jahr 1658. Sie hatte einen halben Meter Durchmesser und war mit zahlreichen Figuren und Symbolen geschmückt.

»Das ist die berühmte Taufschale des Fürsten Johann Moritz«, erklärte Johanna Rössel.

»Davon habe ich gehört«, sagte Holzbaum und beugte sich über die Schale. »War die nicht auch schon im Metropolitan Museum of Art in New York ausgestellt?«

»Ja, dorthin hatten wir die Schale 2004 ausgeliehen«, erklärte Johanna Rössel.

»Dann ist das Schätzchen also richtig was wert«, staunte Pfeiffer und blickte zu den beiden Männern. »Und Sie glauben, dass die beiden den Schatz beschützen können?«

»Sie haben mein vollstes Vertrauen«, nickte die Seelsorgerin. »Aber nun zu Ihnen, was kann ich für Sie tun?«

»Wir haben Martin-Lukas' Wohnung untersucht und das hier gefunden.« Pfeiffer reichte ihr einen Zettel.

Johanna Rössel erkannte den Flyer, den Martin-Lukas im Freizeitlager verteilt hatte.

»Ich kenne das Papier«, sagte sie und nahm den Flyer entgegen.

Dann zog Pfeiffer einen zweiten Flyer aus seinem Jackett. »Kennen Sie auch den?«

Der Hauptkommissar reichte das Papier weiter.

Die Pastorin betrachtete das DIN A4 große Blatt. Es zeigte ein goldenes Kalb, das in einem Flammenmeer stand. Eine Frage war über dem Kalb gedruckt und eine Antwort darunter. Beides in fetten Buchstaben, die dem Betrachter ins Gesicht sprangen.

Sie las laut: »*Was ist Götzendienst? Götzendienst treiben heißt, anstelle des einen wirklichen Gottes, der sich in seinem Worte offenbart hat, oder neben ihm irgendetwas anderes ersinnen oder haben, worauf man sein Vertrauen setzt.*« Sie überlegte einen Moment, dann sagte sie: »Das ist Frage 95 aus dem Heidelberger Katechismus.«

»Wir fanden diese Zettel neben einem Haufen Chemikalien«, antwortete Pfeiffer besorgt. »Noch sind die Experten dabei zu untersuchen, für was das Zeug genutzt werden kann. Aber es sieht danach aus, als wollte der Mann seinen Worten Taten folgen lassen.«

»Herr Pfeiffer, was für Taten?« Die Pastorin sah den Beamten verstört an.

»Wir glauben, er plante einen Anschlag«, ergänzte Holzbaum.

»Gegen wen?« Sie schüttelte den Kopf.

»Nun, deshalb sind wir hier«, seufzte Pfeiffer, »wir haben noch keine Antwort auf diese Frage.«

»Wir dachten, Sie könnten uns da weiterhelfen.« Holzbaum lächelte die Pastorin freundlich an.

»Also, ich weiß nicht.« Johanna Rössel blickte auf die Taufschale. »Es gibt im Neuen Testament keinen Aufruf zum Mord. Wenn Sie so was vermuten, haben Sie sich in der Religion geirrt.«

»Macht dieser Zettel nicht den Eindruck, ihn hätte ein Verrückter verfasst?« warf Pfeiffer ein.

Johanna Rössel streckte ihren Körper und blickte den Hauptkommissar misstrauisch an.

»Man könnte schon den Eindruck gewinnen, dass der Verfasser …«, mischte sich Holzbaum ein.

»... bevor Sie den Satz zu Ende sprechen«, antwortete die Pastorin in ihrer Predigerstimme, »das ist eine Frage aus dem Katechismus. Da Sie anscheinend nicht wissen, was der Katechismus ist und bedeutet, hier eine kurze kostenlose Belehrung.

Anders als die Katholiken wollen wir Protestanten eine bewusste Entscheidung *für* unsere Kirche von unseren Kirchenmitgliedern. Mit der Taufe wird jeder Mensch zwar in die Kirche aufgenommen, aber das geschieht im Säuglingsalter. Die Eltern bestimmen über das Neugeborene.

Wir Protestanten sind jedoch der Ansicht, dass man als junger Mensch selbst entscheiden soll, ob man nach eigenem Willen und in eigener Verantwortung unserer Kirche angehören will. Deshalb gibt es die Konfirmation. Um konfirmiert zu werden, gibt es einen Unterricht, um zu lernen, worum es beim Christsein geht, welchen Trost und welche Hoffnung wir haben dürfen und was Gott von uns erwartet. Danach ist der junge Mensch bereit, selbst zu entscheiden, ob er dieser Gemeinschaft angehören will.

Frage 95 bezieht sich auf die vielen falschen Götter und Verführungen, die uns Trost versprechen und doch meist ins Leere laufen. Ayurveda, Körperwahn oder Naturgeister können die Seele nicht heilen. Sehen Sie, viele Menschen rümpfen die Nase, wenn es um Kirche geht. Sie denken dann an katholische Priester, die Kinder missbrauchten, oder an die Hexenverbrennung. So schlimm diese menschlichen Verfehlungen auch waren, sie haben nichts mit den Glaubensgrundsätzen der evangelischen Kirche, der lutherischen Kirche oder den Freikirchen zu tun. Unser christlicher Glaube ist das Fundament, auf dem der Humanismus mit seinen sozialen Facetten ruht. Wer als Linker meint, die soziale Gerechtigkeit in der DNA zu haben, der gibt zu, dass das Neue Testament ein Teil von ihm ist. Wer meint, er könne auch ohne Glauben ein guter Mensch sein, der belügt sich selbst, denn im Innersten folgt er der christlichen Lehre, zum Beispiel der Bergpredigt.

Sehen Sie, ich weiß, dass Martin-Lukas nie zu einem Terroristen hätte werden können, weil er damit seinen protestantisch geprägten Glauben verraten hätte. Und wenn Sie jetzt einen Vergleich zu den Verrückten aus dem Morgenland ziehen, dann haben Sie die christliche Entwicklung der letzten 200 Jahre verschlafen. – Also behalten Sie Ihre Überlegungen besser für sich.«

»Wir wollten niemanden beleidigen«, antwortete Pfeiffer kleinlaut. »Sollten die Chemikalien aber zum Bau einer Bombe passen, dann …«

Johanna sah den Polizisten strafend an.

»Wir danken Ihnen für die ausführliche Auskunft«, warf Holzbaum ein. »Wir wollen Sie jetzt auch nicht länger aufhalten.«

»Das wäre nett«, antwortete Johanna Rössel entschieden.

»Eine Sache wäre da nur noch.« Pfeiffer bekreuzigte sich und schien damit den Rüffel verdaut zu haben. »Martin-Lukas war Mitglied im Synodenvorstand. Sie sind ebenfalls dort Mitglied. Ist das so was wie der Vorstand bei einem Verein nur für eine Gemeinde?«

»So könnte man das vergleichen, allerdings vertritt die Kreissynode eine Vielzahl von Gemeinden«, antwortete Johanna.

»Okay, wie die Mitglieder von Vorständen arbeiten, das weiß ich«, nickte Pfeiffer und grinste teuflisch. »Da kann es manchmal sehr laut hergehen. Hatte Martin-Lukas einen Intimfeind? So was kommt ja in den besten Familien vor.« Den letzten Satz betonte er als Entschuldigung.

»Nein, einen Intimfeind hatte er nicht«, antwortete Johanna überzeugt. »Allerdings gab es bei den letzten Sitzungen öfter Streit zwischen Martin-Lukas und dem Vorstand der Frauenhilfe. Es ging da um Kürzungen im Budget.«

»So?!« nickte Pfeiffer. »Wer genau ist denn der Vorstand der Frauenhilfe.«

»Das ist Elisa Solms«, antwortete Johanna. »Sie denken doch nicht, dass Elisa …?«

»Wir denken nicht«, antwortete Pfeiffer, »wir ermitteln.«

4

Tristan schlenderte nachdenklich durch die Altstadt. Marlowe saß dösend auf seiner Schulter. Das hektische Treiben der kleinen Großstadt Siegen beruhigte sich mit fortschreitendem Nachmittag. Viele Stadtbesucher hatten ihre Einkäufe erledigt und genossen das schöne Spätsommerwetter bei einer Tasse Kaffee im Freien. Besucher aus der Vergangenheit hätten sich gewundert, wie sehr sich die Universitätsstadt Siegen in den Fußgängerzonen verändert hatte. Sobald die Sonne hervorblinzelte und Regenwolken keine Chance hatten, das Rothaargebirge zu überqueren, schoben die ersten Café-Besitzer Stühle und Tische nach draußen. Während noch vor Jahren die Wirte von den Einheimischen mit einem kritischen Stirnrunzeln bedacht worden wären, waren die Siegerländer mittlerweile so weit, sich selbst die Stühle vor die Café-Tür zu stellen, wenn die Sonne schien. Das Gleiche galt auch für Wittgenstein, allerdings aufgrund der topografischen Höhe genossen sie die Sonne im Freien bei deutlich niedrigeren Temperaturen. Was nichts ausmachte, da der Kaffee dafür fast kochend serviert wurde.

Für einen Kaffee fehlte Tristan die innere Ruhe. Er grübelte darüber nach, wie er den Streit zwischen Breuer und Martin-Lukas bewerten sollte. Er sah auf seine Armbanduhr und entschied, den Superintendenten anzurufen. Der Detektiv beschleunigte seinen Gang und erreichte wenig später sein Haus.

Die Visitenkarte des Kirchenmannes lag auf dem Sekretär. Zum Glück wurde auch eine Handynummer genannt, die er vorsorglich als Erstes wählte. Es stellte sich heraus, dass der Superintendent in seinem Büro weilte, und so machte sich Tristan wenige Minuten später wiederum auf den Weg.

Marlowe nahm er erneut auf die Schulter und es ging den Burgberg hinauf. Als er jetzt den Marktplatz passierte, waren die Händler bereits dabei, ihre Stände abzubauen. Er folgte der Burgstraße und ging kurz vor dem Oberen Schloss eine steile Abfahrt hinunter auf das Haus der Kirche zu.

Immanuel Breuer erwartete ihn am Eingang des Gebäudes.

»Es ist Samstag, da macht Ihnen keiner mehr auf«, erklärte Breuer. »Nur ein paar Vertraute sind hier, um zu beraten, wie wir mit der Angelegenheit Martin-Lukas am besten verfahren. Kommen Sie herein.«

Er führte den Detektiv in ein Besprechungszimmer.

»Möchten Sie etwas trinken?« fragte er und musterte den Kakadu. »Es ist etwas irritierend, wie ruhig der Vogel auf Ihrer Schulter sitzt.«

»Irritierend?!« wunderte sich Tristan.

»Ja, es hat etwas Surreales, so friedlich, wie er dasitzt«, antwortete Breuer.

»Diese Reaktion ist mir bekannt«, nickte Tristan, dann wurde er ernst. »Herr Breuer, es gibt da eine Sache, die Sie mir bei unserem ersten Gespräch verschwiegen haben.«

Der freundliche Gesichtsausdruck des Superintendenten verschwand. Es trat der besorgte Blick eines Pfarrers hervor, der seine Gemeinde vor dem Höllentor stehen sah.

»Sie haben mir nicht gesagt, dass Sie eine geschäftliche Beziehung zu Martin-Lukas hatten«, sagte Tristan.

»Hatte ich auch nicht«, antwortete Breuer hart. »Die hatte meine Frau.«

»Spalten Sie jetzt keine Haare«, warnte Tristan.

»Nun ja«, lenkte Breuer ein. »Es geht mich natürlich auch etwas an. Aber rechtlich bin ich außen vor.«

»Also ist es wahr, dass Sie einen Rechtsstreit führen?«

»Ja«, nickte Breuer. »Wir haben Martin-Lukas' altes Haus gekauft. Doch als er ausgezogen war, begann sich das Haus zu bewegen.«

»Wie das?« wunderte sich Tristan. »Es handelte sich doch um das Gebäude an der Ecke Am Klubb und der Marburger Straße. Das steht da schon lange.«

»Ja, genau, es ist uns ebenfalls ein Rätsel«, nickte Breuer. »Der Statiker meinte, nur wenn die

Belastung sich ändere, könne so eine Bewegung erklärbar sein. Aber wir wissen nicht, wodurch das ausgelöst wurde. Es gab Risse und weil sich Martin-Lukas nicht äußern wollte, haben wir ihn verklagt.«

»Verstehe.« Tristan kraulte Marlowe an der Brust, was ihm beim Nachdenken half. »Wo waren Sie gestern Nacht?«

»Sie verdächtigen jetzt mich?« rief Breuer entsetzt.

»Jeder ist verdächtig. Also? Wo waren Sie?« Tristan ließ sich von dem Superintendenten nicht einschüchtern.

»Ich habe ein Alibi, ich war mit meiner Frau, Josef Ritter und dessen Frau zusammen«, antwortete Breuer verärgert. »Das können Sie nachprüfen.«

»Das werde ich«, nickte Tristan.

»So habe ich mir Ihre Arbeit nicht vorgestellt«, murrte der Superintendent.

»Sehen Sie es positiv.« Tristan lächelte ihn an. »Wenn Sie die Wahrheit gesprochen haben, können Sie gegen diesen Tratsch vorgehen.«

»Man hat mich angeschwärzt?« Breuer wurde wütend. »Sicher war es Elisa Solms. Seit Martin-Lukas ihr die Mittel kürzen wollte und ich nicht entschieden dagegen war, hegt sie einen Groll gegen mich.«

Tristan kommentierte diese Information nicht, speicherte sie aber gut ab.

5

Auf dem Rückweg hätte Tristan sich die Haare raufen können. Nach einem halben Tag Recherche hatte er außer ein paar schwachen Anschuldigungen nichts. Immanuel Breuer schien ein Alibi zu haben. Tristan würde es überprüfen, ganz sicher. Elisa Solms hatte ebenfalls ein Alibi, sie verweilte zum Zeitpunkt der Tat bei Helga im Restaurant. Er hatte sie selbst gesehen. Allerdings, fiel ihm ein, war sie schon nicht mehr auf dem Giller, als die Tat begangen wurde. War Elisa Solms so kaltblütig?

Der Detektiv schüttelte den Kopf.

Mit dem Blick auf das Krönchen schritt er die Burgstraße hinab auf die Nikolaikirche zu. Die Sonne brannte sich in den Teer und er war froh, als er die Alfred-Fißmer-Anlage erreichte. Die begrünte Anlage spendete ein wenig Schatten. Rund um das Denkmal der *Germania* gab es Sitzgelegenheiten. Der Brunnen in der Mitte der Anlage plätscherte leider nicht vor sich hin, während einige Meter weiter unten ein großer Sandkasten Beach-Atmosphäre vermitteln sollte. Menschen saßen in altmodischen Holzliegestühlen oder etwas abseits an Bistrotischen und unterhielten sich laut. Tristan blickte auf das Treiben, dann erreichte er die große Steintreppe. Links von ihm auf den Stufen zum Kircheneingang saßen Jugendliche und starrten auf ihre Handys. Rechts in der Anlage spielten zwei ältere Herren Schach und vor ihm auf dem Marktplatz waren alle Spuren des geschäftlichen Treibens vom Vormittag getilgt worden. Der Detektiv betrat die Treppe, als jemand seinen Namen rief.

Marlowe reagierte als Erster. Er startete und flog los. Tristan sah dem Kakadu nach. Erneut wurde sein Name gerufen und dieses Mal sah er Helga, die mit ihren Armen wedelte. Sie stand zwischen den Bistrotischen, die in der Alfred-Fißmer-Anlage aufgestellt waren und zu einem kleinen Café gehörten, das sich auf der anderen Straßenseite befand.

»Hallo, Tristan«, rief Helga ihrem Freund zu. »Komm, setz dich zu uns.«

Sie saß mit Elisa und einem Mann mit Glatze zusammen. Der Detektiv ging zum Tisch und begrüßte mit einem kurzen Nicken Elisa. Dann betrachtete er den Mann, der neben der Vorsitzenden saß. Er trug einen modischen Anzug mit passendem Hemd und Krawatte. Er besaß die gebräunte Haut, die man mit erfolgreichen schönen Menschen verband, und sein Lächeln offenbarte perfekt geweißte Zähne. Sein Dreitagebart ließ ihn jünger wirken.

»Lothar, darf ich dir meinen Freund Tristan Irle vorstellen? Tristan, das ist Lothar Kehl, der Lebensgefährte von Elisa.« Helga lächelte die beiden Männer an.

Tristan reichte Lothar Kehl die Hand, während Helga einen Stuhl vom Nachbartisch heranzog.

»Setz dich«, befahl Helga.

»Wo ist Marlowe hingeflogen?« fragte Tristan, der sich nach dem Kakadu umsah.

»Da oben«, meinte Elisa und deutete auf eine Bretterbude, die als Ausschank diente.

Auf dem Dach der Bude saß der weiße Kakadu und betrachtete das Treiben.

»Gut, da kann er keinem schaden«, nickte Tristan und setzte sich.

»Schön, Sie endlich mal persönlich kennenzulernen«, begann Kehl mit einer angenehmen Stimme zu sprechen. Er besaß ein offenes, freundliches Wesen. »Ich verfolge Ihre Arbeit mit Interesse.«

»So?« wunderte sich Tristan.

»Ja«, nickte Kehl zufrieden.

»Ihr seid praktisch Nachbarn«, sagte Elisa. »Lothar führt den Antiquitätenladen an der Löhrstraße unterhalb der Marienkirche. Er ist Kunsthistoriker und Gutachter.«

»So«, drang es erneut aus Tristans Mund.

»Ja, ich mag alte Sachen«, lächelte Kehl und beließ es bei der Erklärung.

»Wissen Sie, Herr Kehl, Ihr Name ist in den letzten Stunden in meiner Gegenwart mehrmals genannt worden«, sagte Tristan mit einem schelmischen Grinsen. »Ist das nicht interessant?«

»Also, ich hoffe nicht!« Kehl lachte entspannt auf. »Wenn in Ihrer Gegenwart mein Name fällt, dann geht es doch meist um Leben und Tod.«

»In der Tat«, nickte Tristan und das Lachen verschwand aus Kehls Gesicht.

»Das ist jetzt ein schlechter Scherz.« Kehl blickte zu Helga. »Ihr Freund macht doch einen Scherz. Oder?«

»Ich fürchte nicht«, antwortete Helga, die an Tristans Gesichtsausdruck erkannt hatte, dass Tristan es ernst meinte.

»Was hat man über mich gesagt?« schoss es aus dem Händler heraus.

»Eigentlich nur Positives«, antwortete der Detektiv.

Sofort entspannte sich Kehl. »Oh, das ist gut, nicht wahr?«

»Nun, Sie wurden als ein Unterstützer von Martin-Lukas Luther genannt«, erklärte Tristan. Der Detektiv wusste nicht, inwieweit Kehl über den Mord informiert war, deshalb tastete er sich vorsichtig vor.

»Oh, das ist nicht gut«, nickte Kehl.

»Wir haben Lothar über die schreckliche Tat informiert«, sagte Elisa.

»Wer hat meinen Namen genannt?« fragte Kehl, seine Augen musterten den Detektiv aufmerksam.

»Johanna Rössel sagte mir, dass Sie ein ehemaliger Presbyter sind und Martin-Lukas unterstützten.«

»Das ist korrekt. Ich helfe Johanna auch bei der Planung zum 700-jährigen Jubiläum der Nikolaikirche.«

»Ja, das sagte sie auch«, nickte Tristan. »Würde es Ihnen etwas ausmachen, mir Ihre Gründe für diese Unterstützung zu nennen?«

»Die Unterstützung von Martin-Lukas oder Johanna?« Kehl bedachte den Detektiv mit einem feinen Grinsen.

»Wenn Sie so nett wären, beide zu nennen«, ergänzte Tristan freundlich.

»Gerne!« Kehl griff zu seinem Kaffee, der vor ihm stand. Er nippte kurz an der Tasse, sodass er einen leichten Milchschnurrbart hinterließ, den ihm Elisa liebevoll wegwischte. Dann sagte er: »Pastorin Rössel unterstütze ich, weil ich mal Presbyter in ihrer Gemeinde war und wir gut miteinander auskamen. Martin-Lukas, nun, mir erschienen seine Forderungen plausibel. Wenn ich eine Antiquität anbiete, dann ist das erste Verkaufsargument, dass die Echtheit gewährleistet ist. Das zweite nicht weniger wichtige Argument ist, dass das Stück einmalig ist. Ich würde nichts mehr loswerden, wenn ich sagen würde, dass man das Stück auch woanders kaufen könnte.«

»Du vergleichst den Glauben mit einer Ware?« wunderte sich Helga.

»Ist er denn nicht genau das?« antwortete Kehl. »Sie schenken Gott Ihren Glauben und erhalten dafür von IHM das ewige Leben. Martin Luther hat erkannt, dass wir Christen unseren Glauben überflüssig machen, wenn wir andere Götter als gleichberechtigt betrachten. Ich unterstütze, wenn Christen sich von Heiden abgrenzen.«

»Sie sind also ein Gläubiger«, sagte Tristan und betonte den Satz bewusst abfällig.

»Sie nicht?« erwiderte Kehl. »Dann bete ich für Ihre Seele.«

»Ich bin ein überzeugter Protestant«, antwortete Tristan eindringlich. »Und ehrlich gesagt, habe ich mir noch keine Gedanken darüber gemacht, was es bedeutet, den Hinduismus, den Buddhismus und die anderen Religionen als Dämonenglauben zu bezeichnen.«

»Verstehe, wir haben den Holocaust noch im Gedächtnis, wo man die Juden vernichten wollte«, sagte Kehl leise. »Das Verbrechen hat sich tief in unsere Psyche gefressen und wenn jemand etwas gegen Fremde sagt oder unternimmt, ist er gleich ein böser Mensch. Das hat Formen angenommen, die man als Selbstverstümmelung betrachten kann. Wir deutschen Christen sollten erkennen, dass es böse Menschen gibt, denen man nicht mit einer Rose, sondern mit einer Pistole begegnen sollte. Und wir sollten endlich aufhören, uns mit den verlogenen Politikern gemeinzumachen, die uns doch täglich an den Teufel verkaufen.« Er machte eine Pause, dann grinste er, als hätte jemand einen Scherz gemacht, und meinte: »Sie sehen, ich habe Martin-Lukas' Meinung geteilt. Allerdings bin ich Kaufmann genug, um zu wissen, dass man die *richtigen Worte* beim Verkaufsgespräch benutzen sollte. Da war Martin-Lukas, nun sagen wir vorsichtig, etwas extremer eingestellt. Vielleicht hat ihm genau das den Tod gebracht.«

»Ja, da könnten Sie richtig liegen«, nickte Tristan.

»Wir sollten das Thema wechseln«, warf Elisa ein. »Das Wetter ist zu schön, um über solche Themen zu sprechen.«

»So?« Tristan schalt sich selbst, dass er schon wieder dieses Wort „so" aussprach. »Lagen Sie nicht im Streit mit Martin-Lukas? Wie ich gehört habe, wollte er die Förderung der Frauenhilfe kürzen?«

»Ja, das wollte er«, antwortete Elisa ruhig. »Die Betonung liegt auf *wollte*!«

6

Monsignore Frederick Königsberg atmete erleichtert auf, als er das Foyer der Polizeibehörde betrat. Er war zuvor im Nebentrakt bei Erich Roth in dessen Zelle gewesen. Ihm hatten der beengte Raum und die verschlossene Stahltür gar nicht gefallen. Jetzt sah er sich um.

»Entschuldigen Sie«, sprach er eine Beamtin in Uniform an, »wo finde ich die Hauptkommissare Pfeiffer und Holzbaum?«

Die Beamtin beschrieb ihm den Weg, riet ihm aber, vorher bei der Wache zu klären, ob die Kommissare im Haus seien. Das tat er und wurde darauf hingewiesen, dass sie vor einer halben Stunde das Gebäude verlassen hatten.

»So ein Mist«, fluchte der Monsignore leise, während er zu seinem Wagen ging, der neben dem Kreispolizeigebäude auf einem Besucherparkplatz stand. »Dann muss ich diesen Irle aufsuchen«, murrte er und erreichte sein Auto.

Die Fahrt durch die Stadt dauerte nicht lang. Die Straßen waren aufgrund des beginnenden Wochenendes leer. Königsberg parkte gleich hinter der Marienkirche und stöhnte erleichtert auf, als er den alten Borgward im Hof stehen sah.

»Dann dürfte der Detektiv ja nicht weit sein«, flüsterte er vor sich hin und stieg aus.

Der Monsignore ging zu Tristans Haustür und klopfte laut dagegen. Den Klingelknopf beachtete er nicht, da er wusste, dass die Schelle außer Betrieb war.

Nichts geschah. Er klopfte nochmals etwas härter gegen das alte Eichenholz.

»Der ist nicht da!« rief ein Student, der auf der Bank vor dem Nachbarhaus saß.

»Wissen Sie, wann er wieder zurückkommt?« fragte Königsberg.

»Nee, der meldet sich bei uns nicht ab«, grinste der junge Mann. »Aber wenn er in der Altstadt unterwegs ist, dann dauert es eigentlich nie lange, bis er wieder zurückkommt.«

»Danke«, nickte Königsberg. Unschlüssig stand er im Hof und wusste nicht, was er als Nächstes unternehmen sollte, als er einen weißen Kakadu über den Hof fliegen sah. Marlowe schoss in einer steilen Flugkurve auf einen der Bäume neben dem Seiteneingang der Marienkirche zu. Mit einem gekonnten Manöver bremste der Kakadu seinen Sturzflug ab und landete auf einem der Äste.

»Dann ist das Herrchen wohl nicht weit«, murmelte der Monsignore.

Einen Augenblick später hörte er die Stimme des Detektivs. Tristan und Helga schlenderten die Barstewende hinunter.

»Danke, Herr«, flüsterte Königsberg und schielte kurz gen Himmel.

Als wollte Gott noch mehr für ihn tun, brummte ein PS-Bolide hinter ihm auf den Hof.

»Wenn das nicht mal ein Zusammentreffen der Ermittler wird«, sagte Königsberg und ein ungutes Gefühl versetzte seinen Körper in einen Alarmzustand.

Marlowe beobachtete, wie sich der Hof mit Menschen füllte. Nicht jeden der Anwesenden mochte er.

»Was für eine Überraschung«, grüßte Tristan den Kirchenanwalt. »Haben Sie sich mit Pfeiffer verabredet?«

»Ihnen auch einen schönen Tag«, erwiderte Königsberg und wandte sich Helga zu. »Ich hoffe, es geht Ihnen gut, Frau Bottenberg. Ich soll Sie von Erich grüßen.«

»Danke, Herr Königsberg«, nickte Helga. »Wollen wir nicht hineingehen?«

»Das wird jetzt aber eng werden«, meinte der Detektiv.

Die beiden Hauptkommissare Pfeiffer und Holzbaum grüßten freundlich. Dann bat der Detektiv die Gäste ins Haus.

»Ich nehme mal an, dass Sie wegen der Ermittlungen vorbeischauen«, bemerkte Helga laut, damit sie von allen wahrgenommen wurde.

»Also, wir sind hier, weil es eine neue Entwicklung gibt«, antwortete Pfeiffer, der sich neben dem Kamin in einen der bequemen Ohrensessel pflanzte.

»So, so! Sie haben neue Erkenntnisse«, höhnte der Monsignore. »Könnte es sich dabei um die Tatwaffe handeln?«

»In der Tat«, nickte Pfeiffer und kramte seine neue E-Zigarette heraus.

Helga musterte das Ding und sagte: »Ihnen ist schon klar, dass die Dampfzigarette nicht gesund ist?«

»Wer will denn gesund sterben?« antwortete Pfeiffer und fingerte an dem elektrischen Gerät herum.

»Es ist Ihr Leben! Möchte jemand einen Kaffee?« fragte Helga mit einem Lächeln.

Das darauf folgende Stimmengewirr ließ nicht erkennen, wer einen Kaffee trinken würde, also entschied Helga, eine große Kanne aufzusetzen.

Holzbaum nahm auf dem Sofa Platz, während Königsberg sich lieber auf einen Stuhl am Esstisch setzte.

Helga begann in der Küche zu wuseln, während Tristan versuchte den Überblick zu behalten. Das ganze Durcheinander begann ihn aufzuregen. Er suchte seine Pfeife, die auf dem Sekretär lag, nahm den Tabakbeutel, der an einem Balken neben der Küchentür hing, und begann die Pfeife zu stopfen, das beruhigte ihn.

»Also, meine Herren, was wollen Sie mir mitteilen?« fragte er schließlich.

»Wir haben einen weiteren Flyer gefunden«, antwortete Pfeiffer, dessen E-Zigarette fürchterlichen Qualm aussonderte. »Dieses Mal hat er sich gegen Götzendienste gewandt. Eine Frage aus dem Katechismus. Zudem fanden wir Chemikalien, die noch untersucht werden.«

»Muss das so sein?« fragte Königsberg skeptisch. »Nicht, dass Ihnen das Ding noch in der Hand explodiert!«

»Alles in Ordnung«, hustete Pfeiffer, der versehentlich zu viel des Qualms eingeatmet hatte. »Darüber hinaus haben wir von der Spurensicherung bestätigt bekommen, dass die Mordwaffe eindeutig Erich Roths Wanderstab ist.« Holzbaum zückte sein Notizbuch. »Es handelt sich dabei um Bilinga, ein Hartholz aus Zentralafrika. Splitter des Wanderstabs wurden am Kopf des Opfers sichergestellt.«

»Das ist interessant«, warf Königsberg ein. »Mein Mandant hat mich heute genau auf diesen Umstand hingewiesen.«

»Welchen Umstand?« hakte Pfeiffer nach.

»Dass der Wanderstab aus einem Hartholz besteht«, antwortete der Monsignore bissig.

»Was ist so besonders an dem Hartholz?« rief Helga aus der Küche.

»Hartholz splittert fast nicht«, antwortete Tristan. »Man muss schon mit einem besonders harten Gegenstand draufschlagen.«

»Das ist korrekt«, nickte Holzbaum. »Der Kopf des Opfers wäre dafür eindeutig zu weich gewesen.«

»Das ist also die Neuigkeit«, stöhnte Königsberg laut. »Genau diese Überlegung hat mir Erich bei meinem Besuch ebenfalls mitgeteilt. Er wollte, dass Sie das untersuchen, Herr Irle.«

Helga trug ein Tablett mit Geschirr ins Wohnzimmer. Tristan verteilte Tassen und Unterteller. Als jeder eine Tasse vor sich hatte, schenkte Helga den Kaffee aus.

Tristans Gäste genossen das Ritual. Es wurden Milch und Zucker hin- und hergereicht und die Beschäftigung beruhigte die Gemüter. Schließlich ergriff Tristan das Wort und sagte: »Das heißt, dass der Stab, bevor er zur Mordwaffe wurde, mit etwas Stahlhartem in Berührung gekommen sein musste, damit das Holz splittern konnte.«

7

»Ja, das wird so sein«, nickte Königsberg und nahm einen kräftigen Schluck Kaffee zu sich.

»Hat die Spurensicherung etwas Derartiges aus Stahl gefunden?« fragte Tristan die Polizisten.

»Keine Ahnung.« Pfeiffer zuckte mit der Schulter.

»Okay«, nickte Tristan und machte sich mental eine Notiz, dann sagte er: »Ich habe die Verhörprotokolle untersucht und festgestellt, dass jeder der Teilnehmer ein Alibi hat.«

»Jeder?« hakte Königsberg nach.

»Nun, außer meinem Freund Erich«, musste Tristan ergänzen.

»Wenn Erich nicht der Mörder ist«, überlegte Holzbaum laut, »dann müsste eine uns noch unbekannte Person das Freizeitlager besucht haben.«

»Ja, das nehme ich auch an«, nickte der Detektiv. »Deshalb habe ich mich nach anderen möglichen Verdächtigen umgesehen.«

»Und?!« Pfeiffer zog die Augenbrauen nach oben. »Jemanden gefunden?«

»Ja, das habe ich«, antwortete Tristan.

»Und wer sind die Unglücklichen?« fragte der Hauptkommissar, während er seine Brille zurechtrückte.

»Zum einen Immanuel Breuer, der Superintendent, und Elisa Solms.«

»Was?!« Helga, die zurück in die Küche gegangen war, um erneut die Kaffeekanne zu füllen, trat mit verärgerter Miene ins Wohnzimmer. »Ich dachte, das hätten wir geklärt?!«

Die Gäste spürten sofort die aufwallende Spannung zwischen dem Paar. Sie verhielten sich ruhig und abwartend.

»Wir haben nichts geklärt. Deine Freundin hat nur erzählt, dass es nicht zu einer Kürzung der

Mittel für die Frauenhilfe kam«, erklärte Tristan. »Sie hat aber offengelassen, weshalb das so war.«

»Ich denke, dass Elisa das Problem auch ohne einen Mord zu begehen gelöst hätte«, sagte Helga aufgebracht, während sie mit den Händen gestikulierte. »Außerdem war sie mit uns beiden in der Pension. Das wirst du ja hoffentlich nicht vergessen haben.«

»Nein, habe ich nicht«, antwortete Tristan ruhig. Er wollte seine Freundin nicht noch mehr reizen. »Sie ist aber recht früh wieder gefahren. Und vom Giller aus nach Wemlighausen dauert die Fahrt nicht so lange. Sie hätte Zeit genug gehabt.«

»Das ist doch lächerlich, Tristan! Elisa würde so etwas nicht machen!« Helga schüttelte den Kopf, als wollte sie den Gedanken aus dem Gehirn schleudern.

»Nun«, räusperte sich Pfeiffer, »wir waren eben bei Johanna Rössel wegen eines Flyers, den wir bei Martin-Lukas in der Wohnung gefunden haben. Pastorin Rössel erwähnte den Namen ebenfalls als mögliche Verdächtige.«

»Jetzt fangen Sie nicht auch noch an«, warnte Helga.

»Also meine Ex-Schwägerin hat schon das Potenzial«, ergänzte Königsberg nüchtern.

»Ihre Ex-Schwägerin?« Holzbaum wandte sich dem Priester zu. »Das müssen Sie genauer erklären.«

Königsberg, der gerne über sich sprach, nahm die Aufforderung an und berichtete ausführlich, wie die verwandtschaftlichen Beziehungen zustande gekommen waren.

»Wisst ihr was«, polterte Helga in die Runde, »bevor hier noch jemand weiter auf die gute Elisa eindrischt, klären wir die Sache doch direkt.«

»Wie willst du das machen?« fragte Tristan.

Helga ging zurück in die Küche, kramte aus ihrer Handtasche ihr Handy und wedelte damit herum, dann wählte sie Elisas Telefon an, als Antwort auf Tristans Frage. Während die Verbindung aufgebaut wurde, schritt sie ins Wohnzimmer.

»Ich stelle auf Lautsprecher«, sagte Helga entschlossen und die Ermittler konnten den Rufton hören.

»Hallo, Helga, was gibt es noch?« Elisa hörte sich überrascht an.

»Elisa, ich habe mein Handy auf Lautsprecher gestellt. Ich sitze hier mit der Polizei und Tristan«, erklärte Helga langsam. Ihre Stimme hatte einen Ton angenommen, den Polizeisprecher benutzten, um eine Katastrophe zu erklären. »Kannst du in Ruhe sprechen?«

»Ja, kein Problem, ich bin bei Lothar«, antwortete Elisa verunsichert. »Was ist los, Helga?«

»Mein treuer Lebensgefährte meint, du hättest ein Mordmotiv.«

»Helga, wen hätte ich umbringen sollen?!«

»Martin-Lukas Luther! Weil er das Geld der Frauenhilfe kürzen wollte«, erklärte Helga.

»Was? Ich war bei dir und bin dann nach Hause gefahren«, antwortete Elisa aufgeregt.

»Frau Solms, hier spricht Tristan. Sie hätten vom Giller aus auch nach Wemlighausen fahren können.«

»Ja, das hätte ich! Bin ich aber nicht.« Ihre Stimme klang laut und selbstbewusst durch den kleinen Handylautsprecher.

»Hallo, Herr Irle«, eine Männerstimme meldete sich. »Hier spricht Lothar Kehl. Ich kann versichern, dass Elisa zum Zeitpunkt des Mordes bei mir war.«

»Na bitte«, zischte Helga, »reicht das aus, um deine Theorie zu überdenken?«

»Sicher«, nickte Tristan. »Frau Solms, verzeihen Sie die Störung, aber das mussten wir klären.«

»Kein Problem«, antwortete Elisa. An ihrer Stimme konnte man die Erleichterung wahrnehmen. »Helga, schimpf deinen Freund nicht, er macht seinen Job!«

»Danke, Elisa, wir sehen uns«, antwortete Helga und beendete das Gespräch.

Die Anwesenden blickten sich einen Moment peinlich berührt an, dann fragte Pfeiffer: »Was sagt dieser Superintendent?«

»Er nannte mir auch ein Alibi«, antwortete Tristan. »Sie sollten das klären, wenn es Ihnen möglich wäre.«

»Sicher«, nickte Pfeiffer und schlürfte laut aus seiner Tasse, während er in der anderen Hand mit der E-Zigarette zu kämpfen hatte. »Wenn sich da das Alibi auch bestätigt, dann sieht es für Erich düster aus.«

»Ja, das ist mir durchaus bewusst«, nickte Tristan, der einen tiefen Zug aus der Pfeife nahm.

»Was ist mit dem Wanderstab?« warf Königsberg ein. »Sollte man da nicht nachhaken? Wenn die Spurensicherung davon ausgeht, dass man das Holz des Wanderstabes nur mit etwas Stahlhartem zum Splittern bringt, dann muss im Freizeitlager etwas vorhanden sein, das stahlhart ist.«

»Ja, das ist eine gute Überlegung«, nickte Tristan. »Und da Erich uns ebenfalls darauf aufmerksam macht, können wir davon ausgehen, dass er den Stab nicht beschädigt hat.«

»Sie meinen, der Mörder hat den Stab beschädigt?« Pfeiffer schüttelte den Kopf. »Das würde nur Sinn ergeben, wenn man von einem Kampf zwischen Opfer und Mörder ausginge.«

»So könnte es gewesen sein«, nickte Tristan aufgeregt.

»Da machen Sie nur einen logischen Fehler«, grinste Pfeiffer, »das Opfer hätte sich wohl lautstark bemerkbar gemacht!«

»Und wenn Martin-Lukas nicht schreien konnte?« hakte Tristan nach, »haben Sie schon den endgültigen Obduktionsbefund?«

»Nein«, schüttelte Holzbaum den Kopf, »nur einen vorläufigen.«

»Sagen Sie den Gerichtsmedizinern, dass sie sich den Kehlkopf genauer ansehen sollen.« Tristan nahm die Pfeife und schlug sie über einem Aschenbecher aus. »Ich habe da eine Theorie. Um sie zu beweisen, fahre ich nochmals ins Freizeitlager.«

»Ich gebe dort Bescheid, dass Sie kommen«, sagte Pfeiffer. »Wir haben alles so gelassen, wie es gestern Abend war. Bloß die persönlichen Gegenstände, die das Opfer am Körper trug, haben wir erst einmal sichergestellt.«

»Gut, dann ist das Gepäck der Teilnehmer noch vor Ort?« fragte Tristan.

»Ja, jedes einzelne Stück«, nickte Pfeiffer und zog nochmals kräftig an der E-Zigarette.

8

Das war das Startzeichen, Tristans Haus zu verlassen. Die Polizisten gingen.

»Ich sollte mit Ihnen fahren«, sagte Königsberg, als die Beamten das Haus verlassen hatten.

»Danke, aber das erledige ich besser allein«, antwortete Tristan, der die Autoschlüssel suchte.

»Sie wissen, ich könnte Ihnen einfach nachfahren«, drohte der Monsignore, während das goldene Kreuz auf seiner Brust hin und her schaukelte.

»Sicher, das kann Ihnen niemand verwehren«, nickte der Detektiv, der die Autoschlüssel in seiner Strickjacke fand.

Helga begann das Geschirr einzusammeln. »Ich passe auf Marlowe auf. Wo ist der Racker eigentlich?«

»Er muss noch draußen sein«, überlegte Tristan. »Er ist nicht mit reingekommen, als die Horde hier eintraf.«

»Ich schaue nach«, antwortete Helga. »Mach du dich auf den Weg, bevor es dunkel wird.«

Tristan verabschiedete sich mit einem Kuss. Königsberg stand unschlüssig im Wohnzimmer.

»Bitte, verlassen Sie uns jetzt«, forderte der Detektiv den Kirchenmann auf.

»Sie wollen ganz sicher nicht, dass ich mitfahre?« wiederholte der Monsignore verärgert.

»Ja«, nickte Tristan und deutete auf die Haustür.

Zusammen betraten sie den Hof hinter der Marienkirche.

»Ich möchte mich nicht aufdrängen.« Königsberg war beleidigt. »Sie wissen, dass vier Augen mehr sehen als zwei. Ich werde das Erich mitteilen.«

»Machen Sie das«, erwiderte Tristan und stieg in den Oldtimer.

Königsberg ballte die Faust und ging in Richtung Pfarramt, das sich an der Unteren Metzgerstraße befand.

Der Detektiv lenkte den Borgward auf die Löhrstraße und fuhr in Richtung Giersberg. Von dort wollte er über Dreis-Tiefenbach nach Netphen und von da aus weiter über Erndtebrück und Bad Berleburg nach Wemlighausen.

Helga hatte mit ihrer Warnung recht, er musste sich beeilen, wollte er noch im Hellen den Tatort untersuchen. Der Detektiv steuerte das Cabriolet ins Wittgenstein, so schnell die Motorisierung des Oldtimers es zu ließ.

Als der alte Vierzylinder die kurze, steile Auffahrt zum Freizeitlager bezwungen hatte, begann es bereits zu dämmern.

Die Polizei hatte das Freizeitlager mit dem obligatorischen Sperrband gesichert. Tristan schlüpfte unter ihm hindurch und ging bis zum Speisesaal. Vor dem Hauptgebäude blieb er stehen und sah sich um. Ein Beamter, der zur Sicherung des Tatortes abgestellt war, trat aus dem Gebäude und begrüßte den Detektiv.

Pfeiffer hatte den Kollegen wie versprochen informiert.

»Hallo, Herr Irle«, grüßte der Polizist. »Hauptkommissar Pfeiffer lässt Sie grüßen und meinte, wenn Sie sich umschauen würden, sollten Sie keine Beweise zerstören oder gar entwenden.«

»Danke, ich werde es vermeiden«, nickte der Detektiv.

»Die Hütten sind offen. Ich habe sie eben aufgeschlossen. Wenn Sie was brauchen, ein Kollege und ich sind im Speisesaal.«

Tristan nickte dem Beamten zu, der sich wieder in das Hauptgebäude verzog, aus dem eindeutig die Übertragung eines Fußballspiels zu hören war. Als er erneut allein war, drehte er sich zum Teich um und dachte nach. Die Schlafhütten waren in einem Halbkreis um das Hauptgebäude angelegt. Der Grillplatz lag ein paar Schritte nach

Osten vom Hauptgebäude entfernt. Tristan konnte ihn gut erkennen. Auch der Teich, der in Richtung Dorf lag, war vom Speisesaal aus zu sehen. Da das Freizeitlager vorwiegend von Jugendlichen frequentiert wurde, gab es zwischen den umstehenden Bäumen das eine oder andere Klettergerüst und hinter dem Grillplatz ein paar Schaukeln und eine Wippe.

Er dachte an die zwei Fakten. Erstens: Der Wanderstab bestand aus Hartholz, das nur an etwas noch Härterem splittern konnte. Zweitens: Der Stab musste vor dem tödlichen Schlag auf Martin-Lukas' Kopf gesplittert sein.

Die Wippe bestand aus einem Eisenrohr, T-förmigen Griffen und Holzschalen als Sitzfläche. Tristan überlegte, die Griffe zu untersuchen. Sie hätten das Holz des Wanderstabs sicher splittern können. Doch die Wippe lag so einsehbar, dass man einen Kampf bemerkt hätte.

Tristan versuchte, sich ein Kampfszenario auszudenken, bei dem der Stab als Waffe geschwungen wurde und dabei auf Eisen oder auf Stein schlug. Man brauchte Platz, da der Stab bis an Erichs Schulter reichte.

Der Detektiv drehte sich um und begutachtete die Türrahmen des Hauptgebäudes. Sie waren aus Eisen gefertigt.

»Anscheinend will man damit Einbrecher abschrecken«, murmelte der Detektiv.

Auch die gestrichene Tür entpuppte sich als Metalltür. Tristan ging vorsichtig zu der nächstgelegenen Schlafhütte. Sie war offen, wie der Beamte es gesagt hatte. Der Detektiv sah sich im Inneren um. Der Raum war eindeutig zu klein, um den langen Wanderstab zu schwingen, ohne an der niedrig hängenden Hüttenbeleuchtung hängen zu bleiben oder gegen den Schrank oder eines der Etagenbetten zu stoßen.

Tristan begutachtete das Gerüst des Etagenbettes. Es bestand aus Metall und war an den Ecken mit flachen Eisenflanschen verstärkt. Diese Stelle war so kantig, dass sie das Holz hätte splittern können. Der Detektiv untersuchte das Etagenbett genau, fand aber keine weitere Stelle, die scharfkantig gewesen wäre. Dann trat er wieder nach draußen und suchte den eigentlichen Tatort auf.

Die Sonne war mittlerweile hinter dem Rothaargebirge versunken. Die Dämmerung tauchte den Teich in ein graues Loch. Ein paar Fische schnappten nach Wasserläufern und kleine Wellenkreise zierten die ansonsten glatte Wasseroberfläche. Dort, wo Martin-Lukas' Leiche gelegen hatte, hatte man rot-weiße Absperrgitter aufgestellt, die im Zwielicht der Dämmerung gut zu erkennen waren. Tristan wollte den Fundort nicht untersuchen, da dieser ausgiebig von der Spurensicherung dokumentiert worden war. Ihm ging es darum, herauszufinden, von wo aus Martin-Lukas zum Teich geflohen war. Sofern er denn vor einem Kampf flüchten musste. Der Detektiv wusste, dass Martin-Lukas die dritte Hütte vom

Speisesaal aus bezogen hatte. Erichs Hütte stand ganz in der Nähe des Teiches, weshalb er auch als Erster Martin-Lukas entdeckte.

Der Detektiv betrachtete den Weg von Martin-Lukas' Hütte bis zum Teich. Ihm fiel mit bloßem Auge nichts auf, das hart genug gewesen wäre, um das Hartholz zu splittern. Er ging deshalb langsam zur Hütte und kontrollierte jeden Baumstamm auf Einfassungen und den Weg auf metallene Absperrungen. Enttäuscht erreichte er den Eingang der Hütte, ohne etwa gefunden zu haben.

Der Detektiv gehörte nicht zu den Menschen, die gleich aufgaben, wenn es schwierig wurde. Sein siebter Sinn sagte ihm, dass es etwas zu finden gab. Also nahm er sich den Türrahmen der Hütte vor und wurde endlich fündig.

Holzsplitter steckten zwischen Rahmen und Wand. Tristan schaltete die Taschenlampe seines Handys an und ging näher ran. Plötzlich stieß jemand die Hüttentür von innen auf. Sie traf den Detektiv an Kopf und Brust und schleuderte ihn zurück, sodass er hinfiel.

Eine Gestalt sprang über Tristan hinweg und bevor der Detektiv einen Ton von sich geben konnte, verschwand sie hinter Sträuchern und Bäumen des Freizeitlagers. Mühsam rappelte Tristan sich auf. Blut floss ihm in die Augen. Mit einem Stofftaschentuch, das er immer bei sich trug, versuchte er die Blutung zu stoppen, während er taumelnd auf den Speisesaal zuging.

Die beiden Polizisten erschraken, als Tristan blutverschmiert in die Liveübetragung eines Fußballspiels platzte.

»Mensch, was ist Ihnen denn passiert?« rief einer der Beamten entsetzt.

»Wurde überfallen«, antwortete Tristan. »Ich könnte Hilfe gebrauchen.«

Der andere Polizist reagierte ruhig und eilte zum Polizeiauto, wo er wenig später mit einem Erste-Hilfe-Kasten zurückkam.

»Lassen Sie mich mal sehen.« Tristan nahm langsam das Taschentuch von der Wunde. Sofort begann es wieder zu bluten.

»Das ist eine lange Platzwunde«, stellte der Polizist fest und nahm einen Pressverband aus dem Erste-Hilfe-Kasten. Sein Kollege informierte unterdessen per Telefon die Einsatzwache in Bad Berleburg und bestellte gleich noch einen Notarzt.

»Hilfe dürfte in fünf Minuten da sein«, meinte der Polizist. »Berleburg liegt zum Glück vor der Haustür.«

Der Pressverband hielt die Blutung unter Kontrolle, bis der Notarzt eintraf. Der tackerte die Platzwunde mit mehreren Klammern zusammen.

»So, jetzt noch ein Pflaster drauf und das war's«, lächelte der Arzt. »Ist Ihnen schlecht oder sehen Sie doppelt?«

»Nein, alles gut«, antwortete Tristan. »Eine Gehirnerschütterung habe ich nicht.«

»Ja, das meinen viele, bis sie dann die Kotze im Wohnzimmer aufwischen müssen.« Der Arzt grinste erneut und begann seine Sachen zusammenzupacken. »Lassen Sie sich am Montag nochmals untersuchen. Mit Kopfverletzungen ist nicht zu spaßen.«

»Mache ich, Doktor«, nickte der Detektiv und stand langsam auf. Er verließ den Speisesaal mit dem Arzt.

Die beiden zur Wache abkommandierten Polizisten standen vor der Hütte und begutachteten den Tatort. Ihre Taschenlampen leuchteten wie Glühwürmchen in der Nacht.

Tristan trat langsam zu ihnen.

»Haben Sie die Holzsplitter am Rahmen entdeckt?« fragte Tristan.

»Ja«, nickte der Beamte, der die Erstversorgung übernommen hatte. »Wir haben Pfeiffer informiert.«

»Gut«, nickte der Detektiv und dabei stieg ihm der Schmerz in den Kopf. »Ich will mich drinnen umsehen.«

»Was glauben Sie hat der Angreifer hier gesucht?«

»Keine Ahnung«, antwortete Tristan. »Aber es muss wichtig gewesen sein, sonst wäre der Mörder nicht wieder zum Tatort zurückgekehrt.«

»Sie meinen, es war der Mörder?« Die beiden Polizisten sahen sich verblüfft an. »Wir haben den Mörder doch dingfest gemacht!«

»Sie haben einen Verdächtigen dingfest gemacht«, korrigierte der Detektiv. »Noch ist er nicht als Mörder überführt. Und alles, was ich heute Abend hier gefunden und schmerzlich erlebt habe, sagt mir, dass der Falsche im Gefängnis sitzt.«

Tristan zog die Hüttentür auf und trat ein.

9

Die schwache Hüttenbeleuchtung verbreitete ein fades graues Licht. Tristans Augen gewöhnten sich langsam an die Beleuchtung. Es konnte aber auch sein, dass die Kopfverletzung ihn nicht richtig scharf sehen ließ. Der Detektiv konzentrierte sich. Er versuchte, den stechenden Schmerz zu verdrängen.

Das Hütteninnere glich dem der anderen. Ein Schrank, ein Tisch und die Etagenbetten standen in gewohnter Anordnung. Martin-Lukas hätte sich die Hütte mit dem katholischen Priester Peter Müller teilen sollen. Auf dem unteren Bett lag eine Reisetasche, aus der man ein schwarzes Hemd mit weißem Kragen gezogen hatte. Wie es aussah, gehörte diese Tasche zu Müller.

Vor dem Etagenbett lag ein kleiner Koffer, dessen Inhalt jemand auf den Boden geworfen hatte.

»Was hat der Einbrecher gesucht?« fragte sich Tristan.

Vorsichtig schritt der Detektiv bis zum Schrank. Die Tür stand offen, doch im Schrank war nichts Besonderes zu finden. Dort hing eine Jacke. Man hatte die Taschen nach außen gestülpt.

Tristan fand einen Aktenkoffer, der neben dem Tisch auf dem Boden lag. Draußen hörte er laute Stimmen.

»Ah, Pfeiffer ist angekommen«, murmelte er und ging zur Tür.

Wenig später stürmte der Hauptkommissar, gefolgt von Holzbaum, in die Hütte.

»Mensch, Sie sehen geschlagen aus«, grinste Pfeiffer, als er Tristan ansah.

»War kein Schlag, nur diese Tür da.« Tristan deutete auf die Tür.

»Geht es Ihnen gut?« fragte Holzbaum besorgt.

»Ja, soweit«, nickte der Detektiv.

»Was haben Sie gefunden?« Pfeiffer lehnte sich an den Tisch.

»Schauen Sie sich um.« Tristan deutete auf das Durcheinander vor dem Bett.

»Oh«, stöhnte Pfeiffer. »Was haben wir denn da?«

»Jemand hat etwas gesucht«, antwortete Tristan.

»Haben Sie eine Ahnung, was das sein könnte?« fragte Holzbaum, der ein paar Latexhandschuhe aus seinem Jackett zauberte.

»Nein, aber sehen Sie sich mal den Aktenkoffer an. Er liegt hier in der Ecke beim Tisch«, bat Tristan.

Holzbaum streifte sich die Handschuhe über und hob den Aktenkoffer auf.

»Ist verschlossen«, bemerkte Holzbaum. »Zahlenschloss! Vier Ziffern?«

»Ein Qualitätsstück«, meinte Pfeiffer. »Die Koffer werden für besonders wertvolle Inhalte hergestellt.«

»Unser Opfer war mal Juwelier«, erinnerte Tristan.

»Dann dürfte das Teil Martin-Lukas gehört haben«, nickte Pfeiffer. »Es wird schwer werden, das Ding zu öffnen.«

»Versuchen Sie mal 62«, überlegte Tristan.

Holzbaum drehte die ersten zwei Ziffern und es klickte leise.

»Nicht schlecht«, grinste der pausbäckige Kommissar. »Es fehlen noch zwei Ziffern. Welche Zahlen nun?«

»Pfeiffer! Welche Frage aus dem Katechismus hat Martin-Lukas in dem Flyer verwendet, den Sie bei ihm zu Hause gefunden haben.«

»Ich glaube, das war Frage 95«, antwortete er.

Holzbaum nickte und drehte die beiden Ziffern ein. Dieses Mal klickte es laut und die beiden Schlösser sprangen auf.

»Wow«, staunte Pfeiffer.

Holzbaum öffnete vorsichtig den Koffer.

»Oh«, seufzte Holzbaum enttäuscht. »Es sind diese Flyer! Zwei Pakete und ein leeres Schmuckkästchen.«

Er drehte den Koffer zu Tristan und Pfeiffer.

»Das ist nicht gerade wertvoll«, maulte der Hauptkommissar.

»Nein, ist es nicht«, nickte Tristan und sah sich die Ablagefächer genauer an. »Haben Sie mal einen Handschuh?«

Pfeiffer reichte ihm einen von seinen. Tristan streifte ihn über und sagte: »Sehen wir doch mal nach, was das ist.«

Er zog eine Pappmappe aus dem Koffer, legte sie auf dem Tisch ab und schlug sie auf.

»Das sind Rechnungen«, stellte der Detektiv fest.

»Ja, und sehen Sie mal, wer da im Briefkopf genannt wird«, grinste Pfeiffer.

»Das ist mal eine Überraschung«, raunte der Detektiv.

4. Die Glocken ....

Sonntag

Die Glocken der Nikolaikirche riefen zum Gottesdienst. Es war der 16. Sonntag nach Trinitatis. Trinitatis nannte man das Fest der Dreieinigkeit (lateinisch: trinitas), das am ersten Sonntag nach Pfingsten gefeiert wurde. Sechzehn Sonntage später befand man sich nach dem liturgischen Kalender im September. Die Kirche mochte es geregelt, deshalb gab es den liturgischen Kalender, der, anders als der gregorianische Kalender, mit dem ersten Advent begann und mit dem Totensonntag endete. An diesem Sonntag gab der Kalender das Thema „Tod und Wiedergeburt" vor.

Johanna Rössel griff es dankbar auf. Sie saß in der Sakristei und überflog den Text ihrer Predigt. Sie hatte aus ihrer Gemeinde erfahren, dass viele Gläubige zum Gedenken des verstorbenen Martin-Lukas den Gottesdienst besuchen wollten. Das Thema passte wie die Faust aufs Auge.

Einige Meter weiter, hinter der Tür zum Altarraum, füllte sich das Kirchenschiff mit Menschen. Das weiter anhaltende schöne Altweibersommerwetter lockte die Gläubigen aus den Häusern, lud zu einem Kirchengang ein. Vor der Nikolaikirche wartete Peter Müller, der katholische Priester. Er hatte sich mit Matthias Montanus, dem evangelischen Pastor, und Magdalena

Hübner, der Presbyterin, verabredet. Montanus kam gerade die Treppe vom Marktplatz herauf. Er wurde freundschaftlich von Müller empfangen.

»Frau Hübner ist auf dem Weg«, erklärte Montanus. »Sie hat mir eine SMS gesendet, dass sie gleich ankommen wird.«

»Gesendet, während sie Auto fuhr?« hakte Müller besorgt nach.

»Keine Ahnung, aber das wäre ja lebensgefährlich«, antwortete Montanus. »Oh, sehen Sie mal!«

Superintendent Immanuel Breuer erschien mit seiner Frau. Er wollte eilig ins Innere der Kirche verschwinden, wurde aber von einem Gemeindemitglied aufgehalten. Breuer wirkte angespannt. Das Gemeindemitglied sprach auf ihn ein, aber er schien auf das Gesagte nicht zu reagieren.

»Was hat er denn?« fragte Montanus.

»Haben Sie das noch nicht gehört?« wunderte sich Müller.

Montanus sah den Priester fragend an. Dann informierte der Priester den Pastor, was ihm der Anwalt des Bischofs, Frederick Königsberg, über die laufenden Mordermittlungen mitgeteilt hatte.

»Das wäre ja ein Skandal«, staunte Montanus. »Sind Sie sicher, dass der Superintendent in den Mord involviert ist?!«

»Das können Sie laut sagen«, nickte Peter Müller.

Vor der Kirche versammelten sich kleine Grüppchen, die nach und nach in der Kirche verschwanden. Es war ein stetiger Strom an Menschen und so fiel gar nicht auf, dass ein Mann, an dessen Kopf ein weißes Heftpflaster nicht zu übersehen war, mit einer attraktiven Frau bedächtig die Treppe vom Marktplatz emporstieg.

»Du hättest im Bett liegen bleiben sollen«, flüsterte Helga scharf.

»Mir geht es gut«, antwortete Tristan freundlich.

»Das sagst du immer und dann muss der Arzt kommen«, erwiderte sie. »Außerdem, was willst du hier?«

»Darüber hatten wir doch gesprochen.« Tristan sah seine Freundin ernst an. »Ich will mich zeigen.«

»Dann glaubst du, der Mörder wird heute auch hier sein?«

»Ja, das denke ich«, nickte Tristan grimmig.

»Wenn er so kaltblütig ist, um nochmals an den Tatort zurückzukehren«, überlegte Helga laut, »dann wird ihm dein Auftreten hier ganz sicher keine Angst machen.«

»Ich will ihm keine Angst machen«, entgegnete Tristan. »Ich hoffe auf Gottes Beistand und vielleicht locke ich ihn oder sie aus der Reserve.«

»Na, dann viel Glück«, zischte Helga. »Oh, da vorne ist Elisa!«

Elisa Solms und ihr Freund Lothar Kehl standen neben dem Superintendenten von Wittgenstein, Josef Ritter. Das Paar ging zu den dreien und wurde mit besorgten Blicken begrüßt.

»Was ist Ihnen denn passiert?« fragte Elisa.

»Ein kleiner Unfall im Freizeitlager«, antwortete Tristan. »Nicht der Rede wert.«

»Von wegen«, mischte sich Helga ein. »Die Platzwunde musste geklammert werden.«

»Hat man Sie angegriffen?« wunderte sich Josef Ritter.

»Eine Tür wurde aufgestoßen und ich stand dummerweise auf der falschen Seite«, erklärte der Detektiv.

»Ich hoffe, Ihr Gehirn hat nichts abbekommen«, scherzte Kehl, der die Situation auflockern wollte.

»Nein, nein, es funktioniert noch«, lächelte Tristan dankbar. Ihm war das Thema lästig.

»Nun, ich sehe da schon einen leichten Gehirnschaden«, meinte Helga und lächelte nicht.

»Lasst uns reingehen«, schlug Elisa vor. »Es wird heute voll werden. Habe vernommen, dass Johanna ihre Predigt dem Verstorbenen widmet.«

In diesem Moment bog Monsignore Königsberg um die Ecke.

»Sieh mal an, der Teufel«, stöhnte Elisa.

»Guten Morgen, die Herrschaften«, grüßte der bischöfliche Anwalt jovial.

»Hast du keine Angst zu verglühen, wenn du die Kirche betrittst? Sie ist schließlich protestantisch!« hetzte die Vorsitzende der Frauenhilfe.

»Keine Angst, vor Gott sind wir Christen alle gleich«, antwortete Königsberg. »Die Kleinigkeiten unter uns Kirchenleuten amüsieren Gott wahrscheinlich.«

»Na, das sollte der Papst aber nicht hören«, meinte Kehl bedrohlich. »Sie werden noch exkommuniziert.«

Königsberg zuckte mit den Schultern, dann betraten sie das Kirchenschiff.

2

Gott schuf Himmel und Erde mit allem, was darauf lebte, an sechs Tagen und am siebten Tage ruhte er. Gott gestaltete den Menschen als sein Ebenbild, das hatte eine Konsequenz. Wenn man schon als Spiegelbild eines Gottes geschaffen wurde, dann war es das Wenigste, ihm dafür auch zu danken. Also dachten sich die Priester, Pharisäer und sonstigen Prediger etwas Geniales aus. Wenn Gott nach sechs Tagen von der Arbeit ruhte, dann sollte es der Mensch Gott gleichtun. Das hatte den Vorteil, dass er am Ruhetag in die Kirche gehen konnte, um seinem Schöpfer gegenüberzutreten. Vorzugsweise mit einem Gebet und einer wohlklingenden Stimme.

Heutzutage können sich das viele Menschen nicht mehr leisten. So sehr sie auch Gott ähneln mögen, sie sorgen dafür, dass der Verkaufswagen mit den frischen Brötchen zur Dorfmitte fährt, dass die Tankstelle alle Zapfhähne eingeschaltet hat und das Café oder das Restaurant geöffnet wird.

So erging es auch den Mitarbeitern der Mordkommission aus Hagen. Hauptkommissar Norbert Pfeiffer und Werner Holzbaum saßen in ihrem Büro und warteten darauf, dass sie von der Spurensicherung und der Gerichtsmedizin angerufen wurden.

Sie hatten nach dem Überfall auf Tristan bei den beiden Behördenstellen Druck gemacht. Zum einen wollten sie bestätigt haben, dass die sichergestellten Holzsplitter am Türrahmen der Hütte von Erichs Wanderstab stammten, und zum zweiten sollte die Leiche offenbaren, ob Tristans Theorie einer Halsverletzung zutraf.

»Es ist zum Kotzen, hier rumzuhängen«, maulte Pfeiffer und drehte sich mit seinem Bürostuhl.

»Ja, das ist zum Kotzen«, nickte Holzbaum.

Der Kommissar hockte über der Mappe, die sie in dem Koffer gefunden hatten.

»Gibt es was Interessantes zu lesen?« Pfeiffer fragte aus Langeweile.

»Ja, gibt es«, nickte Holzbaum.

»So!?« Pfeiffer sprang auf. »Was hast du gefunden?«

»Der Brief war an das Generalvikariat des Erzbistums Paderborn gerichtet«, antwortete Holzbaum. »Der Zusatz lautete: Stabsstelle 1.11.«

»Ja, das haben wir gelesen«, nickte Pfeiffer etwas enttäuscht.

»Ich weiß jetzt, was hinter dieser Bezeichnung Stabsstelle 1.11 steckt«, grinste Holzbaum zufrieden.

»Na, raus damit!«

»Das ist die Abteilung für Kirchenrecht. Und rate mal, wer die leitet!«

»Sag bloß, das ist Monsignore Frederick Königsberg!«

»Voll ins Schwarze getroffen«, nickte Holzbaum. »Und weißt du, was das hier ist?«

»Du kennst doch meine Vorliebe für das geschriebene Wort«, heuchelte Pfeiffer.

»Nun, es sind eine Menge Rechnungen aus den letzten vier Jahren«, erklärte Holzbaum. »Sie wurden unter einer Rechnungsstelle, die sich *„vasa sacra"* nennt, zusammengefasst.«

Pfeiffer runzelte die Stirn. »Erklär mir das mal genauer.«

»So wie es aussieht, hat unser Monsignore bei Martin-Lukas einen Haufen kostbaren Schmuck bestellt. Die Rechnungen liegen hier, allerdings sind nicht alle bezahlt worden.« Holzbaum schob Pfeiffer eines der Papiere zu. »Ich habe addiert, dass noch ein Betrag von knapp 170.000 Euro offen ist.«

»Was?! So viel Geld?« Pfeiffer riss die Augen auf und pfiff durch die Zähne.

»Ja, das könnte ein Mordmotiv sein, oder?« Holzbaum sah seinen Chef nachdenklich an.

»Wir sollten das mit dem Monsignore klären«, überlegte Pfeiffer. »Dann kommen wir hier raus.«

»Was hältst du davon, wenn wir zuerst mit Erich über den Mann reden?« schlug Holzbaum vor und steckte die Rechnungen in die Mappe zurück.

»Gute Idee, wir müssen ja sowieso nach unten«, nickte Pfeiffer.

Die beiden Polizisten verließen ihr Büro und gingen die Treppe hinunter zur Wache. Die Siegener Wache befand sich, räumlich abgeriegelt, gleich neben dem Foyer der Kreispolizeibehörde. Hinter der Wache gab es fünf Zellen. Da das ehemalige Untersuchungsgefängnis in der Oberstadt nun eine Bibliothek der Universität Siegen war, wurden die Gefangenen in die Justizvollzugsanstalt Attendorn verbracht. Im Falle Erich Roth hatte man bislang darauf verzichtet, doch lange würde der Diakon nicht mehr in Siegen versorgt werden können.

Als Pfeiffer und Holzbaum bei dem Zwei-Meter-Mann vorbeischauten, lag Erich gerade auf dem Bett und las.

»Hallo, Herr Roth, wir stören doch nicht«, grüßte Pfeiffer. Er merkte gar nicht, dass dieser Satz auch als Sarkasmus verstanden werden konnte.

Erich lächelte die Kommissare an und erhob sich.

»Nicht doch, ich hatte sowieso nichts vor«, antwortete der Diakon.

Die beiden Polizisten betraten die enge Zelle und ließen die Tür offen.

»Sie machen doch keine Schwierigkeiten?« fragte Pfeiffer und blickte auf die offene Stahltür.

Erich schüttelte den Kopf und richtete sich auf. Pfeiffer nahm auf dem einzigen Stuhl in der Zelle Platz, während Holzbaum stehen blieb. Der schwergewichtige Beamte hielt eine Mappe in der Hand.

»Wir haben ein paar Fragen zu Ihrem Anwalt«, begann Pfeiffer. »Es würde uns helfen und wahrscheinlich auch Ihnen, wenn Sie die beantworten könnten.«

Erich verzog das Gesicht und musterte den Hauptkommissar nachdenklich. Er kannte Pfeiffer genauso lange, wie Tristan Irle den Beamten kannte. Deshalb setzte der Diakon in Pfeiffers Ermittlungsfähigkeiten nur begrenztes Vertrauen. Er wusste aber, dass der Hauptkommissar ein aufrichtiger Polizeibeamter war. Spielchen gehörten nicht zu den Instrumenten, die der Polizist einsetzen mochte. Dafür war Pfeiffers Charakter zu einfach gestrickt und er neigte dazu, die Dinge beim Namen zu nennen oder, wie es andere beschreiben würden, Pfeiffer sagte gerade heraus, was er meinte. Erich spürte, dass die beiden Männer es ehrlich mit ihm meinten und nickte.

»Gut, wir haben ein paar ungewöhnliche Rechnungen gefunden, die Sie vielleicht erklären können.« Holzbaum klappte die Mappe auf und reichte Erich einige Blätter.

Der Diakon sah sie sich genauer an und nickte. »Ja, dazu kann ich was sagen. Das hier ist die

Rechnung für die Ausbesserung einer der Heiligenfiguren in der Marienkirche.«

Erich reichte das Rechnungsblatt Holzbaum.

»Was das hier sein soll, kann ich nicht beantworten«, brummte er.

»Sie sollten wissen, dass die Rechnungen alle an Monsignore Königsberg adressiert sind«, erklärte Pfeiffer. »Jedenfalls wenn man die Rechnungsadresse zugrunde legt.«

»Wir können uns nicht erklären, wofür man so viel Schmuck braucht«, ergänzte Holzbaum und reichte Erich erneut eine Rechnung.

»Und was bedeutet *vasa sacra*?« wunderte sich Pfeiffer.

»Das bedeutet *sakrales Gerät*. Damit sind Abendmahlbecher, Leuchter, Hostienschalen und so weiter gemeint. Sie bestehen in der Regel aus Edelmetallen wie Silber oder Gold.«

»Das würde die Höhe der Rechnungen erklären«, murmelte Pfeiffer.

»Ja, aber das hier hat nichts mit der Kirche zu schaffen«, sagte Erich und klopfte auf das Blatt. »Hier hat sich jemand, wahrscheinlich Königsberg, ein teures Kreuz fertigen lassen.«

»So eines, wie es der Monsignore trägt?« hakte Holzbaum nach.

»Ja, Frederick hatte schon immer einen Hang zum Bling Bling«, nickte Erich. »Wie hoch belaufen sich die offenen Zahlungen?«

»Es sind 170.000 Euro«, antwortete Holzbaum.

»Eine hohe Summe«, sagte Erich. »Aber das Erzbistum Paderborn ist reich. Wenn alles mit rechten Dingen zuginge, würden die Rechnungen beglichen. Das wäre kein Motiv, um jemanden zu töten.«

»Und wenn der Jemand, sagen wir, das Geld unterschlagen hätte und seine Spuren verwischen wollte?« Pfeiffers Grinsen erinnerte an einen Hai.

»Dann stände seine Reputation, seine Karriere auf dem Spiel. Das wäre eine ganz andere Sachlage«, antwortete Erich nachdenklich.

3

»*Christus Jesus hat dem Tode die Macht genommen und das Leben und ein unvergängliches Wesen ans Licht gebracht durch das Evangelium*«, zitierte Johanna Rössel aus dem liturgischen Kalender und blickte vom Altar auf das gefüllte Kirchenschiff. »Das schrieb Paulus an Timotheus. Timotheus war ein Diener Paulus, den der Apostel nach Ephesus geschickt hatte, um die dortige Urgemeinde zu unterstützen.«

Johanna Rössel suchte den Blickkontakt zum Superintendenten Breuer, dann sprach sie weiter: »Mit dem Worte Christi, dem Evangelium, wurde uns das ewige Leben angeboten. Der Preis, den wir zu zahlen haben, ist, unser Leben nach seinem Wort auszurichten. Vielen Menschen scheint das heute abwegig, altertümlich oder einfach unmodern zu sein. Als bekennender Christ könnte man heutzutage vermuten, zu einer aussterbenden Spezies zu gehören. Martin-Lukas Luther, der dieser Tage gewaltsam von uns gegangen ist, hat sich gegen diese Vermutung gewehrt. Er hat gemahnt und darauf hingewiesen, dass wir als Christen verpflichtet sind, das Evangelium mit unseren Taten und Worten lebendig werden zu lassen. Wir sollen unseren Glauben bekennen und klare Kante zeigen. Es kann neben unserem Glauben an die Dreifaltigkeit von Vater, Sohn und Heiligem Geist keinen anderen Glauben geben.«

Tristan saß mit Helga in der Mitte der Kirche neben einem der tragenden Pfeiler. Ihm fiel auf, dass die Pastorin immer wieder den Blickkontakt zu einer bestimmten Stelle suchte. Er konnte von hinten nicht erkennen, wen sie da ansah. Elisa konnte es nicht sein, da die Vorsitzende der Frauenhilfe rechts vorne mit ihrem Freund saß. Er erinnerte sich aber daran, dass er den Superintendenten in dem Bereich der Kirche hatte sitzen sehen.

›Weshalb fixiert sie Breuer?‹ dachte Tristan.

Helga bemerkte den grübelnden Blick ihres Freundes. Sie stupste ihn leicht an.

»Worüber denkst du nach?« flüsterte sie.

»Siehst du, die Pastorin sieht ständig zur ersten Reihe«, antwortete Tristan leise. »Sitzt da nicht Breuer?«

»Er ist ihr Chef, oder?!« meinte Helga.

»Nicht direkt, aber ich denke, da steckt noch was anderes dahinter«, sagte Tristan.

Der Gottesdienst nahm seinen Lauf. Es wurde gesungen und der Segen gesprochen, und schließlich teilte Johanna Rössler noch mit, wofür die Kollekte am Ausgang bestimmt sein sollte.

»Wie fühlst du dich?« fragte Helga besorgt, als sie aufstanden.

»Mir geht es gut«, antwortete Tristan.

»Du siehst blass aus«, teilte sie ihm mit, »wir sollten schnellstens nach Hause gehen.«

»Nein, vorher werde ich noch ein paar Gespräche führen«, erwiderte der Detektiv entschieden.

»Was sollen die bringen?« Helga sah ihren Freund verärgert an.

»Ein wenig Rumstochern hat noch nie geschadet«, meinte Tristan und reihte sich in die Schlange ein, die sich im Mittelgang auf den Ausgang zu bewegte. »Hast du Kleingeld eingesteckt?«

Helga schüttelte den Kopf und griff in ihre Handtasche.

»Das war wie erwartet«, hörten sie hinter sich Königsberg sagen. »Herr Irle, ihr Protestanten wisst, wie man eine heilige Messe zu einem staubtrockenen Vortrag verwandelt.«

»Vorsicht, Monsignore«, lächelte der Detektiv schelmisch, »wir sind in der Überzahl!«

»Ja, hier drinnen, aber da draußen?!« Königsberg deutete auf den Ausgang. »Und dieses schmucklose Gotteshaus. Wie haltet ihr das nur aus?«

»Wir besinnen uns auf Gottes Wort und lassen den Schnickschnack außen vor«, erwiderte Tristan.

»Was ist eigentlich mit Ihrem Kopf geschehen? Hat Sie dort Gottes Botschaft getroffen?« Der Monsignore grinste hämisch.

»Nein, eine Tür«, antwortete Tristan.

»Hier ist Kleingeld«, mischte sich Helga ein und reichte dem Detektiv einige Münzen. »Wieviel werden Sie spenden?« fragte sie Königsberg spitz. »Vielleicht das schmucke Kreuz vor Ihrer Brust?«

»Wir wollen es ja nicht übertreiben«, antwortete Königsberg kalt.

»Wo waren Sie eigentlich gestern Abend?« fragte Tristan, während sie langsam zum Ausgang schritten.

»Im Pfarramt, einige Unterlagen durchsehen, unter anderem die Verhörprotokolle«, antwortete Königsberg.

»Die Arbeit hätten Sie sich sparen können. Jeder der Beteiligten hat ein Alibi – außer Erich«, sagte Tristan mit einem Hauch Verärgerung.

»Ich weiß, dass Sie das schon kontrolliert haben. Aber ich neige dazu, mir selbst ein Bild zu machen.«

»Sicher«, nickte Tristan und sie erreichten den Ausgang.

Tristan warf die Münzen in den Beutel und trat ins Freie. Ihm folgten Helga und Monsignore Königsberg.

Vor der Kirche bildeten sich erneut kleine Gruppen. Die größte von ihnen hatte sich um zwei Polizeibeamte gebildet, die sich von der Gruppe lösten und auf Tristan zukamen.

4

Pfeiffer und Holzbaum, der eine Mappe in der Hand hielt, empfingen die drei am Ende der Treppe zum Kircheneingang. Helga entschuldigte sich, da sie noch ein paar Worte mit Elisa sprechen wollte. Als die Herren allein waren, fragte Holzbaum: »Der Gottesdienst, war er erbaulich?«

»Es war ein protestantischer Gottesdienst«, erwiderte Königsberg, als wolle er damit andeuten, dass dieser Gottesdienst niemals erbaulich sein konnte.

»Nun, wir hatten jedenfalls einen erbaulichen Vormittag«, grinste Pfeiffer.

»So?!« wunderte sich Tristan. »Das würde eigentlich gegen Ihre Natur sprechen.«

»Sie können mich nicht beleidigen«, antwortete Pfeiffer mit einem Lächeln. »Wir haben eine interessante Entdeckung gemacht.«

»Und? Wollen Sie diese Entdeckung mit uns teilen?« Königsberg sagte das abfällig. Sein Gesichtsausdruck machte die Abneigung gegenüber den beiden Kommissaren deutlich.

»Natürlich, Monsignore! Es betrifft maßgeblich Sie«, antwortete Pfeiffer.

»Da bin ich jetzt aber gespannt«, erwiderte Königsberg.

»Wir haben einige Rechnungen gefunden, die Fragen aufwerfen«, begann Holzbaum dem bischöflichen Anwalt zu erklären, während er die Mappe in seiner Hand ungeschickt aufzuklappen versuchte. »Sie sind an Ihren Arbeitgeber gerichtet.«

»Ich verstehe nicht, wie ich da helfen kann.« Königsberg zuckte mit der Schulter. »Sie sollten sich mit der Buchhaltung des Erzbistums in Verbindung setzen.«

»Oh nein, das wird nicht nötig sein, da wir herausgefunden haben, dass die Rechnungen an Ihre Stabsstelle gegangen sind«, sagte Pfeiffer amüsiert und deutete auf die Mappe, die Holzbaum geöffnet hatte. »Sie, Monsignore, waren der Rechnungsempfänger.«

»Ich verstehe nicht?!« Königsberg wirkte verunsichert. »Von wem stammen die Rechnungen?«

»Das ist endlich mal eine vernünftige Frage«, nickte Pfeiffer und grinste. »Sie stammen von Martin-Lukas Luther.«

Holzbaum nahm eine Rechnung aus der Mappe und zeigte sie Königsberg.

»Ach, die Rechnungen«, stöhnte Königsberg unschuldig.

»Sie wissen also, von was wir reden?« hakte Holzbaum nach, während er das Papier wieder zurücklegte.

»Jetzt kann ich es mir denken«, nickte der Anwalt. »Was glauben Sie für eine Verbindung entdeckt zu haben?«

»Das Opfer hat für Sie eine Menge Schmuck hergestellt«, antwortete Pfeiffer.

»Ja, das kann ich bestätigen«, lächelte Königsberg.

»Sie schuldeten dem Opfer über 170.000 Euro«, ergänzte Holzbaum.

»Das ist *nicht* korrekt«, erwiderte Königsberg. »Das Erzbistum schuldete Herrn Martin-Lukas Luther diese Summe. Nicht ich!«

»Wo waren Sie während der Tatzeit?« Pfeiffer platzte die Frage zu früh heraus. Eigentlich wollten Sie den Monsignore noch mehr in die Enge treiben.

»Auf der Straße«, grinste Königsberg, »das wissen Sie doch.«

»Sie waren nicht früher am Tatort?« Holzbaum hatte sein Notizbuch gezückt.

»Nein, natürlich nicht«, sagte Königsberg. »Ich kann es nicht beweisen, aber Sie können auch nicht beweisen, dass ich früher am Tatort war.«

»Da haben Sie recht«, nickte Pfeiffer.

»Dann möchte ich mich jetzt verabschieden. Es war ein anstrengender Vormittag. Wenn Sie Fragen haben, Sie finden mich im Pfarramt unten bei der Marienkirche.«

Tristan, der sich absichtlich nicht in das Gespräch eingemischt hatte, blickte dem Monsignore nachdenklich hinterher, dann sagte er: »Die Rechnungen gingen alle an ihn?«

»Ja, ausnahmslos«, nickte Holzbaum.

»Irgendetwas Auffälliges?« Tristan hatte so ein Gefühl, dass Holzbaum nicht alles verraten hatte.

»Ein paar der Rechnungen wurden geschrieben, nachdem Martin-Lukas sein Geschäft angeblich geschlossen hatte.«

»Heißt das, dass Martin-Lukas noch geschäftlich aktiv war?!«

»Die Rechnungen enthalten Martin-Lukas' Umsatzsteuer-Identifikationsnummer«, antwortete Holzbaum. »So wie es scheint, hat er weiterhin Geschäfte getätigt.«

»Was genau wurde da in Rechnung gestellt?« Tristan blickte den schwergewichtigen Kommissar neugierig an.

»Warten Sie, ich habe die Rechnung hier«, stöhnte Holzbaum und blätterte vorsichtig durch den Stapel. »Hier ist sie.«

Er reichte sie dem Detektiv.

»Manschettenknöpfe aus Gold mit dem Wappen des Erzbistums«, las Tristan. »Die mussten hergestellt werden.«

»Was denken Sie?« Pfeiffer ärgerte es, dass er die Schlussfolgerung Tristans nicht erkennen konnte.

»Ich denke, wir sollten herausfinden, wo sich der gute Monsignore zum Zeitpunkt des Überfalls tatsächlich aufgehalten hat.«

5

»Wie stellen Sie sich das vor?« fragte Pfeiffer.

Tristan hatte die beiden Kommissare zum Essen in sein Haus eingeladen. Helga wollte davon nichts wissen. Sie war mit Elisa und Lothar Kehl in ein naheliegendes Restaurant gegangen. Sie war auf Tristan eindeutig noch sauer. Allerdings wusste er nicht, ob sie wegen des Überfalls oder wegen Elisas Verdächtigung verstimmt war. Der Detektiv stand in der Küche und warf Nudeln in einen Topf.

»Das Navigationssystem des Autos müsste die Daten doch gespeichert haben«, antwortete Tristan.

»Und wie kommen wir da ran?« maulte Pfeiffer. »Königsberg wird uns das sicherlich nicht erlauben.«

»Vielleicht doch, wenn er unschuldig ist«, meinte Holzbaum, der es sich auf der Eckbank in der Küche gemütlich gemacht hatte.

»Darauf würde ich nicht wetten«, antwortete Tristan. Er durchstöberte die Tiefkühltruhe. »Irgendwo muss doch noch die Bolognese-Soße sein, die Helga eingefroren hat.«

»Ihre Freundin ist nicht gut auf Sie zu sprechen«, bemerkte Pfeiffer. »Hat das mit dem Fall zu tun?«

»Ja«, nickte Tristan und fand die eingefrorene Soße in einer Tupperdose. »Sie nimmt mir übel, dass ich Elisa Solms verdächtige.«

»Verdächtige?« Pfeiffer zog seine E-Zigarette aus der Jacketttasche. »Ist nicht Königsberg unser einziger Verdächtige?«

»Nein, solange wir nicht den Mörder oder die Mörderin eindeutig überführt haben, sind alle verdächtig!« Tristan legte die Tupperdose in die Mikrowelle, dann schaltete er das Gerät ein.

Plötzlich klingelte Pfeiffers Handy. Der Hauptkommissar nahm das Gespräch an. Nach ein paar mysteriösen „Ja's" legte er auf.

»Wir haben die Analyseergebnisse der Holzsplitter. Sie stammen vom Wanderstab«, teilte er den anderen mit. »Außerdem hat der Gerichtsmediziner eine Verletzung am Kehlkopf von Martin-Lukas festgestellt.«

»Damit wird meine Vermutung von einem Kampf bestätigt«, sagte Tristan.

»Sie hatten recht«, nickte Pfeiffer. »So, wie es sich jetzt darstellt, wurde Martin-Lukas in seiner Hütte angegriffen, floh zum Teich und wurde dort schließlich erschlagen.«

»Der Täter muss eine sehr niedrige Hemmschwelle haben«, meinte Holzbaum. »Nicht jeder ist so konsequent und abgebrüht, hinter seinem Opfer herzulaufen, obwohl er jeden Moment entdeckt werden könnte.«

»Ja, damit selektiert sich die Verdächtigenliste«, sagte Pfeiffer und schaltete seine Dampfzigarette an.

»Ich maße mir nicht an, irgendeinen der jetzigen Verdächtigen auf seine Gewaltbereitschaft einschätzen zu können«, erklärte Tristan und leerte die Tupperbox mit der aufgetauten Soße in einen Topf. Den Topf stellte er auf den Herd, während er die kochenden Nudeln umrührte. Dann stellte er Holzbaum ein Schneidebrett, Messer und Stangenbrot auf den Tisch. »Schneiden Sie es in Scheiben.«

Im Wohnzimmer saß Marlowe auf seiner Kletterstange und beobachtete das Treiben in der Küche. Tristan behielt den Kakadu im Auge. Immer wenn er anfing mit dem Kopf hin- und herzuwippen, legte der Detektiv einen Keks in den Futternapf. So war der neugierige Marlowe beschäftigt.

»Sie glauben also tatsächlich, dass die zierliche Elisa Solms ein Totschläger sein könnte?« Pfeiffer nahm einen kräftigen Zug von seiner E-Zigarette.

»Sie haben den Wanderstab gesehen. Auch die zierliche Elisa Solms kann Ihnen damit den Kopf einschlagen«, antwortete Tristan. »Aber alles zu seiner Zeit. Wir sollten zuerst Königsberg untersuchen.«

»Das GPS«, brummte Pfeiffer. »Das müssen Sie allein machen! Solange wir dem Monsignore nicht mit einer vernünftigen Anklage kommen, sind uns die Hände gebunden.«

»Dann muss ich mir wohl was einfallen lassen«, stöhnte der Detektiv. »Ich denke, die Nudeln sind fertig.«

Nach dem Essen verabschiedeten sich die Beamten. Tristan räumte das Geschirr in die Spülmaschine und hoffte, dass Helga ihren Groll auf ihn verlor. Als er die Küche aufgeräumt und das Geschirr verstaut hatte, ging er nach draußen und setzte sich auf die kleine Holzbank vor seinem Haus. Die Türen hielt er offen und wenig später flatterte Marlowe hinter ihm her. Der Kakadu landete auf der Haustürschwelle und watschelte über die Treppenstufe ins Freie.

»Was hast du?« fragte Tristan, der neben der kleinen Treppe auf der Bank saß und seine Pfeife zu stopfen begann.

Marlowe sträubte seinen Kamm und streckte sich.

»Na, was kommt jetzt?« murmelte Tristan, doch Marlowe spreizte plötzlich seine Flügel und hob ab.

Tristan hatte mit dem Schnellstart nicht gerechnet, vor Schreck ließ er die Pfeife fallen. Tabak bröselte aus dem halbgefüllten Pfeifenkopf, während Marlowe Tempo aufnahm und in Richtung Barstewende davonflog.

Das Stakkato von High Heels, die auf Pflastersteine knallten, schallte durch den Hof. Tristan beugte sich zur Pfeife, hob sie auf und sah Marlowe hinterher, der genau auf den Auslöser des Geräuschs zuhielt.

»Ach, du meine Güte«, flüsterte Tristan und stand auf.

Mit hastigen Schritten näherte sich eine junge Frau mit roten Haaren. Als sie den Kakadu auf sich zufliegen sah, hielt sie ihm den rechten Arm hin, den Marlowe als Landeplatz annahm und anschließend auf ihre Schulter kletterte. Die kleine tierische Aktion verlangsamte ihren Marsch nicht. Sie lief weiterhin direkt auf den Detektiv zu. Ihre feuerroten Haare wippten dabei wie Flammen im Wind.

»Ein Wunder«, stieß Tristan aus und seine Augen begannen zu leuchten, als er die junge Frau erkannte.

Sina Santes, die Rothaarige, trug Marlowe lässig auf ihrer linken Schulter. Ihre Kleidung sagte dem Betrachter, dass er es mit einer hippen, urbanen Zeitgenossin zu tun hatte. Die enge Skinny Jeans und ein schwarzes Tanktop hatte ihr ein Designer in einer angesagten Boutique verkauft. Sinas Füße stöckelten in Overknees von Steve Madden mit zehn Zentimeter hohen Absätzen über das Pflaster. Eine böse Knöchelzerrung und etliche aufgeschlagene Knie hatte es gebraucht, bis die Beinmuskulatur so weit ausgebildet war, dass sie mit den Stöckelabsätzen souverän die Einkaufsstraßen passieren konnte.

Sie war ohne diese Stiefel durchschnittlich groß. Ihr unbezähmbarer Krauskopf mit langen roten Haaren sorgte besonders bei Männern für gaffende Blicke. Keine Tönung traf den intensiv schimmernden Farbton. Da Sina aber die meisten Männer für den dümmeren Teil der Menschheit hielt, arrangierte sie sich mit deren Gehabe.

Ihr wacher Blick aus leuchtend grünen Augen hätte sie im Mittelalter in Schwierigkeiten bringen können. Nun, an Schwierigkeiten war Sina dennoch gewöhnt. Sie zog sie an wie der Honig den Bären. Doch wer dauernd in irgendeine Katastrophe hineinschliddert, nimmt sie irgendwann nicht mehr wahr. Das Kurzzeitgedächtnis hilft dabei, möglichst den Blick schnell wieder auf das Wesentliche im Leben zu richten, und bei Sina waren das IT-Netzwerke, Computerprogramme und die dahinterstehenden Algorithmen.

Sina Santes war das, was man heutzutage als Nerd bezeichnet, obwohl sie ganz und gar nicht nach einem Nerd aussah. Sie gehörte zu der Ersten Liga von Programmiergenies, die mit Kusshand von der NSA verpflichtet würden, wäre da nicht ihr besonderer Charakter, der von Autoritäten nichts hielt.

»Warum hast du mich nicht angerufen!« rief Sina wütend dem Detektiv zu, als sie gerade den Hof betreten hatte.

Ein paar Pfiffe hallten ihr entgegen, so wie Männer hübschen Frauen nachpfeifen. Sie stammten von zwei Studenten, die auf der Bank vor ihrem Haus lümmelten und Sina anstarrten, als hätten sie eine Erscheinung.

Sina zeigte ihnen den Stinkefinger und würdigte sie mit keinem Blick. Den hatte sie starr auf Tristan gerichtet.

»Ich dachte, du wärst in den USA«, rief Tristan zurück.

»Das ist doch kein Grund, mich nicht anzurufen«, zischte es über den Hof.

Sina erreichte den Detektiv und fiel ihm um den Hals.

»Wie schlimm ist es?« fragte sie leise, während Marlowe auf ihrer Schulter mit Flügelschlägen das Gleichgewicht hielt.

»Sehr schlimm«, antwortete Tristan.

Sina Santes war ein Schützling von Erich Roth gewesen. Der Diakon hatte sich besonders um die rebellische junge Frau gekümmert, die mit ihrem Talent mehr Ärger verursachte, als es für sie gut war. Ohne die leitende Hand des Diakons wäre Sina Santes in irgendeinem geheimen US-Gefängnis gelandet, da waren sich alle Beteiligten einig gewesen. Doch mit Erich an der Seite wurde ihre Energie in konstruktive Bahnen gerichtet. Sie half, während eines Bierfestes in Siegen, einen Bombenanschlag zu verhindern. Sie sorgte maßgeblich dafür, dass Marlowe, der Kakadu, wiedergefunden wurde, nachdem ihn Verbrecher entführt hatten.

»Wo ist Erich, Tristan?« Sie sah den Detektiv müde an.

»In Weidenau im Gefängnis«, antwortete Tristan, sah sie ernst an und fragte: »Wie lange bist du unterwegs?«

»Der Wisse Ohm schrieb mir gestern eine Mail, da habe ich mich sofort auf den Weg gemacht«, antwortete Sina. »Das ist jetzt 12 Stunden her.«

»Wo sind deine Sachen?« hakte Tristan nach.

»Im Hotel, am Kaisergarten«, stöhnte sie. »Was genau ist passiert?«

»Komm rein. Ich bring dich auf den neuesten Stand«, antwortete Tristan.

6

Sina fühlte sich sofort wieder zu Hause, als sie in Tristans Haus trat. Marlowe saß immer noch auf ihrer Schulter und knabberte ab und zu an ihrem Ohr, was sie sich gerne gefallen ließ. Tristan hatte Kaffee aufgesetzt und ihr währenddessen die Situation dargestellt. Sina hörte aufmerksam zu. Zum Schluss berichtete er ihr von den Geschehnissen vor der Nikolaikirche.

»Was hast du jetzt vor?« fragte sie kampfeslustig.

»Wir müssen an die verdammten GPS-Daten von Monsignores Wagen herankommen.« Tristan presste die Worte nur so heraus.

»Das ist eigentlich kein Problem«, meinte Sina und ihre grünen Augen funkelten. »Allerdings ist das ganz sicher illegal. Du wirst die Daten nicht vor Gericht gebrauchen können.«

»Das ist mir momentan egal«, antwortete Tristan. »Wenn wir wissen, dass Königsberg lügt, werden wir ihn schon überführen.«

»Was fährt er für eine Karre?« Sinas Stimme nahm einen Ton an, der Tristan einen Schauer über den Rücken laufen ließ. Das Gehirn war einfach nicht in der Lage, den visuellen Reizen seines Gegenübers diese Dämonenstimme zuzuordnen.

»Einen Audi, meine ich gesehen zu haben«, antwortete Tristan.

»Das müssen wir genauer wissen«, seufzte sie. »Ich nehme an, der Monsignore wohnt im Pfarramt?«

Tristan nickte.

»Okay, ich benötige ein paar Gerätschaften, die ich im Hotel gelassen habe«, erklärte Sina. »Ich geh sie holen und du findest heraus, was für einen Typ Auto er fährt und wie das Nummernschild lautet.«

»Damit kannst du arbeiten?« Tristan sah sie fragend an.

»Ja! Das ist doch ein Dienstwagen, den dieser Königsberg fährt?« Sina runzelte die Stirn.

»Davon gehe ich aus«, nickte Tristan. »Der Typ gibt kein Geld für eine Fahrt aus, die er selbst bezahlen muss.«

»Super! Dann wird der Wagen ganz sicher überwacht«, sagte Sina abfällig. »Die Idioten kapieren es nicht oder wollen es nicht wissen, dass die Arbeitgeber so ihre Dienstfahrzeuge im Auge behalten.«

»Okay?!« staunte Tristan. »Dann sollten wir uns auf den Weg machen.«

Der Detektiv schnappte sich Marlowe und setzte ihn auf seine Schulter. Der Kakadu nahm es gelassen hin. Sina kraulte ihm zum Abschied die Brust, dann machte sie sich auf den Weg.

»Wir treffen uns dann in einer Stunde wieder hier«, sagte Tristan.

»Ja, die Zeit wird mir reichen«, nickte Sina. »Du hast doch noch einen Breitbandanschluss?«

»Natürlich«, erwiderte Tristan, »ich nutze das Internet doch mittlerweile auch.«

Sina schmunzelte und beide verließen das Haus.

»Pass auf, dass dich der Monsignore nicht beim Schnüffeln erwischt«, mahnte die Computerexpertin.

»Keine Sorge«, grinste Tristan verwegen. »Ich passe auf.«

Sinas Absätze knallten auf das Pflaster, als sie mit entschlossenem Schritt die Barstewende hinaufmarschierte.

Tristan entschied sich, über die Zaungasse weiter in die Altstadt vorzudringen, um nach dem bischöflichen Dienstfahrzeug zu suchen. Die engen Altstadtgassen verhinderten, dass die Hausbesitzer ohne Garage direkt vor dem Haus parken konnten. Viele stellten deshalb ihre Fahrzeuge auf öffentlichen Parkplätzen oder Parkstreifen ab, die man Anliegern zur Verfügung stellte. Das katholische Pfarramt hatte zwei Garagen zur Verfügung, die beide belegt waren. Königsbergs Auto stand also irgendwo in der Altstadt.

Der Detektiv folgte der Zaungasse, bis diese auf die Donzenbachstraße traf. Weiter ging es den Burgberg hinauf bis zum Rathaus. Dort fand er dann auch den bischöflichen Dienstwagen, gut erkennbar am Paderborner Nummernschild.

Außerdem verriet ein Aufkleber am Heck den bischöflichen Autobesitzer.

Tristan notierte sich das Kennzeichen und den Autotyp. Dann versuchte er, den Hersteller des Infotainments im Auto durch die getönte Scheibe zu erkennen.

»Was machen Sie da?« fragte plötzlich ein älterer Mann.

Tristan schreckte zurück. Dann lächelte er den Mann freundlich an. »Ich sehe mir die Ausstattung an. Interessiere mich für ein ähnliches Modell.«

»So?!« murrte der Mann. »Ich dachte schon, Sie spähen den Wagen aus. Man liest ja viel von Autodieben.«

»Oh nein, sehe ich aus wie ein Autodieb?« Tristan deutete auf Marlowe, der ungerührt auf seiner Schulter saß.

»Nun, ich bin nicht so oft in dieser Gegend«, erklärte der Mann. »Vielleicht sehen ja in Siegen Autodiebe genau so aus wie Sie. Einen schönen Tag noch!«

Der alte Mann trottete davon und Tristan entschied, zurück zu seinem Haus zu gehen.

Helga war immer noch nicht zurück, was Tristan ein wenig beunruhigte. Sie schien wütender auf Tristan zu sein, als er es sich eingestehen wollte.

Zum Glück hielt sich Sina an ihre Zeitvorgabe. Mit einem Rucksack voller elektronischer Geräte betrat sie das Wohnzimmer.

»Dann wollen wir mal«, sagte sie und begann, den Rucksack auf dem Esstisch im Wohnzimmer auszupacken.

»Was ist das alles?« fragte Tristan.

»Das ist ein spezieller Router, das da ist ein Server und das ist mein Laptop«, grinste Sina und verkabelte die Teile miteinander. »Befindet sich dein Anschluss noch unter dem Sekretär?«

Tristan nickte, und schon hatte Sina die Türen des Sekretärs aufgerissen, begutachtete den dort installierten Router, zog alle Kabel aus dem Gerät heraus und stöpselte ihre eigene Hardware ein.

»So, jetzt kann es losgehen«, murmelte sie. »Bist du bereit, in die diebische Welt der Nullen und Einsen vorzudringen?«

»Nullen?!« Tristan blickte sie besorgt an.

»Ach, vergiss es.« Sie schaltete den Computer an und begann gleich darauf, auf die Tastatur einzuhacken.

Dem Detektiv blieb nichts anderes übrig als abzuwarten.

Sina erklärte ihm unterdessen, dass sie ins Netzwerk des Erzbistums eindringen wollte, um dort nach den GPS-Daten der Dienstwagenflotte zu suchen.

»Das hört sich einfach an«, meinte Tristan unvorsichtig.

»Einfach? Willst du mich verarschen?« Sinas Augen verengten sich und funkelten ihn verärgert an. »Ich bin über ein Dutzend IP-Adressen gesprungen, um dann über den päpstlichen Hauptserver einzudringen. Und das Ganze geräuschlos, dass die nicht einmal was bemerken. Aber der schwierigste Teil kommt noch. Ich muss den Ordner finden, in dem sie die GPS-Daten der Dienstflotte speichern. Das kann dauern.«

»Solange kein Sonderkommando das Haus stürmt«, scherzte Tristan und erntete dafür einen weiteren finsteren Blick.

»Darüber macht man keine Scherze«, zischte Sina und starrte auf den Bildschirm.

Tristan begann sich eine Pfeife zu stopfen. Marlowe saß auf seiner Kletterstange und beäugte die Kabel, die vom Tisch herunterbaumelten.

Nach einer gefühlten Ewigkeit stieß Sina einen Freudenschrei aus und sie fragte aufgeregt: »Tristan, wie lautet das Kennzeichen?«

Der Detektiv kramte seinen Notizblock aus der Hosentasche und nannte es. Wenig später grinste Sina, als wäre sie bei einem Schönheitswettbewerb.

»Willst du sehen, wo sich der Kerl die letzten beiden Tage aufgehalten hat?« Sie drehte den Bildschirm des Laptops.

»Ja, sicher«, nickte der Detektiv.

Sina hatte die GPS-Daten über eine Karte gelegt und so ein Bewegungsmuster sichtbar gemacht.

»Sieh mal, wo der bischöfliche Anwalt am Freitagabend war!«

»Ist das Wemlighausen?!« Tristan sah sie skeptisch an.

»Ja, er hat sich ab 18 Uhr im Ort versteckt.« Sie deutete auf einen Waldweg. »Da ist ein Wanderparkplatz, keine fünf Minuten vom Freizeitlager entfernt.«

»Das wird Pfeiffer sicher interessieren«, brummte der Detektiv und griff zum Telefon.

7

Über das Kreisgebiet legte sich in kosmischer Regelmäßigkeit die Abenddämmerung. Der warme Spätsommertag neigte sich dem Ende zu. Die Luft war gesättigt mit dem Duft von reifen Früchten und feuchtem Gras. Selbst in der Altstadt zwischen den Fachwerkhäusern in den engen Gassen roch es fruchtig mild. Eine leichte Abendbrise wehte diesen Duft aus dem öffentlichen Schlosspark mit seinen Blumen, Sträuchern und Bäumen herüber.

Frederick Königsberg hatte sich in den kargen Räumen des Pfarramtes den ganzen Nachmittag verkrochen, um eine Strategie zu entwickeln, die aus dem Schlamassel führte und dem Bischof zu Ehren gereichte. Das Ergebnis enttäuschte, und bevor ihn ein Anfall in den winzigen Zimmern ereilte, entschied er, sich die Beine zu vertreten. Der Schlosspark lag nur ein paar Meter entfernt und das besondere Wetter lud geradezu dazu ein, einen Abendspaziergang zu genießen.

Der bischöfliche Anwalt hoffte darauf, keine bekannte Seele zu treffen, denn nach Reden war ihm nicht zumute. Von der Unteren Metzgerstraße bis zum Schlosspark dauerte ein Fußmarsch nur wenige Minuten. Königsberg ließ sich Zeit, er hatte ja genügend davon. Nachdenklich schritt er über die Hundgasse dem Parkeingang entgegen. Das schwere Holztor, das den Park von der Straße trennte, drückte Königsberg langsam auf. Er stieg über eine Stufe und betrat den Park. Nach einigen Schritten klingelte sein Handy.

Neugierig zog er es aus seiner Soutane und nahm das Gespräch an.

»Was für eine Überraschung«, sagte er und verzichtete auf einen höflichen Gruß. »Ja, die Entwicklung nimmt einen unerwarteten Verlauf. Ich hätte nicht gedacht, dass man die Rechnungen so schnell finden würde.«

Königsberg erreichte den kleinen Pavillon, der für Freilichtkonzerte gebaut worden war und setzte sich auf einen der festverankerten Gitterstühle.

»Ja, ich bin allein im Park unterwegs«, antwortete der Monsignore. »Sie wollen mich treffen? Weshalb? So, Sie kennen die Kombination. Gut, ich schlage vor, wir treffen uns gegen 20 Uhr im Steakhaus. … Schön, dann sagen wir bis gleich.«

Frederick sah auf die Uhr und seufzte. Er waren gut und gerne noch 1½ Stunden bis zum Treffen. Also entschied er, weiter durch den Park zu schlendern.

Die Sonne senkte sich hinter dem im Westen liegenden Giebelwald, als er mit einem Grinsen den „Hexenturm“ passierte. Der alte Steinturm bildete die Verbindung von der äußeren alten Burgmauer zu einer Mauer, die den Schlosspark in zwei Bereiche trennte. Der Monsignore betrat nun den Teil, in dem auch das Obere Schloss stand. Mehrere Kinder tummelten sich mit ihren Eltern auf der Wiese vor dem Schloss. Ein Pärchen flanierte dem Kirchenmann Hand in Hand entgegen und grüßte ihn respektvoll.

Königsberg mochte es, in seiner schwarzen Soutane flanieren zu gehen. Er besaß die passende Figur, um dem schwarzen Gewand die nötige Füllung zu geben, die Autorität ausstrahlte. Er ging weiter entlang der alten Burgmauer in Richtung „Sackturm“. Das Gelände fiel leicht ab, sodass eine Treppe nötig wurde, um auf den höhergelegenen Teil des Parks zu gelangen.

Königsberg ging auf die Treppe zu, als ihm eine bekannte Person entgegenkam. Sie trafen sich genau am Treppenanfang. Der Monsignore grinste, dann blitzte plötzlich etwas Metallenes auf und bohrte sich in Königsbergs Hals.

Als die Nachricht bei Tristan Irle einging, dass man Monsignore Frederick Königsberg ermordet im Schlosspark gefunden hatte, machte sich der Detektiv unverzüglich auf den Weg zum Tatort. Helga war mittlerweile zurückgekehrt und hatte sich gleich mit Sina in eine Plauderei gestürzt. Helgas Plan, zurück auf den Giller zu fahren, wurde verschoben und so blieben die beiden Frauen bei Marlowe.

Der Detektiv schritt die Burgstraße hinauf, als sich um 22 Uhr die Straßenlaternen wie von Geisterhand gesteuert nacheinander einschalteten. Er genoss das Schauspiel, das ihn an eine Theater-Inszenierung erinnerte, während seine grauen Zellen vom Grübeln glühten. Königsberg war sein Hauptverdächtiger gewesen. Tristan fragte sich, warum der Monsignore sterben musste und wer zum Teufel der geheimnisvolle Mörder sein konnte?

»Was bedeutet das für Erich?« murmelte er laut und betrat den Vorplatz des Oberen Schlosses durch das alte Burgtor. »Jetzt muss man ihn entlassen.«

»Wen muss man entlassen?« fragte eine Frauenstimme hinter ihm.

Tristan blieb stehen und drehte sich nach der Stimme um. »Frau Rössel?! Was machen Sie hier?«

»Ich habe da ein schlimmes Gerücht gehört«, sie blickte sorgenvoll zum Park. »Aber wenn Sie jetzt hier sind, dann könnte es wahr sein, dass man Monsignore Königsberg ermordet hat.«

Der Detektiv nickte. »Ich bin auf dem Weg zum Tatort.«

»Dann werde ich Sie begleiten«, antwortete Johanna Rössel.

Sie gingen schweigend um das Obere Schloss herum und erreichten den „Sackturm", an dessen Treppenende die Leiche von der Spurensicherung untersucht wurde.

»Hallo, Herr Irle«, grüßte ihn Hauptkommissar Pfeiffer. Der Beamte stand etwas abseits und blickte auf die Universitätsstadt hinunter. »Was ist mit diesem Volk bloß los?!« Er hielt seine E-Zigarette in der Hand und zog einmal kräftig daran. Weißer Qualm stieg in einer dichten Wolke auf. »Man hat dem Kirchenmann direkt in den Hals gestochen. Er hatte nicht mal mehr die Chance, einen Laut von sich zu geben.«

»Niemand hat etwas gesehen?« fragte Tristan.

»Nein, ein Pärchen hat den Kerl in seinem Blut liegend gefunden und gleich die Polizei benachrichtigt. Es gibt keine Spuren. Keinen Hinweis, nur bei der Mordwaffe sind sich die Experten einig. Es muss eine spitze, lange Klinge gewesen sein. Nichts, womit man schneidet, eher so wie bei einem Stilett, einem Spieß oder einer Stricknadel.«

»Gott möge der armen Seele gnädig sein«, flüsterte die Pastorin.

»Meinen Sie die Seele des Monsignore oder die des Mörders?« Pfeiffer kotzte der Abend an.

»Beide, wenn Sie nichts dagegen haben«, antwortete Johanna Rössel selbstbewusst.

»Mir ist das egal, wem Gott gnädig ist. Ich will den Killer oder die Killerin hinter Schloss und Riegel wissen.« Eine weitere Qualmwolke breitete sich über Pfeifer aus.

Während Tristan am Sackturm stehen blieb, um mit Pfeiffer zu sprechen, sah sich Lena Hartmann am Tatort um. Sie wurde von Oberstaatsanwalt Büdenbender begleitet. Da beide wieder in außergewöhnlichen Kleidungskombinationen unterwegs waren, hätte man den Tatort durchaus als Street-Performance eines Künstlers bezeichnen können. Das Aufgebot an Uniformierten sprach jedoch dagegen.

Nach einer Weile schienen die beiden alles gesehen zu haben. Friedrich Büdenbender schritt sichtlich mitgenommen langsam die Treppe hinauf. Sein Gesichtsausdruck verriet emotionelles Hochwasser. Lena folgte ihm mit einem Mikrofon in der Hand, in das sie etwas hineinsprach.

»Was für eine Katastrophe«, stöhnte der Oberstaatsanwalt laut, als er oben ankam. »Wie bringe ich das dem Bischof bei? Zwei seiner Leute in einen Mord verwickelt. Der eine als Täter, der andere als Opfer.«

»Guten Abend, Büdenbender, Frau Hartmann«, grüßte Tristan. »Den *möglichen* Täter können Sie jetzt freilassen, denn er ist unschuldig. Hat Ihnen Pfeiffer meine Rechercheergebnisse mitgeteilt?«

»Sie meinen, die GPS-Daten des Toten dort unten?« Der Oberstaatsanwalt deutete die Treppe hinunter, an deren Ende die Leiche lag.

»Ja, Königsberg hat uns angelogen. Wenn ihn das nicht verdächtig macht«, knurrte der Detektiv.

»Jetzt ist er tot. Wenn er Martin-Lukas' Mörder war, hat er sein Geheimnis mit ins Grab genommen.« Büdenbender schien nicht ganz Herr der Lage zu sein.

Eine Erfahrung, die Pfeiffer sichtlich nervös machte.

»Ach ja«, stöhnte Büdenbender, als trüge er die Last der Welt auf seinen Schultern. »Ihr Kollege Holzbaum bittet die Herren nach unten.« Dann entdeckte Büdenbender die Pastorin: »Und wer sind Sie?«

Johanna Rössel stellte sich vor.

»Gibt es einen bestimmten Grund, dass Sie diesen Tatort aufsuchen?« Der Oberstaatsanwalt schien sich gefangen zu haben. Mit den Augen eines Beutejägers musterte er die Pastorin.

»Ja, den gibt es«, nickte sie. »Das erste Opfer war ein Gemeindemitglied und ein guter Bekannter. Wenn es jetzt einen Fremden trifft, dann frage ich mich: Was geht hier eigentlich vor?«

»Wenn ich das wüsste«, schnaufte Büdenbender, dann wandte er sich an Tristan. »Ich werde die Freilassung von Erich Roth veranlassen. Es hilft vielleicht, beim Bischof die Nachricht von Königsbergs Tod abzumildern.«

Tristan nickte und hätte am liebsten in die Hände geklatscht, ließ es aber angesichts der Situation bleiben. Die beiden Herren gingen die Treppe am Sackturm hinunter in den Park, dort wartete Holzbaum auf sie.

»Was gibt es?« Pfeiffer steckte den Dampfspender in sein Jackett.

»Das solltet ihr euch ansehen«, forderte Holzbaum auf und kniete sich zu der Leiche. Vorsichtig zog er ein Flugblatt heraus. Es war die Kopie eines Ablassbriefes aus dem 16. Jahrhundert.

5. Das Reformationsjahr …

Montag

Das Reformationsjahr entwickelte sich für die Provinzpolitiker zu einem Desaster. Angeheizt durch die fast Live-Berichterstattung über die Mordermittlungen durch Radioreporterin Lena Hartmann hatten sich am frühen Morgen die ersten Fernsehstationen eingeschaltet und ihre Sendewagen in die Universitätsstadt geschickt. Die meisten Menschen gingen zwar nicht mehr in Kirchen und viele leugneten sogar, an den Gott der Christen zu glauben, dennoch schienen sie süchtig nach der dreckigen Wäsche der Geistlichen zu sein. Dabei waren Pastoren und Priester auch nur Menschen, voller Fehler und Eigenarten, so, wie einst Jesus, der Sohn Gottes, der herabstieg, um als Mensch für die Menschen am Kreuz zu sterben.

Die Gier nach Dreckwäsche konnte man nur als Schadenfreude erklären. Die Kirche, die katholische mehr als die protestantische, tat ja noch heute in vielen Bereichen so, als sei sie unfehlbar, als sei sie das Leuchtfeuer in der Nacht, das sicher den Weg in den Hafen wies. Dumm nur, wenn die eigenen Leute dann zu Monstern mutierten. Nicht alle, aber die wenigen, die es sind, Monster, die bestärken ein Vorurteil, das schwer zu korrigieren war. Doch die Medien brauchten Stoff, genauso wie der Junkie sein Heroin. Und ein besonders guter Stoff für die vielen Sendestationen, für die Internetportale und die verbliebenen Zeitungen war ein mysteriöser Mord an einem katholischen Geistlichen. Das I-Pünktchen über dem Ganzen setzte die Vermutung, dass es sich um einen Konfessionsstreit handeln könnte – und das im Reformationsjahr!

Für die gewählten Provinzpolitiker stellte so viel mediale Aufmerksamkeit eine echte Herausforderung dar. Kein Landrat, kein Bürgermeister möchte, dass sein Landkreis oder seine Stadt mit einem religiös motivierten Mord in Verbindung gebracht wird. Einen heidnischen Terroranschlag konnten die Verantwortlichen ja noch nutzen, um aller Welt zu zeigen, dass man als aufgeklärte Gemeinschaft dem religiösen Fanatismus trotzt. Jedenfalls solange die Fernsehkameras vor Ort waren. Aber einen gemeinen Mord an einem Geistlichen, der war einfach nur katastrophal für das Image und natürlich für das arme Opfer.

Deshalb hatten die persönlichen Referenten des Landrats, des Siegener Bürgermeisters und des Bad Berleburger Bürgermeisters noch in der Nacht von Sonntag auf Montag einen Treffpunkt organisiert, an dem die politischen Führer zusammentrafen – ob sie nun an Gott glaubten oder nicht. Ziel dieses Treffens war es, sich abzustimmen und natürlich aus erster Hand zu erfahren, was da im Lande gerade los war.

Als Treffpunkt hatte man ein Hotel am Rande der Universitätsstadt gewählt. Das gefiel dem

Bad Berleburger Bürgermeister zwar nicht, doch als Josef Ritter, der Superintendent der Wittgensteiner Protestanten, ein mahnendes Wort eingelegt hatte, schluckte der Politiker die Abmachung und fuhr nach Siegen. Und so kam es, dass an einem weiteren Spätsommertag wichtige Männer und ein paar wichtige Frauen in den frühen Morgenstunden durch die Hoteltür in einen Konferenzsaal schlichen, wo Oberstaatsanwalt Friedrich Büdenbender, Polizeidirektor Wilhelm Flender und der ermittelnde Beamte der Mordkommission auf sie warteten.

Den ehrwürdigsten Auftritt absolvierte der Generalvikar des Erzbistums Paderborn. Als Stellvertreter des Erzbischofs rauschte er in einer schwarzen Limousine an, und seine Soutane saß maßgeschneidert über seinem wohlgenährten Bauch. Als direkter Vorgesetzter des Monsignore Königsberg und des Diakons Erich Roth galt es diesen Mann besonders gut zu behandeln. Der Generalvikar besaß die Macht, die ganze Affäre als das gelten zu lassen, was sie war: ein Mordfall. Er konnte daraus aber auch einen Medien-Tornado generieren, der die Verantwortlichen aus ihren Stellungen katapultierte und den politischen Führern einen schmerzlichen Imageschaden zufügte.

Oberstaatsanwalt Büdenbender wusste das genau und deshalb schwänzelte er, ganz gegen seine Natur, um den Kirchenmann herum, als gäbe es ein Leckerli.

Der Bürgermeister von Siegen wirkte gestresst, genauso wie Superintendent Immanuel Breuer. Sein Kollege aus dem Wittgenstein, Josef Ritter, stand neben dem Bürgermeister von Bad Berleburg. Jetzt fehlte nur noch Landrat Robert Fischer.

»Wo bleibt Fischer?« maulte Polizeidirektor Flender. »Wir haben nicht den ganzen Morgen Zeit, Kaffee zu trinken!«

Flender stand neben Hauptkommissar Pfeiffer.

»Der Landrat wird sich das hier nicht entgehen lassen«, grinste Pfeiffer höhnisch. »Der eine oder andere wird die Faust in der Tasche ballen und dem Mann zunicken.«

Das ernste Gesicht des Polizeidirektors verwandelte sich in ein grinsendes. Pfeiffer lief es kalt den Rücken hinunter, denn Flender wirkte grinsend gefährlicher als sonst mit seinem versteinerten Gesichtsausdruck.

»Ein schwuler Landrat hat es nicht leicht. Dabei sind wir doch alle so tolerant«, flüsterte Flender.

»Ja, genau«, nickte Pfeiffer, »bis dann Gottes Wort ins Spiel kommt.«

»Sie kennen sich in der Bibel aus?« wunderte sich Flender.

»Nicht besonders, aber ich bin Katholik«, murmelte Pfeiffer, als wäre das Erklärung genug, dann sah er seinen Vorgesetzten kritisch an. »Wussten Sie, dass in der Bibel nie von Homosexualität die Rede ist, also der wahren Liebe zwischen Männern? Wenn die Propheten urteilen, beschreiben sie eigentlich nur Sexualverbrechen wie Vergewaltiger, Knabenschänder und Lustknaben. Liebesbeziehungen werden nicht erwähnt. Es heißt ja sogar im Römerbrief: ›*Seid niemandem etwas schuldig, außer dass ihr euch untereinander liebt, denn wer den anderen liebt, der hat das Gesetz erfüllt*‹«.

»So? Etwas ganz Neues.« Wieder erstrahlte dieses teuflische Grinsen in Flenders Gesicht.

»Na ja, damals gab es die heutige Sexualethik nicht«, antwortete Pfeiffer. »Die wollten die pure Lust töten. Kam von dem Spaßverderber Paulus.«

»Ja, die Bekehrten sind meistens die Schlimmsten«, nickte Flender und deutete auf Oberstaatsanwalt Büdenbender. »Wenn wir nicht bald anfangen, kriecht der noch dem Generalvikar in den Arsch. Was würde Paulus wohl dazu sagen?«

»Nichts Gutes«, erwiderte Pfeiffer.

Die Saaltür wurde aufgerissen und Landrat Robert Fischer stürmte herein.

»Endlich!« stöhnte der Polizeidirektor.

2

Der Polizeiwagen fuhr in den Hof hinter der Marienkirche. Tristan, Helga und Sina standen auf der Treppe vor dem Haus des Detektivs und beobachteten das Ankommen des Wagens. Er hielt vor der Marienkirche. Die Türen wurden aufgestoßen und hinten stieg langsam Erich Roth aus. Vorne quälte sich Werner Holzbaum aus dem Wagen.

»Da ist er wieder!« rief Helga.

Tristan und Sina eilten ihm entgegen. Nacheinander umarmten sie den Zwei-Meter-Mann, was eine tiefe Verbeugung seitens des Diakons notwendig machte.

»Komm rein, wir haben Frühstück vorbereitet«, sagte Tristan, der immer noch ein weißes Heftpflaster am Kopf trug. »Herr Holzbaum, Sie sind natürlich auch eingeladen. Wo steckt Pfeiffer?«

»Der hat einen speziellen Auftrag«, antwortete Holzbaum geheimnisvoll.

»Was ist mit deinem Kopf geschehen?« fragte Erich auf dem Weg zum Haus.

»Erzähle ich drin«, antwortete Tristan.

Sie erreichten das Haus, wo Helga den Diakon auf der Schwelle ebenfalls herzlich umarmte und ihn ins Haus führte. Marlowe hörte Erichs Baritonstimme und flatterte aufgeregt durch das Wohnzimmer. Der Kakadu landete auf dem Esstisch im Wohnzimmer, was Helga überhaupt nicht mochte. Doch Marlowe ließ sich nicht herunterjagen. Er wich den wedelnden Armen Helgas einfach aus und brabbelte:

»Also hat es dir gefallen / Hier in dieser schönen Welt; / so dass das Vondannenwallen / Dir nicht sonderlich gefällt.«

»Ja, Marlowe«, nickte Erich, »so eingesperrt in einer kleinen Zelle, das macht einen ganz kirre.«

»Jetzt bist du wieder frei«, sagte Sina erleichtert.

»Du hast doch nichts Dummes angestellt?« Erich sah seinen ehemaligen Schützling besorgt an.

»Wir haben das Nötige getan«, mischte Tristan sich ein. »Mehr brauchst du nicht zu wissen. Und jetzt ab in die Küche und setz dich auf deinen Platz.«

Sie gingen in die Küche und ließen Marlowe auf dem Tisch im Wohnzimmer sitzen. Erich faltete sich hinter dem Küchentisch auf die Eckbank. Sina rutschte hinter ihm her, während Holzbaum vor dem Kopf Platz nehmen durfte. Helga und Tristan setzten sich auf die zwei verbliebenen Stühle. Der Frühstückstisch war reichlich gedeckt und so begannen sie, sich gegenseitig die Nahrungsmittel hin- und herzureichen.

Erich berichtete von seiner Gefangenschaft und er betonte, dass es sich angefühlt habe, wie zu seiner Priesterseminarzeit, als er für mehrere Tage in ein Kloster gezogen war.

»Was gefehlt hat, waren die gemeinsamen Messen«, scherzte er zum Schluss. »Aber was ist hier passiert? Wer hat Frederick umgebracht?«

»Das wissen wir nicht«, antwortete Tristan. »Es ist verzwickt. Bis man den Monsignore umbrachte, hatte ich ihn als Hauptverdächtigen im Visier.« Tristan erklärte seinem Freund, wie er sich die Wunde zugezogen hatte und was er und die Polizei über Königsberg erfahren hatten. »Wir denken, er hat Martin-Lukas umgebracht, weil er sich zu sehr verschuldet hatte«, beendete der Detektiv seine Ausführung.

»Frederick gehörte schon immer zu den Menschen, die leuchtende Augen bekamen, wenn sie Gold, Silber und Edelsteine sahen«, sagte Erich nachdenklich, »aber er war keiner von der Sorte, die sich von ihrer Gier zu einem Mord hätten hinreißen lassen.«

»Dann glaubst du nicht, dass er Geld unterschlagen hat?« Sina sah Erich nachdenklich an.

»Nein, das entspräche nicht seinem Charakter«, nickte Erich, »da muss etwas anderes dahinterstecken.«

»Vielleicht helfen Ihre GPS-Daten«, mischte sich Holzbaum ein. Bis jetzt hatte er es sich schmecken lassen und dem Gespräch nur gelauscht.

»Die GPS-Daten?« Erich musterte seinen Freund Tristan.

»Eine technische Spielerei«, wehrte der Detektiv ab.

»So? Sina, hast du etwas damit zu tun?« Erichs mahnender Tonfall hatte trotz des Gefängnisaufenthaltes nichts von seiner Wirkung verloren.

»Nur ein wenig«, nickte sie und ging auf Erichs Frage gar nicht weiter ein. »Aber Holzbaum hat recht. Ich stelle euch eine Karte zusammen, auf der man Königsbergs Bewegungen sehen kann. Vielleicht hilft uns das, Licht ins Dunkle zu bringen.«

»Uns?!« Erich blickte Sina mit großen Augen an.

»Glaubst du, ich lasse dich jetzt alleine?« Sinas Stimme klang entschlossen. »Solange der Mörder nicht gefunden ist, bist du immer noch verdächtig.«

»Da hat Sina recht«, nickte Holzbaum und griff sich das nächste Brötchen.

3

Die Brötchen im Konferenzraum des Hotels am Stadtrand Siegens hatten ihre Festigkeit verloren. Sie weichten unter dem üppigen Aufstrich oder dem Wurstbelag auf. Das störte Pfeiffer allerdings nicht daran, ordentlich zuzugreifen, während Oberstaatsanwalt Friedrich Büdenbender den Lokalpolitikern die Situation darstellte. Wie immer agierte der Mann eloquent und freundlich. Er nutzte den Konferenzsaal als Bühne, und genau wie ein Theater-Dramaturg nutzte er die künstlerische Freiheit bei seinem Bericht, indem er ihn ausschmückte und hie und da etwas wegließ.

Pfeiffer füllte sich den Magen und wartete darauf, ob die hohen Herren dem Oberstaatsanwalt das Stück abkauften, das Büdenbender darbot.

»Ich verstehe nur nicht, wieso der Monsignore der Übeltäter sein soll, wenn er nun, Gott erbarme sich seiner Seele, ebenfalls tot ist?« Es war die schneidende Stimme des Generalvikars, die die Inszenierung zum Einstürzen brachte. »Es ist doch unlogisch zu behaupten, dass der Mann der Killer sei, wenn er selbst ermordet wird.«

»Sie vergessen die enorme Summe von 170.000 Euro«, erinnerte der Oberstaatsanwalt.

»Diese Summe ist mir bekannt«, antwortete der Generalvikar zum Entsetzen Büdenbenders.

»Wie das!?« stotterte er.

»Wir sind dabei, unsere *vasa sacra* zu erfassen und gegebenenfalls zu ersetzen. Es ist deshalb völlig unlogisch, Monsignore Königsberg ein Motiv anzuhängen.«

»Es muss aber einen Mörder geben«, verteidigte sich der Oberstaatsanwalt hilflos.

»Sie meinen Erich Roth?!« Der Generalvikar sah Büdenbender tadelnd an.

»Nein, nicht den Diakon.« Büdenbender blickte verzweifelt zu Pfeiffer. Eine Situation, die dem eitlen Oberstaatsanwalt überhaupt nicht gefiel. »Fragen wir doch den ermittelnden Hauptkommissar.«

»Was genau wollen Sie mich fragen?« Pfeiffer putzte sich die Finger an einer Serviette ab.

»Ist Erich Roth ein Mörder?« Der bischöfliche Abgesandte ließ keinen Zweifel daran, dass er eine klare Aussage *vor dem Herrn* erwartete.

»Das kann ich Ihnen nicht mit Gewissheit beantworten.« Pfeiffer rückte seine Nickelbrille zurecht. »Momentan wissen wir nur so viel, dass Martin-Lukas Luther mit einem Wanderstab erschlagen und Monsignore Königsberg mit einem spitzen Gegenstand in den Hals gestochen wurde. Wir hatten eine begründete Annahme, dass Erich Roth den ersten Mord begangen haben könnte. Meiner Meinung nach besteht diese Annahme immer noch, obwohl er ganz sicher nicht an dem zweiten Mord beteiligt sein konnte.«

»Herr Pfeiffer, ich dachte, wir wären uns einig, dass Erich Roth aus dem Kreis der Verdächtigen ausgeschlossen werden kann«, polterte Büdenbender.

»Sie haben das entschieden«, antwortete Pfeiffer gelassen. »Sie haben nicht gefragt, was ich davon halte.«

Die Anwesenden begannen laut durcheinander zu sprechen.

»Ich bitte um Ruhe!« Der Befehlston des Polizeidirektors verfehlte seine Wirkung nicht. Der breitschultrige Leiter der Kreispolizeibehörde baute sich in der Mitte des Saals auf und sagte: »Die Ermittlungen gehen in unterschiedliche Richtungen. Es ist üblich, allen Hinweisen nachzugehen. Dabei werden Menschen schon mal festgesetzt und wieder freigelassen. Das heißt aber nicht, dass sie damit automatisch aus dem Schneider sind. Wir haben zwei Morde, die es aufzuklären gilt. Die Öffentlichkeit schaut auf uns, wir sollten keine Fehler machen.«

»Wohl wahr«, kommentierte der Bürgermeister der Stadt Siegen. »Es könnte zu einer PR-Katastrophe kommen.«

»Zwei Gottesmänner sind getötet worden, das ist schon eine PR-Katastrophe«, antwortete Superintendent Breuer. »Ich dachte, wir wären hier zusammengekommen, um uns abzusprechen, wie wir damit umgehen sollen?«

»In der Tat«, stimmte der Generalvikar dem Protestanten zu.

»Den Mord an Martin-Lukas Luther sowie den Mord an Königsberg kann man als Raubüberfall darstellen. Der Monsignore lief mit teurem Schmuck umher, und der Juwelier Martin-Lukas Luther dürfte sich als Raubüberfallopfer auch gut machen.« Polizeidirektor Flender sah unschuldig in die Runde. »Das würde einen religiösen Zusammenhang verschleiern. Ich gehe einmal davon aus, dass Ihnen das am Herzen liegt.«

»In der Tat«, wiederholte der Generalvikar. »Wir wollen nicht die alten Gräben zwischen den Konfessionen neu ausheben.«

»Dem kann ich nur zustimmen«, mischte sich Josef Richter ein. Der Wittgensteiner Superintendent bekam Zustimmung von seinem Amtskollegen aus Siegen.

»Es würde den beiden Städten ebenfalls besser gefallen, einen missglückten Raubmord zu kommentieren als eine religiös motivierte Tat«, meinte der Siegener Bürgermeister.

»Ja«, nickte auch der Bürgermeister der Stadt Bad Berleburg.

Der Landrat verzog sein Gesicht, als wäre er angeekelt von der Scheinheiligkeit, die diese Männer offenbarten. »Was denken Sie sich nur dabei? Glauben Sie wirklich, Sie könnten so einfach die Bevölkerung täuschen?«

»Wer spricht hier von täuschen, Herr Landrat?« erwiderte der Siegener Bürgermeister kalt. »Kennen Sie alle Fakten?«

»Nein, natürlich nicht«, musste der Landrat zugeben. »Aber wurde denn etwas gestohlen?!«

»Die Täter wurden überrascht«, erklärte der Polizeidirektor. »Es kam in beiden Fällen nicht zu einem Diebstahl.«

»Das klingt plausibel«, nickte der Oberstaatsanwalt. »Einen missglückten Raubmord können wir so nicht ausschließen.«

»Dann sollte das unsere offizielle Mitteilung sein«, entschied der Generalvikar. »Hat jemand der Anwesenden etwas dagegen?«

»Ja, natürlich! Ich habe etwas dagegen«, zürnte der Landrat. »Aber aus eigener Erfahrung weiß ich, dass es manchmal besser ist, die Dinge, nun sagen wir, angepasst zu kommunizieren.«

»Schön, dass Sie es einsehen«, grinste der Siegener Bürgermeister.

»Dann machen wir es so«, nickte der Oberstaatsanwalt und winkte Pfeiffer zu sich.

Der Hauptkommissar wurde von einer SMS aufgehalten, die er gerade las. Sein verblüffter Gesichtsausdruck irritierte die Anwesenden.

4

Das Lokalradio brachte die Meldung als Erstes, Erich Roth, der Diakon der Siegener Marienkirche, sei freigelassen worden. Es folgte die abgekartete Meldung, dass es sich bei den beiden Morden um missglückte Raubüberfälle gehandelt habe. Johanna Rössel vernahm die Nachricht mit Skepsis. Auch Priester Peter Müller konnte es nicht glauben, was da über den Äther verbreitet wurde. Die Pastorin erhielt wenig später einen Anruf von Müller und man war sich schnell einig, Erich Roth aufzusuchen, um vielleicht mehr zu erfahren.

So traf es sich, dass Pastorin Rössel und Priester Müller an der Marienkirche eintrafen, als Erich noch mit seinen Freunden beim Frühstück saß.

Da Johanna Rössel keinerlei Berührungsängste hegte, klopfte sie ihrer weiblichen Intuition folgend an die Haustür des Detektivs in der Hoffnung, den Diakon dort anzutreffen.

»Was für eine Überraschung«, staunte Tristan, als er die beiden vor seiner Haustür stehen sah. »Wie kann ich Ihnen helfen?«

»Wir hätten gerne Erich Roth gesprochen. Ich nehme an, er ist bei Ihnen zu Gast«, erklärte die Pastorin.

»Ja, kommen Sie doch rein«, bat Tristan.

»Nein danke«, wehrten die beiden ab, »wir wollen nicht stören. Wenn Herr Roth uns in der Marienkirche treffen könnte, würde das reichen.«

»Okay, ich frage ihn«, antwortete Tristan und ging seinen Freund informieren. Wenig später kam er an die Tür zurück und teilte den beiden mit, Erich werde in ein paar Minuten zu ihnen kommen.

Johanna Rössel und der Priester Peter Müller zogen sich in die Marienkirche zurück. Dort sahen sie sich die Heiligenfiguren an und warteten. Erich hielt Wort. Nachdem er das Frühstück beendet hatte, erschien er in der Kirche. Doch er war nicht allein, Sina Santes und Tristan Irle begleiteten ihn. Die drei gingen auf die wartenden Kirchenleute zu, die auf einer der Kirchenbänke Platz genommen hatten.

»Es stört Sie doch nicht, dass ich ein paar Freunde mitbringe?« fragte der Diakon, während er auf die beiden zuging.

»Nein, keineswegs«, antwortete die Pastorin. »Wir haben da etwas Beunruhigendes im Radio vernommen.«

Der Detektiv sowie Erich Roth waren von Holzbaum, der wiederum von Pfeiffer angerufen worden war, während des Frühstücks über die offizielle Darstellung informiert worden. Sie hatten entschieden, das Spiel mitzuspielen. Deshalb sagte Tristan: »Sie meinen die These vom missglückten Raubüberfall.«

»Ja, genau«, nickte Peter Müller. »Ist das wahr?«

»Im Moment können wir nichts ausschließen«, erklärte der Detektiv. »Allerdings ist es schon ein besonderer Zufall, dass gleich zwei Kirchenleute überfallen wurden.«

»Sie halten das nicht für eine Falschmeldung!« wunderte sich Johanna Rössel.

»Wie Tristan schon sagte, man kann es nicht ausschließen«, ergänzte Erich nachdenklich. »Sie haben Königsberg ja mit seinem goldenen, mit Brillanten besetzten Schmuck gesehen.«

»Es wäre für uns alle eine Erleichterung, wenn es wirklich nur um schnöde Habgier ginge«, sagte Priester Peter Müller. »Wir wollen nur sicher sein, dass es keine religiösen Tatmotive gab.«

»Das kann man nicht ganz ausschließen, aber momentan suchen wir einen Täter, der zwei Raubmorde begangen hat.« Der Detektiv klang grimmig.

»Gut, dann wollen wir Sie nicht weiter aufhalten«, nickte die Pastorin.

Peter Müller schloss sich ihr an und so verließen sie die Kirche.

»War das korrekt?« fragte Erich nachdenklich. »Wir hätten ihnen die Wahrheit sagen sollen.«

»Die Wahrheit kennen wir ja selbst noch nicht«, warf Sina ein. »Es ist nur eine mögliche Wahrheit.«

»Sina hat recht, niemand geht es etwas an, dass Königsberg einen Haufen Geld für Glitzerkram im Namen des Bistums ausgab«, sagte Tristan.

»Also, ich weiß nicht, ob das so stimmt«, warf Erich ein. »Seht ihr die Heiligenfiguren?« Erich deutete auf die vier Heiligenfiguren, die entlang des Kirchenschiffes an den Pfeilern aufgestellt waren. »Die habe ich im Auftrag des Bistums erst kürzlich schätzen lassen und Martin-Lukas hat eine sogar ausgebessert. Sie wurden 1728 von dem Hadamarer Bildhauer Johann Theodor Düringer gefertigt. Sie stellen ein künstlerisches und geschichtliches Zeugnis dar.«

»Auf welchen Wert wurden die Figuren geschätzt?« fragte Sina, die andächtig zur Gottesmutter Maria aufblickte.

»Kunsthistoriker Kehl nannte einen hohen Betrag«, antwortete Erich. »Sie sind aber nicht annähernd so viel wert wie die Taufschale der Nikolaikirche.«

»Das hat Königsberg veranlasst?« hakte Tristan nach.

»Ja, im Zuge einer allgemeinen Inventur«, nickte Erich. »Es scheint, dass die Einnahmen aus der Kirchensteuer spürbar Lücken in den Kassen hinterlassen.«

Draußen auf dem Hof hinter der Marienkirche stoppte quietschend ein Auto. Kurze Zeit später riss ein aufgebrachter Hauptkommissar Pfeiffer die Seitentür der Marienkirche auf und rief: »Irle, sind Sie hier?«

»Ja«, antwortete der Detektiv.

»Oh, nicht allein«, schnaufte der Kommissar, »ich habe Ihnen etwas mitzuteilen.«

Der Hauptkommissar eilte den Mittelgang hinunter auf den Altar zu, bekreuzigte sich kurz und wandte sich dann den dreien zu.

»Irle, Sie erinnern sich, dass wir in Martin-Lukas' Wohnung Chemikalien sichergestellt haben?«

Tristan nickte.

»Diese Chemikalien werden zur Behandlung von Edelmetallen benutzt. Hauptsächlich sind sie für Gold- und Silberarbeiten geeignet. Wir können davon ausgehen, dass Martin-Lukas als Goldschmied aktiv war.«

5

»Erich, du wusstest, dass Martin-Lukas noch als Goldschmied arbeitete«, stellte Tristan erstaunt fest.

»Ja«, nickte Erich.

»Allerdings kann ich nicht erkennen, welchen Zusammenhang Sie mit den Morden sehen«, brummte Pfeiffer.

»Mein siebter Sinn sagt mir, dass dies wichtig ist«, erklärte Tristan.

»Leute, entschuldigt mich«, sagte Erich erschöpft. »Ich muss jetzt nach Hause, eine ordentliche Dusche nehmen und ein wenig schlafen! In einem echten Bett.«

»Okay, wir gehen«, nickte Tristan. »Brauchst du noch etwas?«

»Danke, nein«, antwortete Erich. »So weit weg bin ich ja nicht.«

In der Tat wohnte Erich nur zwei Häuser weiter am Ende des Hofes. Tristan ging mit Sina und Pfeiffer zurück in sein Haus. Im Wohnzimmer wartete bereits Holzbaum auf seinen Chef.

»Was hat es auf der Konferenz gegeben?« fragte Holzbaum neugierig und verriet damit das geheime Zusammentreffen.

Tristan und Sina reagierten sofort.

»Was für eine Konferenz?« schoss es fast gleichzeitig aus ihren Mündern.

»Hat man sich da auf den Wortlaut der offiziellen Meldung geeinigt?« fragte Tristan.

Pfeiffer, der die Geheimhaltung ohnehin für kindisch hielt, gab bereitwillig Auskunft. Zum Schluss bat er nur: »Sollten Flender oder Büdenbender Sie darauf ansprechen, dann wissen Sie von nichts.«

»Damit kann ich leben«, grinste Sina und fügte nachdenklich hinzu: »Heißt das jetzt, dass die offene Summe von 170.000 Euro keinen großen Eindruck auf den Generalvikar machte?«

»Ja, der ging nicht mal darauf ein«, antwortete Pfeiffer. »Es schien so, als wäre das ganz normal.«

»Dann hätte Erich recht«, sagte Tristan. »Er meinte, dass das Bistum dabei wäre, eine Inventur seiner Schätze durchzuführen.«

»Eine Inventur ist eine Sache«, mischte sich Holzbaum ein, »aber Kirchengeräte und Schmuck herstellen zu lassen eine ganz andere. Ich möchte euch an die Rechnungen erinnern.«

»Der Generalvikar wusste von den Rechnungen«, teilte Pfeiffer mit. »Diese Erkenntnis hat den Oberstaatsanwalt echt umgeworfen.«

»Königsberg hat sich also nichts zuschulden kommen lassen?« Sina sah Tristan verblüfft an. »Da stimmt doch was nicht!«

»Ja, da stimmt etwas nicht«, nickte Tristan. »Irgendetwas hatte Königsberg zu verheimlichen. Warum sollte er uns sonst belogen haben, was seine Ankunft am Tatort betraf?«

»Vielleicht ist das Geheimnis gleichzeitig auch das Mordmotiv«, überlegte Holzbaum laut.

»Wir tappen im Dunkeln«, meinte Tristan. »Wir sollten Spuren finden, um Beweise sicherzustellen. Was ist mit Martin-Lukas' Werkstatt? Ich meine, er wird doch nicht zu Hause gearbeitet haben?«

»Das Geschäft läuft über seine Wohnadresse«, erklärte Holzbaum. »In der Wohnung ist aber keine Werkstatt. Wir haben keine Ahnung, wo sie sich befindet. Ich sehe auch nicht, wie uns das weiterbringen könnte.«

»Wir haben einen Toten, der ein glühender Bekenner war, sich also nicht scheute, seine Meinung aller Welt kundzutun. Und dieser Mensch versteckt eine Werkstatt?! Also, das ist für mich schon verdächtig. Wir sollten sie finden und einen Blick reinwerfen. Ich habe da so ein Gefühl«, sagte Tristan nachdenklich.

»Also, so einfach wird das nicht werden, diese Werkstatt zu finden«, meinte Pfeiffer. »Sie kann im gesamten Kreisgebiet versteckt sein.«

»Wenn er Schmiedearbeiten ausführen will, braucht er doch einen Schmelzofen«, wandte Sina ein.

»Ja, aber die sind nicht sonderlich groß«, antwortete Tristan. »Selbst für größere Arbeiten wie

Schalen oder Vasen benötigt man vom Umfang überschaubare Schmelzöfen, die man getrost auf einen Tisch stellen kann.«

»Woher wissen Sie das?« wollte Pfeiffer wissen.

»Ich habe mich selbst einmal als Kunstschmied versucht«, gestand der Detektiv. »Die Ergebnisse waren jedoch sehr bescheiden.«

»Also kommen wir über den Schmelzofen nicht an die Werkstatt heran«, sagte Sina enttäuscht.

Plötzlich begann Tristan zu grinsen und ein schelmisches Funkeln trat in seine Augen. »Nein, über den Schmelzofen nicht, aber ich weiß jetzt, wie wir die Werkstatt finden.«

»So?!« Pfeiffer kramte seine E-Zigarette aus seinem Jackett.

»Ja, über den Rechtsstreit zwischen Martin-Lukas und der Frau des Superintendenten«, antwortete der Detektiv.

»Was hat der Streit mit einer Werkstatt zu tun?« Pfeiffer schüttelte den Kopf.

»In dem Streit geht es um Fundamentschäden. Das Haus hat sich bewegt und dabei sind Risse entstanden. Superintendent Breuer meinte, dass sich das Haus gesenkt habe«, erklärte Tristan. »Aber ich vermute, dass sich das Haus angehoben hat, weil etwas sehr Schweres aus dem Keller entfernt wurde.«

»Sie reden ägyptisch«, mahnte Pfeiffer.

»Der Tresor!« rief Tristan. »Ein Juweliergeschäft, ein Goldschmied und wertvoller Schmuck! Martin-Lukas wird das nicht offen rumliegen gelassen haben. Er wird einen Tresor im Keller gehabt haben.«

»Okay, und wie finden wir jetzt die Werkstatt?« Pfeiffer glotzte den Detektiv an.

»Haben Sie mal einen Tresor der Güteklasse 1 gesehen? Ich kann Ihnen sagen, den bewegt man nur mit schwerem Gerät. Wer immer das Teil abgebaut hat, muss ein Fachmann gewesen sein.«

»Ja, das ist ja alles ganz nett«, schnaufte der Hauptkommissar. »Aber wie hilft uns das, den Standort der Werkstatt zu finden?«

»Also, wenn ich Tristan richtig verstanden habe«, erklärte Sina, »dann geht er davon aus, dass der Tresor in die neue Werkstatt umgezogen ist.«

»Genau! Wenn Martin-Lukas noch aktiv war, dann hat er den Tresor ganz sicher in die versteckte Werkstatt verfrachtet. Oder haben Sie in seiner Wohnung etwas gefunden?«

»Nein, da stand ganz sicher kein Tresor«, antwortete Holzbaum.

»Dann müssen wir jetzt nur noch die Firma finden, die den Tresor ausgebaut und transportiert hat«, murmelte Pfeiffer.

»Bin schon dran«, rief Sina und suchte ihren Laptop.

»Wenn Martin-Lukas ein Unternehmen beauftragt hat, dann wird es vielleicht noch eine Rechnung darüber geben«, überlegte Holzbaum. »Wir sollten das untersuchen.«

»Okay«, nickte Pfeiffer, »dann fahren wir mal los.«

»Geben Sie Bescheid, wenn Sie eine Adresse gefunden haben«, bat Tristan.

»In Ordnung«, nickte Holzbaum. »Das Gleiche gilt für Sie.«

Die Polizisten verabschiedeten sich.

Sina blieb im Wohnzimmer sitzen und tippte auf ihren Computer ein. Tristan sah ihr einen Augenblick zu, dann fragte er: »Sina, ich überlege gerade, ob Königsberg die Adresse der Werkstatt kannte?«

Sina unterbrach ihre Suche.

»Oh!?« Sie blickte gedankenversunken auf den Bildschirm. »Wenn er wusste, wo sie sich befand, dann könnten wir das vielleicht anhand der GPS-Daten herausfinden«.

»Ja, daran hatte ich gedacht. Wolltest du nicht ein Bewegungsprofil erstellen?«

6

Sina hatte schnell festgestellt, dass sie in Tristans Wohnung nicht das nötige Gerät zur Hand hatte, um eine genauere GPS-Datenextraktion vorzunehmen. Sie wollte neben der gefahrenen Strecke auch die Zeitspannen aus den Daten extrahieren, an denen das Auto an einem Ort stand. Doch dazu benötigte sie mehr Zeit und Rechenleistung und war ins Hotel zurückgegangen.

Plötzlich waren Tristan und Helga allein zu Haus.

Tristan wollte die Zweisamkeit nutzen, um sich mit Helga auszusprechen. Immerhin schwebte zwischen ihnen immer noch Tristans Verdächtigung, Elisa könne was mit den Morden zu tun haben.

Doch dazu kam es nicht.

Sie hatten es sich gerade gemütlich gemacht, da klopfte es erneut an der Haustür. Tristan öffnete und wurde von Elisa Solms und Lothar Kehl begrüßt.

»Verzeihen Sie die Störung«, schnatterte Elisa los. »Ich habe Helgas Panda gesehen. Ist sie noch hier?«

»Ja, bin ich!« rief Helga aus dem Wohnzimmer.

»Kommen Sie rein«, bat der Detektiv.

Lothar Kehl und Elisa Solms gingen ins Wohnzimmer, wo Helga sie freundlich empfing. Bloß Marlowe schien sich mit der Stimmung seinem Herrchen anzupassen.

Tristan zeigte deutlich, dass ihm der Besuch ungelegen kam. Marlowe tat das Seine und krächzte: »Man hat ganz oben auf dem Kopfe / viele tausend Poren, dicht bei dicht. / Und nun – das ist das Wunderbare: / aus diesen Poren wachsen Haare!!! / Oder auch nicht.«

»Das ist ja putzig!« rief Elisa und stellte ihre Handtasche auf dem Sofa ab. »Er spricht wirklich mehr als einfache Wörter.«

Helga sah die Vorsitzende der Frauenhilfe an und nickte.

»Ich hoffe, er hat Sie nicht beleidigt«, ergänzte Tristan, ohne sein Schmunzeln zu unterdrücken.

»Nein, ganz und gar nicht«, antwortete Kehl, »aber es ist schon außergewöhnlich, wenn ein Tier den ehrenwerten Heinz Erhardt rezitiert.«

»Sie haben das Zitat erkannt?« Tristan nickte anerkennend.

»Also, wir wollen auch nicht lange stören«, erklärte Elisa. Sie beugte sich über ihre Handtasche und holte einen Umschlag heraus. Dabei fiel ein Bußgeldbescheid heraus und landete auf dem Sofa.

»Oh, du bist geblitzt worden«, stellte Helga mit ein wenig Schadenfreude fest, die uns allen eigen ist, wenn der andere erwischt wurde, während man selbst nochmals davongekommen war. Denn ehrlich, Hand aufs Herz, Geschwindigkeitsschilder werden doch in der Regel nur als Empfehlungen angesehen, nicht als Befehl.

»Ja, so was Dummes«, antwortete Elisa beschämt, steckte schnell den Bescheid in die Handtasche zurück und kam dann auf den Grund ihres Besuches zu sprechen. »Ich habe ein Angebot für unsere Reise nach Wittenberg bekommen und würde es gerne kurz mit dir durchsprechen.«

Helga blickte fragend zu Tristan, der nickte und meinte: »Dann lassen wir die Damen mal allein. Herr Kehl, darf ich Ihnen etwas zu trinken anbieten?«

»Gerne, ein Wasser bitte«, nickte der Kunsthistoriker.

»Ich schlage vor, wir setzen uns draußen vors Haus«, schlug Tristan vor. »Dann haben die Damen das Wohnzimmer für sich und wir müssen uns nicht in der Küche verstecken.«

Kehl hatte nichts gegen den Vorschlag einzuwenden. Der Detektiv nahm zwei Gläser und eine Flasche Wasser aus der Küche und führte den Gast nach draußen.

Die kleine Holzbank lag noch im Schatten des Hauses, während ein Teil des Hofes von der Sonne beschienen wurde. Die Männer machten es sich gemütlich. Der Kunsthistoriker zog eine kleine Holzschachtel aus seinem Jackett und öffnete sie.

»Möchten Sie eine Rubenskugel?« Er bot dem Detektiv die Siegener Spezialität an.

»Ja, danke«, Tristan nahm eine Praline entgegen, rollte sie aus ihrem roten Stanniolpapier und steckte sie langsam in den Mund. Das Papier verstaute er in seiner Strickjackentasche, um es nicht auf den Boden werfen zu müssen.

»Wissen Sie, dass diese Kirche vier außergewöhnliche Figuren besitzt?« Kehl deutete auf die Marienkirche und begann zu plaudern, während er sich ebenfalls eine Kugel aus dem Kästchen nahm, sie aus ihrem Stanniolpapier wickelte und es wie Tristan in die Jacketttasche steckte.

»Ja, das weiß ich«, nickte Tristan.

»Ich habe sie erst neulich im Auftrag des Erzbistums geschätzt. Sehr außergewöhnlich«, wiederholte er.

»Ihr Beruf bringt Sie mit solchen Kunstschätzen zusammen?« fragte Tristan und kramte seine Pfeife aus der Strickjacke.

»Ja, das ist einer der Vorteile meines Berufes«, nickte der Kunsthistoriker. »Aber man muss auch Trödel erkennen, den man oft angeboten bekommt. Da hilft ein Studium der Kunstgeschichte.«

»Sie kennen sich dann auch mit wertvollen Metallen aus?« Tristan begann die Pfeife zu stopfen.

»Mein Fachgebiet sind eigentlich historische Schriften aus der Reformationszeit, da kann mir keiner so leicht etwas vormachen. Bei Edelmetallen und Edelsteinen kenne ich mich ein wenig aus. Aber wenn ich eine Expertise benötigte, dann habe ich Hilfe bei Martin-Lukas gefunden.« Kehl wirkte bedrückt. »Er wird mir fehlen.«

»Wussten Sie, dass Martin-Lukas noch als Goldschmied aktiv war?« fragte Tristan.

»Nein, das wusste ich nicht«, antwortete Kehl. »Wie kommen Sie zu dieser Annahme?«

»Ich habe Hinweise gefunden.« Tristan begann den Tabak anzuzünden, eine dicke Tabakwolke umhüllte die beiden Männer plötzlich. »Oh, entschuldigen Sie. Es stört Sie doch nicht?«

»Kein Problem.« Kehl schüttelte den Kopf. »Was sind das für Hinweise? Er hat nämlich zu Hause keine Werkstatt. Das weiß ich, weil ich ihm dort Schmuck oder andere Exponate gezeigt habe.«

»Nein, in seiner Wohnung befindet sich die Werkstatt nicht. Ehrlich gesagt wissen weder die Polizei noch ich, wo sich die Werkstatt befinden könnte.«

»Wenn er noch aktiv war, dann wurde er möglicherweise erschlagen, weil er wertvollen Schmuck bei sich hatte.« Kehl nippte an seinem Wasserglas. »Hat man seinen berühmten Koffer gefunden?«

»Sie kennen diesen Koffer?« Tristan paffte zwei Kringel in die Luft.

»Schön«, lobte Kehl die Kringel und antwortete: »Ja, natürlich, darin verwahrte er Kostbarkeiten. Das Ding besitzt vier statt der üblichen drei Ziffern im Zahlenschloss. Außerdem ist er aus einer Mischung aus Carbon und Stahl gefertigt, da muss man mit einem Stahlbrenner ran. Es war für mich immer sehr beruhigend, wenn ich Martin-Lukas Schmuck daließ.«

Elisa und Helga erschienen an der Haustür.

»Oh, das ging aber schnell«, stellte Kehl erleichtert fest.

»Ja, wir sind uns einig«, strahlte Helga. »Elisa hat ein tolles Angebot erhalten, das nehmen wir an.«

»Da bin ich aber erleichtert«, antwortete Elisa. »Lothar, wir können dann.«

»Es tut mir übrigens leid, was Ihrem Ex-Schwager zugestoßen ist«, sagte Tristan mitfühlend.

»Oh, er war ein Teufel«, erwiderte Elisa. »Wer abends in den Park geht und dabei seinen goldenen Schmuck mit Diamanten zur Schau stellt, der muss sich nicht wundern, wenn er überfallen wird.«

»Elisa, das ist aber ganz und gar nicht christlich von dir!« tadelte Helga.

»Gott wird's mir vergeben«, zischte sie. »Der Mann war eine Plage.« Sie hielt inne und sagte dann etwas versöhnlicher: »Nun ja, den Tod hatte er nicht verdient. Das ist traurig.«

7

Sina behielt den Rechner im Auge, während sie ihre Haare pflegte. Der Computer setzte die aus dem Rechenzentrum des Bistums Paderborn gestohlenen GPS-Daten nach und nach in Punkte um, die er auf einer Karte sichtbar machte. Sie hatte das Programm so geschrieben, dass es dort, wo der Wagen länger als fünf Minuten stand, eine Markierung in Form eines Kreuzes setzte. Die Fünf-Minuten-Spanne wählte sie, um nicht jede Ampel und jeden kleineren Stadtstau auf der Karte angezeigt zu bekommen. Da der zu untersuchende Zeitraum von ihr auf zwei Wochen angesetzt wurde, hatte der Prozessor des Computers Einiges zu berechnen. Zwei Wochen hatte sie ausgewählt, da sie in der ersten Berechnung gesehen hatte, dass Königsberg innerhalb der zwei Wochen mehrmals in Siegen gewesen war.

Sie bürstete sich die Haare einmal kräftig durch, als der ersehnte Piepton des Computers verriet, dass die Berechnungen abgeschlossen waren. Sie legte die Bürste beiseite und öffnete auf einem Tablet eine Landkarte. Dann übertrug sie per Bluetooth die errechneten Daten auf das Tablet. Dort entstand wie von Geisterhand gezeichnet eine schwarze Linie, die, unterbrochen von roten Kreuzen, sich über die Karte legte.

»Dann wollen wir mal sehen, wo du dich aufgehalten hast«, murmelte sie und betrachtete das Ergebnis.

Sie zoomte die Karte auf, um zu sehen, ob ihr Programm auch wirklich die Daten korrekt in die Karte eingetragen hatte. Die schwarze Linie sollte den eingezeichneten Straßen folgen und nicht querfeldein erscheinen. Erleichtert stellte sie fest, dass die Linie exakt den Straßenverläufen folgte.

»Gut, auf zu Tristan«, sagte sie mit Zuversicht und packte das Tablet in ihren Rucksack.

Sie genoss den Spaziergang den Kampen hinauf und durch die Oberstadt. Seit sie in den großen Metropolen zu Hause war, vermisste sie das kleinstädtische Leben: die überschaubaren Straßen, die kleinen Geschäfte und die freundlichen Menschen, na ja, solange man sich nicht in die Quere kam. Das Wetter verwöhnte die Krönchenstadt weiterhin, und wer in diesen Tagen die Universitätsstadt besucht hätte, der hätte die kleinen Frotzeleien über den Regen nicht verstanden.

Sie erreichte den Hof hinter der Marienkirche, als Elisa und der Kunsthistoriker ihn gerade verließen und Tristan auf der Schwelle seines Hauses dem Paar nachsah.

»Da komme ich ja zur richtigen Zeit«, sagte sie zum Detektiv. »Ich habe die Karte fertig.«

»Dann lass uns reingehen und sehen, ob sie etwas taugt«, antwortete Tristan, gespannt darauf, endlich mehr zu erfahren.

»Hast du einen Drucker?« fragte Sina. »Wir könnten die Karte dann ausdrucken.«

»Ich habe einen, aber ob die Farbpatronen noch frisch sind, wage ich zu bezweifeln«, antwortete der Detektiv.

Helga grüßte Sina und begann ihre Sachen zusammenzusuchen.

»Du verlässt mich?« fragte Tristan besorgt.

»Ja, es wird Zeit, dass ich zurück auf den Giller komme«, antwortete sie. »Ich melde mich heute Abend, okay?«

Sie gab Tristan einen Abschiedskuss und verschwand.

»Bei euch alles in Ordnung?« fragte Sina, die an Tristans Gesichtsausdruck erkannte, dass etwas nicht stimmte.

»Wir haben einen kleinen Streit gehabt und ich weiß nicht, ob er immer noch in Helga schwelt.«

»Wenn ich störe, dann gehe ich, kein Problem«, meinte Sina.

»Nein, bleib, wir sind erwachsen und das renkt sich wieder ein«, antwortete Tristan und öffnete die Schranktüren des Sekretärs. »Hier steht der Drucker.«

»Lass uns erst mal auf dem Tablet nachsehen«, schlug Sina vor.

Das Bewegungsmuster verriet, dass sich Königsberg mit seinem Dienstwagen hauptsächlich in Siegen aufgehalten hatte. Damit kreiste sich der Ort für die Werkstatt auf das Stadtgebiet ein.

Sina zoomte die Karte auf, sodass man den Straßenplan der Universitätsstadt mit seinen kleinen Gassen ablesen konnte. Sie sahen sich die Stellen mit den Kreuzen genauer an. Nach und nach konnten sie ihnen einen bestimmten Ort zuordnen. So fanden sie heraus, dass Königsberg einen Arzt, einen Friseur und seine Bank besucht hatte. Bei zwei Kreuzen kamen sie allerdings nicht weiter. Das eine zeigte an, dass Königsberg auf dem Parkplatz des Lidl an der Hagener Straße den Wagen abgestellt hatte. Das andere befand sich auf dem Parkplatz des LŸZ.

»Hat er eine Veranstaltung besucht?« fragte Sina.

»Das müsste man doch herauskriegen«, grinste Tristan. »Frag doch mal diesen Google?«

»Ha, ha, du weißt doch selbst, dass es diesen Google nicht gibt«, antwortete sie und wischte über ihr Tablet. »Mal sehen.«

»Diese Computer werden auch immer flacher«, bemerkte Tristan skeptisch mit Blick auf sein altes Schätzchen, das wie ein Zementblock gegenüber Sinas Computer aussah.

»Ja, da war eine Veranstaltung«, sagte sie schließlich. »Also bleibt dieses Kreuz an der Hagener Straße.«

»Was zum Teufel befindet sich da?« Tristan fixierte das Kreuz, als könne er es zum Sprechen bringen.

»Ich schlage vor, wir sehen uns das an. Ist nicht weit.«

»Okay, aber wir fahren«, entschied Tristan. »Marlowe kommt mit. Und noch was: Kannst du die Karte ausdrucken?«

Sina sandte die Daten an den Drucker, der langsam zu arbeiten begann.

Ein paar Minuten später knatterte der alte Vierzylinder die Marburger Straße entlang in Richtung Hagener Straße. Sie fuhren den Kampen hinunter und mussten an der Kreuzung zur Hagener Straße halten. Nachdem die Ampel auf Grün gesprungen war, steuerte Tristan den Borgward in Richtung Weidenau, bog aber nach einigen hundert Metern von der Hagener Straße auf die Gießereistraße ein und stellte den Oldtimer dort an der Straße ab.

»Also, da ist der Lidl«, Sina deutete auf den Supermarkt mit seinem Parkplatz.

Plötzlich klingelte ein Handy. Sina sah Tristan fragend an.

»Das ist nicht mein Handy«, erklärte sie.

Der Alarmton drang aus dem Handschuhfach des Oldtimers. Sina sah nach und fischte das Handy dort heraus.

»Kein guter Platz für ein Handy«, bemerkte sie sarkastisch und reichte es Tristan.

»Hallo?« sagte er. »Pfeiffer! Sie haben eine Rechnung gefunden? Ja, warten Sie, die Werkstatt liegt in der Gießereistraße. Ja, richtig. Okay, wir warten beim Lidl auf Sie.«

Tristan steckte das Handy in seine Strickjacke. Sina verdrehte ihre Augen.

»Was?! Ich muss es am Samstagabend im Handschuhfach abgelegt haben«, meinte Tristan, nahm Marlowe auf die Schulter und stieg aus. »Holzbaum hat eine Rechnung von einer Tresorfirma gefunden. Die Werkstatt befindet sich dort.«

Tristan deutete auf die Eisenbahnstrecke, die parallel zur Gießereistraße führte. Das Besondere an der Strecke waren die aus Ziegelstein gemauerten Gewölbe unter dem Bahndamm, der sich in gut vier Meter Höhe befand.

»Mensch, die sind mir ja noch nie aufgefallen«, staunte Sina. »Die haben ja sogar Hausnummern!«

Sie warteten auf Pfeiffer, der wenig später gegen die Verkehrsregeln von der Hagener Straße in die Gießereistraße einbog und neben dem Borgward parkte.

»Sie hätten sich die Arbeit mit dem Computer sparen können«, grinste Pfeiffer, »gute alte Polizeiarbeit ist doch durch nichts zu ersetzen.«

»Chef, ich habe mir die Finger wund geblättert«, bemerkte Holzbaum. »Du hast mir allenfalls moralischen Beistand geleistet.«

»Ach, jetzt übertreib nicht, wer hat dir denn den richtigen Ordner gereicht? Na, das war ich!«

Holzbaum schüttelte den Kopf. »Wir müssen zur Nummer 5.«

Sie gingen an der unterkellerten Bahnstrecke entlang, bis sie vor einem Gewölbe stehen blieben, das über einem schäbigen Tor eine verrostete Fünf hängen hatte. Das Tor bestand aus zwei Flügeln. In einem Torflügel war nochmals eine Tür eingelassen. Das Ganze machte einen heruntergekommenen Eindruck.

»Das dürfte es sein«, nickte Pfeiffer.

»Haben Sie einen Durchsuchungsbescheid?« fragte Sina.

»Wofür?« Pfeiffer blickte die Straße nach links und rechts, dann trat er zur Überraschung der anderen gegen die Tür im Tor.

8

Es passierte gar nichts. Weder die Tür noch das zweiflügelige Tor bewegten sich. Nur Pfeiffer verzog schweigend sein Gesicht vor Schmerzen.

Marlowe krächzte und brabbelte: »Nur wenn ein kleines Missgeschick / Betrifft den Treiber und Leiter / Dann fühlt man für den Augenblick / Sich sehr befriedigt und heiter.«

Pfeiffer fand das gar nicht komisch und fluchte leise vor sich hin.

»Leute, wenn dahinter wirklich die Goldschmiedewerkstatt ist, dann ist das Tor gesichert«, erklärte Sina und sah sich das Schloss genauer an. »Ein Sicherheitsschloss mit sechs Zylindern. Es ist neu!«

Sie kramte in ihrem Rucksack und zog ein edles Etui heraus, das zu einem Maniküre-Set hätte gehören können.

»Pfeiffer, ich werde das Schloss jetzt knacken. Wäre das ein Problem?« Sie sah den Hauptkommissar eindringlich an.

»Nur, wenn Sie es nicht aufkriegen«, er wandte sich zu seinem Partner und deutete demonstrativ auf einen Riss in der Ziegelsteinmauer gleich neben dem Tor. »Holzbaum, wir sollten uns das mal ansehen.«

Sina wartete nicht länger und zog zwei feine Stahlnadeln aus dem Etui. Und wenig später klackte es und sie öffnete die Tür.

»Gefährliche Fähigkeiten«, murmelte Pfeiffer, als er mit einem teuflischen Grinsen das Innere des Gewölbes betrat.

»Bingo!« murmelte Tristan, der dem Polizisten auf dem Fuße folgte. »Das ist die Werkstatt. Und da steht der Tresor!«

Ein fades Licht fiel durch die schmalen Fenster, die über dem zweiflügeligen Tor angebracht waren. Die Eindringlinge sahen sich um. Pfeiffer fand einen Lichtschalter und betätigte ihn.

»Goldbarren liegen hier aber nicht«, sagte er enttäuscht.

»Die befinden sich wohl darin«, grinste Sina und ging zum Tresor.

Tristan, mit Marlowe auf der Schulter, und Holzbaum sahen sich derweil um. Das Gewölbe hatte eine Fläche nicht größer als 25 Quadratmeter. Licht fiel ausschließlich durch die Fenster über dem Tor. Das zweiflügelige Tor deckte die gesamte Breite des Gewölbes ab. Von außen ließ sich das nicht erkennen, von innen fielen die schweren Torangeln sofort auf. An der Rückwand stand der Tresor zwischen Regalen, die mit Akten und Chemikalien gefüllt waren. Links und rechts an den Wänden waren Werkbänke aufgestellt. Mehrere elektrische Schmelzöfen reihten sich auf der rechten Werkbank aneinander. Die linke Werkbank diente ausschließlich der Bearbeitung, wie man an den Zeichnungen erkennen konnte, die an der Wand hinter der Werkbank angebracht waren.

»Den bekomme ich nicht auf«, seufzte Sina enttäuscht und klopfte gegen den Tresor.

Tristan ging zu Sina und betrachtete den Tresor. Marlowe verhielt sich ruhig. Er mochte das Gewölbe nicht.

»Ein Schlüsselloch und ein Zahlenschloss«, sagte Tristan laut.

»Ja, da braucht man einen speziellen Schlüssel! Das Schloss könnte ich noch knacken, aber das Zahlenschloss, das wird dauern.«

»Pfeiffer, was denken Sie, sollen wir versuchen, den Tresor zu knacken?« Tristan sah zu Pfeiffer, der sich vor eine Zeichnung, die an der Wand hing, gestellt hatte.

Der Hauptkommissar schien von der Zeichnung ganz fasziniert zu sein. Er reagierte gar nicht.

»Chef! Was ist los?« Holzbaum stellte sich neben Pfeiffer.

Tristan und Sina traten ebenfalls neben den Hauptkommissar und blickten auf die Wand, die mit Entwurfsskizzen und fertigen Zeichnungen behängt war. Mehrere lange Magnetstreifen waren dafür an der Wand über der Werkbank befestigt worden.

»Das ist wunderschön, nicht wahr«, murmelte Pfeiffer. »Soweit ich sehe, ist das ein Entwurf für einen Bischofsring.«

Die anderen wussten nicht, wohin sie sehen sollten. Der Hauptkommissar deutete auf eine Zeichnung in der Mitte.

»Ja, das ist der Entwurf für einen Bischofsring«, sagte Tristan, der das Beschriftungsfeld rechts unten gelesen hatte. »Und wisst ihr, wer den in Auftrag gegeben hat? Königsberg!«

»Was hat das jetzt wieder zu bedeuten?« zischte Pfeiffer. »Ist der Kerl wahnsinnig geworden? Oder sollte er Bischof werden?«

»Sehen Sie hier!« rief unterdessen Holzbaum, der eine weitere Zeichnung entdeckte, die Manschettenknöpfe darstellte. »Die könnten in die Etuis gepasst haben, die wir im Freizeitlager bei dem Sicherheitskoffer gefunden haben.«

»Ja, und kennen Sie diesen Ring hier?« fragte Tristan, der auf einen Entwurf deutete. »Das ist der Ring aus dem Video. Er gehört Magdalena Hübner.«

»Was soll das alles?« Sina blickte die Männer fragend an.

»Ich habe keine Ahnung«, antwortete Tristan.

»Hier ist eine Originalfotografie der Taufschale aus der Nikolaikirche«, rief Holzbaum, der einen Stapel mit Fotos auf der Werkbank liegend gefunden hatte. »Oh, auch die Heiligenfiguren aus der Marienkirche sind hier.« Holzbaum drehte die Fotos um und fand einen Stempel. »Ah, jetzt ist es klar, die Fotos sind von diesem Kunsthistoriker.«

»Ja, Kehl erklärte mir, dass er mit Martin-Lukas zusammenarbeitete, wenn es um Edelsteine und Edelmetalle ging.« Tristan betrachtete nochmals die Entwurfszeichnung des Bischofsrings. »War das vielleicht doch das Tatmotiv?«

»Wir müssen in den Tresor sehen!« sagte Sina. »Wie kriegen wir das Ding auf?«

Sie bekamen ihn nicht auf.

Pfeiffer besann sich und drängte auf ein amtliches Vorgehen. Das bedeutete, sie zogen sich aus der Werkstatt zurück und Pfeiffer würde einen Durchsuchungsbescheid beantragen. Dann könnten sie mit staatlichem Segen den Tresor von einem Experten knacken lassen.

Sina gefiel das gar nicht. Sie hatte sich auf dem Weg zurück in Tristans Haus erklären lassen, was es mit dem Sicherheitskoffer auf sich hatte. Und weil Sina ein cleveres Mädchen war, hatte sie sofort kombiniert, dass das Zahlenschloss sowohl des Tresors als auch des Koffers höchstwahrscheinlich mit der gleichen Kombination gesichert war.

»Dann wäre da immer noch der Schlüssel«, erinnerte Tristan.

»Das bekomme ich hin«, antwortete sie entschlossen.

»Nein, wir machen es, wie Pfeiffer es vorgeschlagen hat«, erwiderte Tristan.

»Amtlich!« schnaufte Sina. »Was ist, wenn Königsbergs Mörder es ebenfalls auf den Tresor abgesehen hat?«

»Das wäre fatal«, antwortete der Detektiv nachdenklich.

Sie hatten den Hof hinter der Marienkirche erreicht. Tristan parkte den Borgward und nahm Marlowe wieder auf die Schulter.

»Wir sollten Pfeiffer bitten, jemanden zur Sicherheit vor der Werkstatt zu stationieren«, schlug Sina vor. »Nicht, dass noch Beweise geklaut werden.«

»Okay, das können wir machen«, nickte Tristan.

Und so rief der Detektiv ganz traditionell über das gute alte Festnetz den Hauptkommissar an und gab Sinas Bedenken weiter. Der Hauptkommissar fand die Überlegung gar nicht so abwegig und versprach einen Streifenwagen mehrmals durch die Gießereistraße fahren zu lassen.

Sina verabschiedete sich, um mit Erich zu Abend zu essen. Zum ersten Mal an diesem Tag war Tristan allein. Er versorgte Marlowe, der auf seiner Kletterstange saß, mit Futter, dann klopfte er seine Pfeife aus und reinigte sie. Sein Blick fiel auf den offenen Sekretär mit den losen Kabeln und der ausgedruckten Karte, die im Druckerschacht lag. Tristan steckte die Kabel, die Sina aus seinem Router gezogen hatte, wieder ein und testete anschließend, ob sein Computer einen Internetzugang hatte. Dann nahm er die Karte aus dem Druckerschacht und legte sie auf den Wohnzimmertisch. Zum Schluss schloss er nach erfolgreicher Verbindung mit dem Internet zufrieden den Sekretär.

Als er langsam zur Ruhe kam, meldete sich die Wunde an seinem Kopf. Der Detektiv ging ins Bad und begann vorsichtig das Pflaster zu entfernen. Als er sich behutsam ein neues Pflaster über die Wunde legen wollte, fiel ihm eine Beobachtung ein, die er bis jetzt nicht bewusst zugeordnet hatte.

»Das kann doch nicht sein«, murmelte er seinem Spiegelbild zu. Er legte das frische Pflaster vorsichtig auf den Waschbeckenrand und eilte ins Wohnzimmer.

Dort untersuchte er den Papierkorb, der neben dem Sekretär stand. Als er darin das Gewünschte nicht fand, eilte er in die Küche und untersuchte dort den Mülleimer.

»Auch nichts«, stöhnte er. Tristan setzte sich und begann nachzudenken. Schließlich erinnerte er sich und ging in die Diele, wo er seine Strickjacke aufgehängt hatte. Vorsichtig durchsuchte er seine Taschen, indem er sie umstülpte. Schließlich fand er, was er suchte.

»Das kann doch jetzt nicht wahr sein«, murmelte der Detektiv erneut und ging ins Wohnzimmer. Dort nahm er sich einen Block und begann die Ergebnisse seiner Ermittlungen chronologisch niederzuschreiben.

6. Nach unruhigem Schlaf …

Dienstag

Nach unruhigem Schlaf wachte Tristan auf. Er hatte die halbe Nacht gegrübelt und Fakten hin- und hergewälzt. Jetzt wurde es Zeit, seine Freunde einzuweihen, denn so sehr er auch die Beweise und Indizien interpretierte, an einem Punkt liefen seine Überlegungen ins Leere und das machte den Detektiv verrückt.

Tristan rief Erich und dann Sina an. Er bat sie möglichst schnell bei ihm vorbeizuschauen. Die beiden taten ihm den Gefallen und so versammelten sich ein Diakon, eine Computerspezialistin und ein Detektiv in den frühen Morgenstunden zu einem Gedankenaustausch.

Der obligatorische Kaffee war bereits gekocht, als die beiden in Tristans Küche eintrafen. Erich brachte frische Brötchen mit, die er bei Bertha die Straße runter gekauft hatte.

»Darauf freue ich mich schon seit gestern Abend«, sagte er und roch an der Tüte. »Sind frisch aus dem Ofen.«

Sina blickte verschlafen zu Erich und schüttelte den Kopf. »Hätten wir uns nicht später treffen können?«

»Wann bist du zu Bett gegangen?« fragte Tristan, dem Sinas dunkle Augenringe nicht verborgen blieben.

»Oh, das war heute Morgen«, gähnte sie. »Nachdem ich dich verlassen habe, Erich, bin ich einer alten Bekannten über den Weg gelaufen und es wurde spät.«

»Na, dann hör nur zu. Ich habe einige Hausaufgaben«, sagte Tristan, während sie sich in der Küche niederließen.

»Du hast den Mörder gefunden«, bemerkte Erich. »Deine Augen verraten dich!«

»Ja und nein«, stöhnte der Detektiv und verteilte das Geschirr.

»Das geht nicht«, meinte Sina. »Das ist eine Kontradiktion.«

»Na, ganz so verschlafen wie du aussiehst, bist du wohl nicht«, meinte Tristan aufmunternd. »Mir ist der Widerspruch durchaus bewusst. Ja, ich ahne, wer der Mörder ist, und nein, er kann es nicht sein.«

»Also sollen wir den Widerspruch auflösen«, schnaufte Erich, der wieder hinter dem Tisch auf der Eckbank Platz nahm.

»Ja«, nickte Tristan und nahm aus dem Kühlschrank Wurst, Butter, Marmelade und Käse heraus.

Dann begannen sie zu frühstücken.

»Also, leg los, was hast du herausbekommen?« Sina biss kräftig in ein aufgeschnittenes Brötchen, das mit Käse belegt war.

»Wir haben anhand der Verhörprotokolle feststellen können, dass keiner der Teilnehmer eures kleinen Ausfluges allein war, außer deiner Wenigkeit. Damit ist ausgeschlossen, dass jemand der

Teilnehmer der Mörder ist. Du bist natürlich allein wegen deines Wortes und unserer Freundschaft ausgeschlossen.«

»Danke, Herr Detektiv, sehr großzügig«, antwortete Erich. »Aber mir wäre es lieber, wenn meine Unschuld bewiesen würde!«

»Wem nicht?« nickte Sina.

»Okay, daran arbeite ich. Jedoch muss vorher, wie nannte es Sina, die Kontradiktion aufgelöst werden. Also – die Polizei und ich waren uns sicher, dass jemand ins Freizeitlager eingedrungen sein musste. Aber wer konnte das sein? Und wie sollte man das beweisen?«

»Haben wir doch, Königsberg und die GPS-Daten«, warf Sina ein.

»Königsberg hat Martin-Lukas nicht umgebracht«, antwortete Tristan.

»Woher willst du das wissen?« konterte Sina. »Wir haben doch gesehen, was er sich von dem Goldschmied hat machen lassen.«

»Was hat er sich denn machen lassen?« Erich sah Tristan neugierig an.

»Sina, du hast es ihm gestern nicht gesagt?« wunderte sich Tristan.

»Nein, es ist doch noch nicht offiziell!« Sie zuckte mit der Schulter.

»Seit wann störst du dich an Behördenkram?« Tristan schüttelte den Kopf.

»Seit es Erich an den Kragen geht«, antwortete sie trotzig. »Ich will keine Fehler machen, die den Fall betreffen.«

»Verstehe«, murmelte Tristan. »Erich, was du jetzt hörst, haben wir nie gesagt! Klar?«

Der Diakon nickte.

»Wir haben herausgefunden, dass sich Königsberg von Martin-Lukas einen Bischofsring machen ließ«, erklärte Tristan dem Diakon. »Der Goldschmied hat ihm auch anderen Schmuck hergestellt.«

»Das ist Häresie«, zischte Erich aufgebracht. »Wie kann er sich anmaßen, einen solchen Ring anfertigen zu lassen! Das ist Verrat an der Kirche.«

»An der katholischen Kirche«, korrigierte Tristan. »Wir wissen nicht, was Königsberg antrieb, aber er war kein Mörder. Es gab kein Motiv. Was hätte er von dem Mord an Martin-Lukas gehabt? Nichts! Durch seinen Tod wurde das Treiben von Königsberg ja erst publik. Deshalb vermute ich auch, dass er alles daransetzte, den Bischofsring in die Hände zu bekommen, um sozusagen das Beweisstück seiner Häresie zu vernichten, und das muss den wahren Mörder aufgescheucht haben.«

»Wie kommst du darauf?« Sina schüttelte den Kopf.

Tristan stand auf und holte die Karte, die Sina tags zuvor ausgedruckt hatte. Er reichte sie Sina.

»Sieh nach, wo Königsberg am Samstagabend war«, befahl Tristan.

»Oh, was für eine krasse Scheiße!« zischte sie. »Wieso haben wir das übersehen!«

»Haben wir ja nicht«, lächelte Tristan überlegen. »Ich habe mir die Karte gestern Abend noch mal angesehen. Königsberg war am Samstagabend im Freizeitlager und ihm verdanke ich auch diese Beule am Kopf.«

»Was hat er gesucht?« fragte Erich.

»Ich vermute, den Tresorschlüssel«, antwortete Tristan. »Als ich die Hütte von Martin-Lukas untersucht habe, fiel mir auf, dass alle Jackentaschen nach außen gestülpt waren. Da Martin-Lukas höchstwahrscheinlich keinen Schmuck in der Jackentasche aufbewahrte, wäre ein Schlüsselbund die logische Erklärung für die umgestülpten Taschen.«

»Und, hat er ihn gefunden?« Sina sah den Detektiv skeptisch an.

»Ich denke, ja. Deshalb wurde Königsberg ermordet«, antwortete Tristan.

»Also, was soll die Wendung jetzt! Sie liefert keinen wirklichen Fortschritt«, protestierte Erich, dem die Entwicklung des Falles angst machte.

»Ja, sie macht den Fall nur komplexer und undurchsichtig«, stöhnte der Detektiv. »Wer konnte wissen, dass Königsberg den Tresorschlüssel hatte? Und welches Motiv hatte der Mörder oder die Mörderin, Königsberg den Schlüssel abzunehmen?«

»Du hast die Antwort?!« Erich blickte seinen Freund erwartungsvoll an. »Sag jetzt nur ja.«

»Ja! Aber die betreffende Person hat ein Alibi, und das ist nicht zu erschüttern«, stöhnte der Detektiv. »Wobei wir jetzt bei der Kontradiktion wären.«

»Bist du ganz sicher? Ich meine, manchmal werden die Mörder durch eine simple Polizeikontrolle überführt!« Sinas Blick bohrte sich in die Karte. Sie wollte sich nicht geschlagen geben.

»Ja, im Film vielleicht«, murmelte der Detektiv, dann versteinerte sein Gesicht, alle grauen Zellen in seinem Gehirn hatten auf Nachbrenner geschaltet. Es lief ihm ein Schauer kalt den Rücken hinunter. »Natürlich!« rief er und eilte zum Telefon.

2

Tristan rief Pfeiffer an.

»Morgen, Pfeiffer«, grüßte der Detektiv freundlich. »Ich sitze gerade mit Erich und Sina am Frühstückstisch und habe eine Frage. Könnten Sie etwas überprüfen? Sie müssten jemanden ins Freizeitlager schicken? ... Ja. ... Dann wäre da noch eine Kleinigkeit. Schauen Sie mal nach, ob Rechnungen über Silbereinkäufe vorliegen. Es sollte richtig viel Silber sein. Ja, und dann zum Schluss sollten Sie mal bei der Bußgeldstelle nachfragen.«

Pfeiffer zeigte sich hilfsbereit und versprach sich zu melden, wenn es Antworten gäbe. Bevor Tristan das Gespräch beendete, fragte er: »Haben Sie den Durchsuchungsbescheid? Ja, das ist gut. Wie, es ist schwer, einen Tresorknacker zu bekommen? Okay, Sie arbeiten dran, vergessen Sie nicht, mich anzurufen!«

Tristan legte auf.

»Es hat keiner versucht, in die Werkstatt einzubrechen«, berichtete er den anderen. »Aber es scheint gar nicht so einfach zu sein, einen Tresorknacker zu bekommen.«

»Wenn es so weit ist, dann sollte ich vielleicht meine Hilfe anbieten«, grinste Sina gierig. »Das Ding muss man doch aufkriegen.«

»Was hast du jetzt vor?« fragte Erich.

»Ich werde mich nochmals mit Johanna Rössel unterhalten müssen«, antwortete Tristan.

»Dann lassen wir dich jetzt allein«, schlug Erich vor.

»Würdest du auf Marlowe aufpassen?« fragte der Detektiv.

»Kein Problem«, lächelte Erich. »Das mache ich gern.«

Zusammen räumten sie noch die Küche auf, dann gingen Sina und Erich mit Marlowe auf der Schulter rüber in die Marienkirche. Tristan telefonierte mit Johanna Rössel und verabredete sich mit ihr in der Nikolaikirche. Das Wetter hatte noch keine Lust, auf Grau zu wechseln, und so schritt Tristan in einem kurzärmeligen Hemd die Barstewende hinauf in Richtung Pfarrkirche.

Die Pastorin empfing den Detektiv am Seiteneingang. »Hallo, Herr Irle, was kann ich für Sie tun?«

»Frau Rössel, ich hätte noch ein paar Fragen.«

»Kommen Sie, lassen Sie uns in der Sakristei weiterreden.«

Tristan stimmte zu. Johanna Rössel führte ihn durch die Kirche, die gerade für eine Taufe vorbereitet wurde.

»Benutzen Sie die Schale bei jeder Taufe?« fragte Tristan, der das kostbare Gefäß auf dem Taufpodest stehen sah.

»Ja, dafür ist sie ja von Fürst Johann Moritz gespendet worden«. Sie blieb neben der Schale stehen.

»Sie ist wunderschön«, bemerkte Tristan, der die feinen Verzierungen mit Lamas und bäuerlichen Szenen bewunderte. »Das Teil ist doch sicherlich unbezahlbar.«

»Nun«, die Pastorin lächelte verlegen, »sie ist schon sehr hoch versichert, aber eigentlich nicht mit einem Wert zu beziffern.«

»Verkäuflich dürfte sie auch nicht sein, oder?« Tristan musterte Johanna Rössel.

»Nein, das ist ein Kulturschatz, den kann man nicht kaufen«, entgegnete sie empört.

»Sicherlich nicht«, nickte Tristan. »Hat man die Schale schätzen lassen?«

»Natürlich! Sie wurde begutachtet und genau untersucht«, antwortete Johanna Rössel. »Zum Glück hatten wir dafür unsere Leute in der Gemeinde.«

»Ja, das ist immer von Vorteil«, nickte Tristan und signalisierte, dass er genug gesehen hatte und gerne zum eigentlichen Grund seines Besuches kommen wollte.

Die Pastorin führte ihn in die Sakristei.

»Nun, Herr Irle, was kann ich für Sie tun?« Johanna Rössel sah den Detektiv neugierig an.

»Mir ist in den letzten Tagen aufgefallen, dass Martin-Lukas' Aufrufe stillschweigend, sozusagen, unter den Teppich gekehrt wurden.«

»Nun, das ist verständlich, oder?« konterte sie. »Sie waren doch sehr extrem. Ich kann mir gut vorstellen, dass die beiden Superintendenten unseres Kreises erleichtert aufatmen.«

»Und wie sehen Sie das?« hakte Tristan nach. »Hatte Martin-Lukas nicht recht, zum Beispiel das Budget der Frauenhilfe zu kürzen, wenn immer weniger Menschen Kirchensteuern zahlen?«

»Bitte lassen Sie mich bei Budgetfragen außen vor. Da mische ich mich auch in der Synode nicht ein. Sie können nur verlieren.«

»Elisa Solms sieht das bestimmt anders, oder?«

»Das müssen Sie Elisa selbst fragen«, anwortete die Pastorin.

Dann wollte der Detektiv noch etwas über die 700-Jahr-Feier wissen. Schließlich ließ er sich nochmals schildern, was sich am Freitagabend im Freizeitlager abgespielt hatte.

»Danke, Sie haben mir weitergeholfen«, sagte Tristan zufrieden und verabschiedete sich.

»Nun, das war doch das Wenigste, was ich tun konnte«, lächelte sie.

Tristan verabschiedete sich und ging zurück in sein Haus. Dort rief er erneut Pfeiffer an.

»Haben Sie die Information?« fragte er ungeduldig.

Pfeiffer hatte die Information noch nicht, würde ihn aber sofort informieren.

»Senden Sie mir eine SMS«, bat der Detektiv. »Außerdem würde ich gerne eine Falle aufstellen.«

Pfeiffer hörte sich Tristans Vorschlag an und sagte ihm seine Unterstützung zu. Zufrieden ging der Detektiv rüber in die Marienkirche.

Erich und Sina saßen in der Sakristei, ein Raum, der an diesem Morgen gerne benutzt wurde. Marlowe flatterte derweil durchs Kirchenschiff. Als er sein Herrchen durch den Seiteneingang eintreten sah, flog er im Sturzflug auf Tristan zu.

Der Detektiv hatte ihn aus dem Augenwinkel kommen sehen und ihm den rechten Arm reflexartig hingehalten. Mit seinen spitzen Krallen bohrte sich der Kakadu in den Unterarm und kletterte dann auf Tristans Schulter. Zusammen gingen sie zur Sakristei.

»Und, war dein Besuch erfolgreich?« fragte Sina mit einem leichten Unterton.

»Ja, war er«, nickte Tristan. »Was habt ihr ausgeheckt?«

»Ich weiß, wie wir den Tresor öffnen, wenn du die Zahlenkombination verrätst.«

»Ehrlich?« Der Detektiv sah Sina verblüfft an. »Wie?«

»Ich habe ein paar Recherchen im Darknet gemacht und einen Tipp bekommen«, erklärte sie.

»Alles, was ich brauche, ist ein schmales Stemmeisen.«

»Stemmeisen?!« Tristan hätte bei jedem anderen Menschen die Aussage als Spinnerei abgetan. Sina gehörte jedoch zu den wenigen Personen, denen er bedingungslos vertraute.

»Ja, ein Stemmeisen und etwas Stickstoff«, grinste sie. Dann erklärte sie, dass der Tresor mit einem Schlüsselschloss versehen war, dessen Riegel und Stifte aus minderwertigem Stahl gefertigt worden waren. Das hatte sie anhand des Typs und der Seriennummer des Tresors aus Foren im Darknet erfahren. Wenn man das Schloss schlagartig abkühlte, wurden die Stifte porös und man konnte sie mit einem schmalen Stemmeisen zerschlagen.

»Allerdings ist das Zahlenschloss nicht so einfach zu knacken«, sagte sie. »Wir brauchen die Kombination.«

»Also, ich habe eine Idee, wenn sie funktioniert, dann können wir uns das Knacken sparen«, erklärte der Detektiv.

»Oh, Mist«, seufzte Sina, »ich hätte das gerne probiert.«

Tristans Handy piepte.

»Das dürfte Pfeiffers SMS sein.« Er zog sein Handy aus der Tasche und stieß ein lautes „Ja" aus. »Leute, wir haben die fiese Gestalt. Jetzt entschuldigt mich, ich muss einen Köder auslegen.«

»Wo willst du hin?« fragte Erich. »Pass auf!«

»Keine Angst, ich gehe nur ein paar Meter die Marburger Straße hinunter.«

Doch zuvor musste er ein paar Telefonate erledigen, dann machte er sich auf den Weg.

3

Das Geschäft von Lothar Kehl lag eingeschmiegt zwischen zwei alten Fachwerkhäusern. Die mit Antiquitäten ausgeschmückten Schaufensterscheiben luden die Passanten ein. Tristan hatte die Auslagen immer wieder bewundert, wenn er mit seinem Cabriolet an dem Geschäft vorbeigefahren war. Er fragte sich, warum er bis jetzt noch nie den Laden betreten hatte?

Mit einem freundlichen Lächeln grüßte er den Kunsthistoriker, der selbst im Laden stand.

»Was für eine Überraschung«, lächelte Kehl. »Haben Sie etwas von Helga für Elisa abzugeben?«

»Nein«, antwortete Tristan ernst. »Es geht um den Mord an Martin-Lukas. Ich habe die Superintendenten Breuer und Ritter ebenfalls eingeladen. Wir haben etwas zu besprechen.«

Lothar Kehls Augen weiteten sich und er fragte sorgenvoll: »Was könnte das denn sein?«

In diesem Moment öffnete sich die Ladentür und Breuer trat zusammen mit Ritter ein.

»Da hatten Sie aber Glück, dass ich gerade in Siegen weilte«, stöhnte Ritter. Man sah den

Herren an, dass sie den Berg hinuntergeeilt sein mussten.

»Glück gehört manchmal dazu«, antwortete Tristan und fuhr fort: »Meine Herren, ich habe neue Erkenntnisse, die ich mit Ihnen besprechen muss.«

»Geht es um den Mordfall oder um die Scharade, die wir der Öffentlichkeit vorspielen?« vergewisserte sich Breuer.

»Was für eine Scharade?« wunderte sich Kehl. »Die Nachrichten sagen doch, dass es ein missglückter Raubüberfall war.«

»Ja, genau«, antwortete Ritter und zeigte mit dem Zeigefinger an sein linkes Auge.

»Oh«, staunte Kehl, der verwirrt zum Detektiv blickte.

»Es geht um den Mord«, antwortete Tristan und klärte den Kunsthistoriker über die Meldung auf.

»Ach, jetzt verstehe ich, die Bevölkerung soll sich keine Sorgen machen«, nickte Kehl. Sein nachdenklicher Gesichtsausdruck blieb bestehen.

»Sie haben es verstanden.« Tristan nickte.

»Wie können wir helfen?« Ritter wirkte, als wolle er sich in den Kampf stürzen.

»Zuerst möchte ich Herrn Kehl fragen, ob Elisa wirklich am Freitagabend bei ihm war?«

Kehl musterte Tristan und schien zu überlegen, was er dem Detektiv jetzt antworten sollte. Der Kunsthistoriker fragte sich, weshalb der

Detektiv diese Frage nochmals stellte, da er doch Elisa ein Alibi gegeben hatte.

»Sie bringen mich in Verlegenheit«, begann er, während die beiden Superintendenten den Kunsthändler misstrauisch beäugten. »Aber ich kann Ihnen versichern, dass Sie bei mir war.«

»Ehrlich? Ich habe soeben erfahren, dass man Elisa zu dem Zeitpunkt geblitzt hat, wo sie eigentlich bei Ihnen gewesen sein soll.« Tristan blickte ihn über den Rand seiner Lesebrille kritisch an.

»Oh, Sie haben es herausbekommen.« Kehl schüttelte den Kopf. »Ich hoffe, ich bekomme jetzt keine Schwierigkeiten?« Man sah ihm an, dass er sich schämte.

»Sie belügen die Polizei!« echauffierte sich Breuer.

»Herr Breuer, er hat aus Liebe gehandelt. Wissen Sie, wo sich Elisa jetzt aufhält?« Tristan sah Kehl freundlich an.

»Nein, das weiß ich nicht. Soll ich sie anrufen?« Kehl bemühte sich, Hilfsbereitschaft zu zeigen.

»Nein, wir wollen sie nicht verschrecken«, meinte Tristan. »Ich habe so eine Ahnung, wo sie sich befinden könnte.«

»Sie hatte schon immer Schwierigkeiten mit Martin-Lukas«, überlegte Breuer laut. »Sie stritten andauernd.«

»Deshalb ist sie noch lange keine Mörderin«, mahnte der Wittgensteiner Superintendent.

»Ja, richtig«, stieß Kehl entsetzt aus, der seine Freundin verteidigen wollte.

Tristan kommentierte das nicht, sondern sprach Breuer an. »Wussten Sie, dass in dem alten Geschäftshaus, das Sie gekauft haben, ein tonnenschwerer Tresor stand?«

»Nein, wir haben beim Kauf keinen gefunden«, antwortete Breuer überrascht.

»Konnten Sie nicht. Martin-Lukas hat eine geheime Werkstatt aufgemacht und den Tresor dorthin transportieren lassen. Übrigens ist das fehlende Gewicht im Keller der Grund, warum sich in dem Haus Risse gebildet haben.«

»Ist das so?« staunte Breuer.

Tristan nickte. »Wir haben Martin-Lukas' Werkstatt gefunden. Dort steht der Tresor, in dem wir Beweise vermuten, die endlich etwas Licht in diesen Fall bringen könnten. Leider fehlt uns ein Tresorschlüssel. Das Zahlenschloss ...

»Zahlenschloss?!« wunderte sich Kehl.

»Ja, der Tresor hat zwei Schlösser, eines für einen Schlüssel und eines mit einem Zahlenrad, so, wie man es in Krimis oft sehen kann. Die Kombination kennen wir. Es ist die gleiche wie am Koffer, 62 95, aber ohne Schlüssel kommen wir nicht weiter. Und zu allem Überfluss sieht Hauptkommissar Pfeiffer das Ganze als Sackgasse und lässt den Tresor nicht einmal bewachen.«

»Was erwarten Sie von uns?« wollte Breuer wissen.

»Können Sie sich ein Versteck vorstellen, wo Martin-Lukas den Schlüssel sicher verwahrt haben könnte? In seiner Wohnung ist er nicht.« Tristan sah die Männer niedergeschlagen an. »Wir müssen den Schlüssel finden, sonst entkommt uns das mordende Ungeheuer noch.«

»Ich verstehe nicht, wie ich Ihnen weiterhelfen sollte, so gut kannte ich Martin-Lukas nun doch nicht.« Kehl zuckte mit den Schultern.

»Er hat im Kirchenamt noch ein abschließbares Fach«, sagte Breuer aufgeregt, »wir lassen es gleich vom Hausmeister öffnen.«

»Herr Kehl, Sie könnten helfen, wenn Sie Ihrer Freundin erst einmal nichts verraten, damit wäre uns schon geholfen. Bekommen Sie das hin?«

»Ich denke ja«, nickte Kehl.

»Und Sie, meine Herren Superintendenten, lassen Elisa nicht in die Nähe dieses Faches, bekommen Sie das auch hin?!« Tristan musterte die beiden Kirchenleute, als hätte er gerade einen Spezialauftrag verteilt.

»Ja, natürlich«, nickten beide Männer eilig.

»Gut, dann bedanke ich mich für Ihre Zusammenarbeit.« Tristan verabschiedete sich und rief auf dem Weg nach Hause Helga an.

4

Wenn Sina Santes eines nicht konnte, dann war es, Geduld zu beweisen. Sie saß zusammengekauert in einem Mietvan und starrte auf die Gießereistraße.

»Wie lange kann das noch dauern?« maulte sie.

»Solange es dauert«, antwortete Erich, der auf einem Gartenstuhl im Ladeteil des Kleintransporters saß. Dort hatte er genügend Platz, um seine Beine auszustrecken. Tristan saß auf dem Fahrersitz und hielt ein kleines Fernrohr auf der Brust.

»Hätte das nicht die Polizei übernehmen können?« Sina faltete sich auseinander. »Das macht mein Rücken nicht mehr lange mit!«

»Nein, das hätte die Polizei nie so schnell organisiert bekommen«, antwortete Tristan, als spräche er zu einem quengelnden Kind. »Wir können froh sein, dass uns Pfeiffer den Rücken freihält und sofort anrücken wird, wenn sich in der Werkstatt was tut.«

In der Tat schienen die Kommissare von Tristans Vorschlag, den Mörder in eine Falle zu locken, organisatorisch überfordert zu sein. Es war eine Sache, ab und zu einen Streifenwagen durch die Gießereistraße vorbeifahren zu lassen, aber eine richtige Observierung der Werkstatt, das hatte mit Büdenbender und Flender abgesprochen werden müssen, obwohl sie doch gerade erst den Durchsuchungsbescheid erhalten hatten. Es wäre den beiden Führungsbeamten sicherlich aufgefallen, dass eine Observierung nur Sinn machte, wenn man bereits vermutete, dass „jemand" die Werkstatt besuchen würde. Doch das hätte man nur wissen können, wenn man sozusagen „illegal" bereits in die Werkstatt eingebrochen war, um einen Grund zu finden. Also hatte Tristan einen Van gemietet und ihn auf dem Parkplatz des Lidl so abgestellt, dass sie die Werkstatt aus dem Kleintransporter beobachten konnten.

»Ich bin mir sicher, dass das Ungeheuer heute Abend zuschlagen wird«, sagte Tristan mit einem Lächeln.

»Na, das will ich doch hoffen«, maulte Sina erneut und lümmelte sich in eine neue Position.

Die Nacht brach an. Der Verkehr auf der zweispurigen Hauptstraße beruhigte sich. Immer weniger Kunden nutzten den Supermarkt und der Parkplatz leerte sich. Der weiße Kleintransporter fiel immer mehr auf. Doch Tristan war sich sicher, dass der Van keine Aufmerksamkeit erregen würde, solange er in der Nähe des Supermarkts stand.

Dann war es so weit: Eine Limousine rollte langsam auf das Werkstatttor zu und blieb stehen. Eine Gestalt stieg aus und ging auf das Tor zu.

»Es geht los«, flüsterte Tristan angespannt, als könne man ihn in der Limousine hören.

Sina war sofort hellwach und griff zu ihrem Handy. »Pfeiffer, es geht los! Kommen Sie ohne Sirene zur Werkstatt.«

Tristan, Erich und Sina stiegen leise aus. Unterdessen hatte die Gestalt die Tür zur Werkstatt geöffnet.

»Sie hat einen Schlüssel?!« wunderte sich Sina.

»Na ja, wenn der Tresorschlüssel an einem Schlüsselbund hängt, dann dürfte der Schlüssel für die Werkstatt doch auch dabei sein«, überlegte der Detektiv.

Sie schlichen über die Gießereistraße auf die Werkstatt zu. Sina blieb neben der Limousine stehen, zückte ein Klappmesser und ehe Erich oder Tristan etwas sagen konnten, zischte es aus dem Reifen.

Die beiden Männer glotzten sie entsetzt an.

»Was?! Hier soll keiner mehr die Fliege machen«, antwortete sie.

»Seien wir leise«, mahnte Erich.

Vorsichtig näherten sie sich dem Eingang der Werkstatt. Erich öffnete die Tür und Tristan schielte durch den Spalt ins Innere.

Als der Detektiv sah, dass die Gestalt bereits den Tresorschlüssel benutzt hatte und nun dabei war, das Zahlenschloss zu betätigen, gab er Erich ein Zeichen und der riss die Tür auf. Zusammen sprangen sie in die Werkstatt und Tristan rief: »Guten Abend, Herr Kehl, ich denke, das war es jetzt für Sie!«

Der Mann drehte sich langsam um.

»Herr Irle und der Diakon«, staunte der Kunsthistoriker, »was für eine Überraschung!«

»Nicht so für mich«, antwortete der Detektiv, der ihn genau beobachtete.

»Ich nehme an, die Polizei ist auf dem Weg?« fragte Kehl.

»Das ist korrekt«, nickte Tristan. »Würden Sie vom Tresor weggehen?«

Kehl hob die Hände und ging langsam auf die linke Werkbank zu.

»Wie haben Sie es herausbekommen?« fragte der Kunsthändler nachdenklich. »Ich dachte, keinen Fehler gemacht zu haben.«

»Ihre Naschsucht und Ihr Prahlen über historische Texte haben Sie verraten«, erklärte Tristan. »Die in rotes Stanniolpapier gewickelten Rubenskugeln, die Sie gestern bei mir gegessen haben. Erinnern Sie sich, was Sie mit dem Papier gemacht haben?«

Kehl griff in seine Jacketttasche und zog einige der Papierchen heraus.

»Genau, Sie haben es in die Tasche gesteckt«, erklärte Tristan das Offensichtliche.

»Ich verstehe nicht, wie mich das verraten konnte«, murmelte Kehl.

»Sie haben eines der Stanniolpapiere in Erichs Hütte verloren, als Sie am Freitagabend dort den Wanderstab entwendeten. Ich habe es auf dem Boden liegen sehen.« Tristan deutete auf Kehls Hände, die behandschuht waren. »Ich nehme an, dass Ihnen das Papier aus der Jackentasche fiel, als Sie die Handschuhe aus der Tasche zogen.«

»Oh, das Papier kann jeder dort verloren haben«, grinste Kehl selbstgefällig.

»Nicht, wenn Ihre Fingerabdrücke darauf sind«, antwortete Tristan. »Wissen Sie, wenn Sie mich gestern nicht besucht hätten, würden wir heute immer noch im Dunklen tappen. Denn neben Ihrer Naschsucht haben Sie über Ihr Wissen aus der Reformationszeit geprahlt, was mich sofort an den Ablassbrief denken ließ, den Sie Königsberg zugesteckt haben.«

»Ein kleiner Spaß am Rande«, grinste er und sagte dann nachdenklich: »Dann war der Besuch heute eine Falle?«

»Ja, um Sie dazu zu bringen, hierher zu kommen«, Tristan ging zum Tresor.

In der Tür stand Sina und wartete auf die Polizei. Das Messer hielt sie verdeckt auf dem Rücken.

»Sie wussten, dass ich Elisa ein falsches Alibi gegeben habe«, sprach Kehl ruhig weiter, während er langsam an der Werkbank entlangschritt. »Ich hatte gehofft, dass Ihre Ermittlungen in Elisas Richtung führen würden.«

»Nun, vielleicht haben Sie das nicht zu Ende gedacht«, lächelte der Detektiv. »Wenn Elisa von Ihnen kein Alibi erhält, dann kann Ihnen Elisa auch kein Alibi geben.«

»Sie drehen den Spieß um«, nickte Kehl.

»Ja. Das Stanniolpapier mit Ihren Fingerabdrücken beweist Ihre Anwesenheit am Tatort. Und hier im Tresor befindet sich das Mordmotiv. Habe ich recht?«

»Sie wissen es nicht.« Kehl lächelte plötzlich. »Der große Detektiv kennt das Motiv noch nicht.«

»Leider muss ich Sie enttäuschen. Ich kenne das Motiv durchaus. Sie hatten vor, die Taufschale von Fürst Johann Moritz aus der Nikolaikirche zu stehlen und durch eine Kopie zu ersetzen, damit Ihre Tat unbemerkt blieb.«

Kehls Lächeln verschwand und sein Gesicht färbte sich grau.

»Die Zeichnungen und die Fotos haben mich darauf gebracht.« Tristan deutete auf die Werkbank, über der die Zeichnungen hingen. »Es gibt Rechnungen über Silbereinkäufe, die der Masse der Schale entsprechen. Was ich allerdings nur vermuten kann, ist Ihre Motivation, die Schale zu stehlen. Ging es Ihnen um den Kick oder nur um Geld?«

Kehl grinste ihn hämisch an. »Um beides, Geld und den Kick. Den Triumph, die Welt an der Nase herumgeführt zu haben, wenn es gelungen wäre.«

Er hatte sich gemächlich der Tür genähert. Erich stand nun zwischen Kehl und der Werkstatttür, die noch von Sina bewacht wurde.

Plötzlich zuckte Kehl mit dem rechten Arm und eine dreißig Zentimeter lange Stilettklinge sprang aus dem Hemdsärmel. Der Kunsthistoriker machte einen Schritt auf Erich zu und stieß mit der Waffe nach dem Diakon. Sina reagierte instinktiv. Sie warf das Klappmesser und traf Kehl in den Oberschenkel, der sofort einknickte und hinfiel. Erich nutzte die Gelegenheit und hielt Kelhs rechten Arm fest, sodass Tristan die heimtückische Waffe vom Arm entfernen konnte.

Wenige Augenblicke später traf Pfeiffer mit seinen Kollegen ein. Kehl wurde verhaftet und erstversorgt.

Als man ihn wegschaffen wollte, begann Kehl zu jammern: »Der Plan, die Schale auszutauschen, war wasserfest. Doch dann entdeckte Martin-Lukas sein Gewissen und wollte aussteigen, obwohl die Schale schon fertig war. Dieser Irre hat alles vernichtet!«

»Sie haben ihn getötet!« sagte Erich drohend.

Kehl schwieg und wurde abgeführt.

»Der Tresor ist immer noch geschlossen«, bemerkte Pfeiffer. »Wollen Sie nicht nachsehen, was drin ist?«

»Ich dachte, die Ehre gebührt Erich«, antwortete Tristan. »Er war schließlich der Leidtragende.«

»Waren das nicht Martin-Lukas und Königsberg?« antwortete der Diakon. »Die beiden leben nicht mehr.«

»Meinetwegen«, nickte Tristan, »jetzt mach den Tresor auf.«

Erich trat an die Tresortür, ließ sich von Tristan die Zahlenkombination nennen, drehte das Zahlenrad in die richtigen Positionen und zog dann die schwere Tür auf.

»Oh, mein Gott«, stieß der Diakon aus, als ihn eine goldene Schale blendete.

»Das ist ein Duplikat der Taufschale aus der Nikolaikirche«, staunte Pfeiffer. »Die Kerle waren nichts weiter als Diebe und Betrüger!«

7. Tristan hatte …

Am nächsten Tag

Tristan hatte mit Hilfe von Pfeiffer alle Beteiligten in sein Haus eingeladen, um die Mordermittlungen abzuschließen. Sie verteilten sich im Wohnzimmer, zusammen mit Pfeiffer und Holzbaum.

Da nicht allen Anwesenden die Zusammenhänge bekannt waren, begann der Detektiv seine Ermittlungen nochmals zu erläutern: »Es begann mit dem diebischen Plan, die Taufschale aus der Nikolaikirche zu kopieren und das Original dadurch zu ersetzen. Der Goldschmied Martin-Lukas produzierte die Kopie, doch als er sie fertigstellte, überkam ihn ein schlechtes Gewissen. Er sagte den Deal ab. Einen Deal, den er mit einem Freund eingegangen war. Das wollte der Partner aber nicht akzeptieren und tötete Martin-Lukas deshalb, um so an die Schale zu gelangen. Um seine Spuren zu verwischen, nutzte er die Zusammenkunft der Kirchenleute in Wemlighausen. Der Mörder kannte Martin-Lukas' extreme Ansichten und konnte sich so gut verstellen, dass diese unter den Teilnehmern Streitereien auslösen würden.

Als Mordwaffe wählte der Killer Erichs Wanderstab, nachdem klar war, dass auch der Diakon an dem Treffen teilnahm. Der Mörder wusste von dem Wanderstab, da in der Altstadt über Erich und seinen Wanderstab viele Geschichten erzählt werden. Er musste nur herausfinden, ob Erich ihn am Freitagabend in das Freizeitlager mitgenommen hatte. Diese Information erhielt er von Pastorin Rössel, da sie mit Kehl am Freitagabend telefoniert hatte.«

»Ja, das ist mir peinlich, so getratscht zu haben«, sagte die Pastorin müde.

»Sie konnten ja nicht wissen, was der Mann vorhatte«, antwortete Tristan mitfühlend und fuhr dann in seiner Ausführung fort. »Der Mörder fuhr zum Freizeitlager, stahl aus Erichs Hütte den Stab, wobei ihm ein Stanniolpapier aus der Tasche fiel, und überfiel dann Martin-Lukas in seiner Hütte. Martin-Lukas konnte fliehen, aber er wurde am Hals verletzt, sodass er nicht um Hilfe rufen konnte. Der Mörder stellte ihm nach und erschlug ihn dann am Teich.

Das Stanniolpapier in Erichs Hütte führte mich zu Kehl. Aber der Mann hatte ein Alibi. Er war mit Elisa Solms zusammengewesen, wie er behauptete. Meine Ermittlungen hatten ergeben, dass die Vorsitzende der Frauenhilfe mit dem Opfer heftig um ein Budget gestritten hatte, was sie damit zu einer Verdächtigen machte.

Helga nahm mir das übel. Sie hatte darauf bestanden, die Verdächtigungen auf der Stelle aus der Welt zu schaffen. Ich telefonierte mit Elisa und sie bekam von ihrem Freund ein Alibi. Er behauptete, dass Elisa zur Tatzeit bei ihm gewesen sei. Dummerweise, Frau Solms, fiel Ihnen gestern hier bei mir zu Hause ein Bußgeldbescheid aus der Handtasche.

Zuerst habe ich diesen Hinweis nicht beachtet, aber dank Sina, die eine treffende Bemerkung von wegen Polizeikontrolle machte, habe ich Hauptkommissar Pfeiffer gebeten, der Sache nachzugehen. Wir fanden heraus, dass Sie zu der Zeit geblitzt worden waren, zu der Sie eigentlich mit Ihrem Freund zusammen sein sollten. Wenn Sie also kein Alibi hatten, dann traf das auch für Kehl zu.

Damit und mit seinen Fingerabdrücken auf dem Stanniolpapier aus der Hütte hatten wir genügend Indizien und Beweise. Ich stellte eine Falle und er tappte hinein.«

»Wieso hat er den Monsignore getötet?« hakte der Superintendent nach.

»Wie ich bereits erwähnte, war die Schale fertig, doch Kehl kam nicht an sie heran, weil sie im Tresor sicher aufbewahrt wurde. Ihm fehlten der Schlüssel und die Zahlenkombination. Dann kam ihm Frederick Königsberg ins Gehege. Königsberg hatte Kehl und Erich zusammengebracht, um die Heiligenfiguren der Marienkirche zu schätzen. Der Monsignore liebte teuren Schmuck, was er uns deutlich zeigte. Wir haben aber nicht erkannt, dass es sich dabei um eine krankhafte Passion handelte, die ihn dazu getrieben hatte, sich einen Bischofsring anfertigen zu lassen. Eine Häresie, die sein Arbeitgeber sicherlich mit Sanktionen bestraft hätte, wenn es herausgekommen wäre. Durch den Tod Martin-Lukas' geriet Königsberg in eine Situation, die sein Geheimnis auffliegen lassen konnte.

Wir wissen anhand von GPS-Daten, dass Königsberg sich öfter mit Martin-Lukas in dessen Werkstatt getroffen hatte. Ich gehe deshalb davon aus, dass Königsberg wusste, wo das Opfer die wertvollen Stücke aufbewahrte. Der Monsignore war es nämlich, der mich am Samstagabend im Freizeitlager überraschte, weil er dort den Schlüssel des Tresors gesucht und auch gefunden hatte. Er war kurz nach mir am Samstag nach Wemlighausen losgefahren. Sein Wagen ist schneller als meiner und so war er vor mir am Tatort.«

Er machte eine Pause, dann sprach er Elisa an: »Frau Solms, Sie und Ihr Freund hatten uns am Sonntag beim Kirchgang getroffen. Meine Wunde war für jedermann sichtbar und ich habe Ihnen gesagt, woher sie stammte. Ich vermute, dass Ihr Freund sehr schnell eins und eins zusammenzählte und wusste, dass es der Monsignore gewesen sein musste. Denn zweifelsohne hatte Kehl die Werkstatt besucht und war über Königsbergs Aufträge informiert. Wir haben ja alle die Zeichnungen über der Werkbank sehen können.

Ich kann mir gut vorstellen, wie frustriert Kehl gewesen sein musste, als er feststellte, dass er an die Schale nicht herankam, weil ihm der Tresor verschlossen blieb, und so lockte er Königsberg in die Falle und stahl ihm die Schlüssel.«

»Wieso glauben Sie, dass Martin-Lukas sich gegen den Diebstahl gewandt hatte?« fragte Johanna Rössel.

»These 62«, antwortete Tristan. »*Der wahre Schatz der Kirche ist das heilige Evangelium der Herrlichkeit und Gnade Gottes.* Wenn Sie nun auch noch die Frage 95 aus dem Katechismus dazunehmen: *Was ist Götzendienst? Götzendienst treiben heißt, anstelle des einen wirklichen Gottes, der sich in seinem Worte offenbart hat, oder neben ihm irgendetwas anderes ersinnen oder haben, worauf man sein Vertrauen setzt.* Dann kommt man zu dem Schluss, dass Martin-Lukas dem Mammon abschwor und sich wieder Gottes Wort zuwandte.«

Lena Hartmann traf in Tristans Wohnzimmer ein, als die meisten der Gäste bereits gegangen waren. Sina, Erich und Helga sowie die beiden Beamten waren noch da. Pfeiffer hatte nicht verhindern können, dass die Reporterin nach mehr Informationen lechzte und konnte sie nicht abschütteln. Da der Hauptkommissar aber nicht alle Details selbst ermittelt hatte, überließ er Tristan die Ehre, der Radioreporterin ein Exklusivinterview zu geben. Sollte sich doch der Detektiv in die Nesseln der Medienwelt setzen.

So bekam die Reporterin einen Einblick in die „Polizeiarbeit", und dem Befehl des Oberstaatsanwaltes war damit Genüge getan, der Medienvertreterin mehr Transparenz zu zeigen.

»Was halten Sie von den Thesen des Martin-Lukas Luther?« fragte Lena ernst. »Sehen Sie den

Aufruf, als Christ mehr Kante zu zeigen, als gerechtfertigt an?«

»Sie wollen mich doch jetzt nicht aufs Glatteis führen?« murmelte Tristan angespannt.

»Keineswegs«, lächelte Lena unschuldig, »aber Sie müssen doch zugeben, dass Martin-Lukas Luther seinem Namensvetter nacheiferte, indem er die heutigen „Verfehlungen" der Kirchen anprangerte. Und es steht ja in der Bibel …« Sie griff zu ihrem Smartphone und zitierte dann aus Lukas 12.8: »›*Wer mich bekennt vor den Menschen, den wird auch der Menschensohn bekennen vor den Engeln Gottes. Wer mich aber verleugnet vor den Menschen, der wird verleugnet werden vor den Engeln Gottes.*‹ Und das heißt, ihr landet in der Hölle, wenn ihr nicht an mich glaubt.«

»Ich bin weder Priester noch studierter Pastor«, antwortete der Detektiv. »Aber eines habe auch ich verstanden: Man kann nicht zwei Herren dienen. Entweder man glaubt an Christus oder nicht. Und wenn man nicht an Christus glaubt, dann landet man aus christlicher Sicht in der Hölle. Das zu leugnen würde in der Tat den eigenen Glauben verraten.«

»Also stimmen Sie dem Opfer zu?« fragte Lena.

»Frau Hartmann, man kann das ewige Leben nur von Gott geschenkt bekommen«, mischte sich Erich ein. »Und keiner von uns weiß, wie Gott entscheiden wird, wenn wir dereinst vor dem Himmelstor stehen.«

»Aber es kann nicht schaden, der einen oder anderen Empfehlung aus den Evangelien zu folgen«, nuschelte Sina, die sich mit einem Zahnstocher die Zähne säuberte, während ihr Tablet auf ihrem Schoß lag.

»Natürlich«, nickte Erich. »Unser Glaube ist zweitausend Jahre alt. Unsere Kirchen sind ebenso alt und haben sich sogar einmal geteilt. Irgendetwas muss an dem Wort Gottes dran sein, dass es sich bis heute gehalten hat.«

»Die Frage ist: wie lange noch?« erwiderte Lena. »Die Kirchenaustritte nehmen nicht ab.«

»Deshalb ist das Evangelium aber noch lange nicht Stoff fürs Antiquariat«, lächelte Erich.

»Wie heißt es so schön bei Matthäus: ›*Aber viele, die die Ersten sind, werden die Letzten und die Letzten werden die Ersten sein.*‹« Sina sprach den Bibelvers mit Achtung aus. »Also wenn ihr mich fragt, kann man sich auch noch auf dem Totenbett für Gott entscheiden und alles wird gut. Ich denke, wenn der Materialismus die Seele nicht mehr beruhigt, wenn der Sinn des Lebens nicht mehr in Computerspielen gefunden werden kann, dann wird der Stern von Bethlehem neu erstrahlen, um den Menschen von neuem zum Evangelium zu geleiten.«

»Wow! Erichs Fürsorge trägt Früchte«, staunte Helga.

Sina schüttelte den Kopf. »Ist nicht von mir. Habe gerade Pastorin Rössels Computer gehackt.«

Ein Dankeschön …

… an alle, die mir bei diesem Buch geholfen haben. Im Besonderen möchte ich mich bei Pastor Stefan König bedanken. Darüber hinaus haben sich Marlis Klein, Prof. Dr. Jürgen Kühnel und Rebecca El Djabri um das Manuskript gekümmert. Anja Georg, Sabine Kitzinger und Ralph Rottler sorgten als konstruktive Kritiker für den nötigen Feinschliff der Geschichte.

Auch jenen, die hinter den Kulissen am Werk waren, um aus dem Manuskript ein Buch zu machen, gilt mein besonderer Dank.

In der Tristan-Irle-Reihe bereits erschienen:

Tristan Irle und der Rubensmord (1991)

Eigentlich sollen die Feierlichkeiten zum 350. Todestag von Peter Paul Rubens friedlich und ohne größeres Aufsehen in der Stadt Siegen gefeiert werden. Doch das ändert sich schlagartig, als man eine Leiche im Vorhof des Oberen Schlosses findet. Privatdetektiv Irle übernimmt den Fall und muss bald feststellen, dass mehr hinter dem Fall zu stecken scheint, als es vordergründig aussieht.

Tristan Irle – Eine Leiche auf der HTS (1992)

Friedlich bereiten sich die Bewohner des Siegerlandes auf das Weihnachtsfest vor. Doch plötzlich wird die festliche Ruhe gestört, als man eine Leiche im Schnee begraben findet. Tristan Irle übernimmt die Aufklärung des mysteriösen Mordes. Dabei verfängt er sich in einem Netz von Intrigen, Bestechungen und Lügen.

Tristan Irle – Mord Pur (1993)

KulturPur – seit Jahren ein Begriff für ein Fest der besonderen Art. Tristan Irle gönnt sich ein paar Tage Urlaub auf dem Giller und trifft dort Pensionsbesitzerin Helga Bottenberg. – Eine Frau, in die er sich verlieben könnte? Beschaulichkeit bestimmt den Tag, bis ein hinterhältiger Anschlag die Idylle zerstört.

Tristan Irle – Die Abseitsfalle (1994)

Die Damenmannschaft des SC Siegen hat es wieder geschafft. Sie steht im Endspiel um die deutsche Meisterschaft. Doch dann verunglückt auf mysteriöse Weise ein Mitglied des Vereins. War es Mord? Diese Frage soll Tristan Irle klären. Voller Tatendrang stürzt er sich ins Spiel. Doch das Spiel ist nicht fair, und er durchschaut die heimtückische Abseitsfalle.

Tristan Irle – Das sexte Gebot (1995)

Seit Tagen ziehen Regenschauer über das Siegerland. In dicke Regenjacken gehüllt, gehen die Menschen ihren Geschäften nach. Plötzlich erschüttert des Nachts eine fürchterliche Autoexplosion die Stadt. Es gibt einen Toten. Zur gleichen Zeit findet Tristan Irle ein Findelkind in der Marienkirche. Die Polizei steht vor einem Rätsel. Haben beide Ereignisse etwas miteinander zu tun?

Tristan Irle und das Rathauskomplott (1996)

Weihnachtsmarkt in Siegen. Es ist der Beginn der Adventszeit. Plötzlich erschüttert ein fürchterlicher Fund auf dem Weihnachtsmarkt die Gemüter. Schockiert schalten sich Staatsanwaltschaft und Polizei ein. Ihnen eine Nasenlänge voraus ist eine junge Journalistin. Sie vermutet Verbindungen zum Rathaus und bittet Detektiv Tristan Irle um Hilfe. Machenschaften allerorts und der kommunale Filz drohen schließlich die Ermittlungen fast zu ersticken.

Tristan Irle – Der Braumeister (1997)

Der junge Braumeister Roland Eichbaum hat die Idee seines Lebens. Er möchte Bier in Asien brauen. Die Verhandlungen sind in vollem Gange, als plötzlich ein Mord die Bierbrauer der Region erschüttert. Bis Tristan Irle durch die trübe Suppe von Verdächtigungen eine klare Spur findet, muss er so manches Glas Bier leeren, und nicht selten beginnt die Recherche mit einem lauten: Prost! Und da ist dann auch noch ein geheimnisvoller Chiffrierschlüssel, der Tristans Ermittlungen behindert.

Tristan Irle – Gegen den Strich (1998)

Die kleine Großstadt Siegen steht im Fokus der Weltöffentlichkeit. Im Medien- und Kulturzentrum laufen die letzten Vorbereitungen auf Hochtouren für eine ganz besondere Ausstellung, als ein Siegener Künstler zu Tode kommt. Tristan Irle beginnt seine Ermittlungen, was Künstlern und anderen Kreativen gegen den Strich geht. Dann muss Irle feststellen, dass die Kunstszene genauso schillernd ist wie eine Malpalette.

Tristan Irle – Tödliche Doktorspiele (1999)

Im Arzt-Gelöbnis steht: »Ich werde meinen Beruf mit Gewissenhaftigkeit und Würde ausüben. Die Erhaltung und Wiederherstellung der Gesundheit meiner Patienten soll oberstes Gebot meines Handelns sein.« Diesen Satz haben auch die Ärzte in einem Krankenhaus in Siegen gelobt. Doch eines Morgens findet man eine tote Patientin. Und wie sich herausstellt, wurde sie falsch behandelt. Chefarzt Dr. med. Killian steht plötzlich unter Mordverdacht, doch er behauptet, unschuldig zu sein. Privatdetektiv Tristan Irle wird eingeschaltet, um den mysteriösen Todesfall zu untersuchen. Ihm gegenüber eine Schar weißer Kittel, die alle etwas zu verbergen scheinen.

Tristan Irle – Siegener Maskerade (2000)

Schriftsteller Raffael Leich trifft sich im Geheimen mit dem persönlichen Referenten des Bürgermeisters. Ein mysteriöses Bild wechselt den Besitzer, dann fallen plötzlich Schüsse. Raffael kann fliehen. Tags darauf wird Privatdetektiv Tristan Irle eingeschaltet, um zu ermitteln. Zur gleichen Zeit bereitet der Anwalt Hallenberger eine Millionen-Spende für die Stadt Siegen vor, um mit dem Geld das Projekt Apollo-Theater zu finanzieren. Steht der Mord etwa mit dem Theaterprojekt in Verbindung? Welche Rolle spielen Schriftsteller Raffael Leich und der Bürgermeister? Und da ist da noch das geheimnisvolle Bild. Im Buch enthalten: ein ausklappbarer Abzug des mysteriösen Bildes.

Tristan Irle – Eisenhart (2001)

Die Stadtkasse – so ausgetrocknet wie ein afrikanisches Wadi – treibt Stadtkämmerer Goldmann den Schweiß auf die Stirn. Sein Chef, der Bürgermeister, eröffnet unterdessen ein neues Museum und weiß selbst nicht so recht, wie er die anstehenden finanziellen Probleme lösen soll. Tristan Irle, Privatdetektiv, ist an diesem Tag einer Einladung auf das Segelfluggelände nahe der Stadt gefolgt. Dort muss er einen schrecklichen Unfall mit ansehen. Der Detektiv beginnt zu ermitteln und dabei entpuppt sich die scheinbar eingeschworene Fliegergemeinschaft als lebensgefährliche Bedrohung für Tristan und seine Freunde.

Tristan Irle – Die Fürstenjagd (2002)

Es ist Jagdsaison im Wald des Fürsten zu Widerstein. Allerlei Prominenz aus dem Ausland trifft sich nahe Bad Berleburg in einem Forsthaus, um zusammen mit Fürst Siegfried dem Wild auf die Pelle zu rücken. Vom Jagdfieber gepackt, verteilen sich die Herrschaften im Wald. Schüsse fallen und plötzlich ertönen Jagdhörner. Wenig später wird die Jagd abgebrochen, denn im Wald liegt ein Toter. Tristan Irle, Privatdetektiv, als Treiber bei der Jagd dabei, übernimmt die Ermittlungen. Die stellen sich als äußerst schwierig heraus. Die Jagdgäste aus höchsten adeligen Kreisen schweigen, bis die Beweislast immer erdrückender wird.

Tristan Irle – Lokalzeit (2003)

Die Journalisten des regionalen Fernsehsenders sind ein eingespieltes Team. Erhöhter Stress gehört bei ihrem Job zum Alltag,

und da bringt es den verantwortlichen Fernsehredakteur nicht sonderlich aus der Ruhe, als ein Übertragungswagen für die aktuelle Stunde liegen bleibt. Doch als vor laufender Kamera jemand stirbt, da liegen plötzlich bei allen Beteiligten die Nerven blank. Noch ahnt keiner, dass dies der Auftakt zu einer unheimlichen Mordserie ist.
Tristan Irle, Privatdetektiv, übernimmt die Ermittlungen. Und die führen ihn überraschend zu einem großen schwedischen Möbelhaus, dessen Ansiedlung zum Interessenkonflikt mächtiger Parteien geführt hat. Schließlich drängt sich dem Detektiv die Frage auf: Hat das Rathaus etwas mit dem Mord zu schaffen?

Tristan Irle – Baum fällt! (2004)

Die heimische Politprominenz ist hocherfreut. Der brasilianische Botschafter besucht anlässlich einer Fürst-Johann-Moritz-Ausstellung die Region. Eine gute Gelegenheit die Gäste aus Übersee in den Wald einzuladen, um uralte Haubergstradition zu vermitteln. Der Botschafter ist begeistert. Weniger enthusiastisch zeigen sich die Kuratoriumsmitglieder der Ausstellung sowie die verantwortlichen Historiker, allen voran die Rektorin der Universität. Und dann endet der Ausflug für einen Gast auf mysteriöse Weise tödlich.
Tristan Irle, Privatdetektiv, beginnt zu ermitteln. Bald stellt er fest, dass die feine Gesellschaft der Ausstellungsmacher ihre eigenen dubiosen Ziele verfolgt. Und schließlich gerät der Privatdetektiv ins Schussfeld, denn im Hintergrund agiert noch der Geheimdienst …

Tristan Irle – Die zitternden Tenöre (2005)

Der Männergesangverein *„Pro Patria“* steht vor einer großen Herausforderung. Zusammen mit dem engagierten Chorleiter Gottfried Kunze möchten die Mitglieder nach 100-jährigem Bestehen endlich den Status „Meisterchor“ erlangen. Sie proben, bis ihre Stimmbänder zittern, doch dann geschieht während der Probenpause ein Mord. Chorleiter und Erster Vorsitzender sind sich einig, dass dieses hinterhältige Attentat nur einer aufklären kann. Sie engagieren den Privatdetektiv Tristan Irle.
Die Tenöre verfolgen misstrauisch Tristans Ermittlungen. Je mehr der Detektiv in ein klebriges Geflecht aus Intrigen dringt, desto gefährlicher wird es für ihn. Und dann stellt sich plötzlich heraus, dass das Opfer einen berühmten Verwandten hat.

Tristan Irle – Der Killersteig (2006)

An einem herrlichen Spätsommertag trifft sich eine Gruppe Polizisten, um zusammen mit Staatsanwalt und Landrat über einen Teil des berühmten „Rothaarsteigs“ zu wandern. Mit Rucksack und Wanderschuhen ausgerüstet beginnt die Wanderung im Süden des Kreisgebietes Siegen-Wittgenstein. Doch schon bei der ersten Übernachtung kommt es zu einem tragischen Zwischenfall.

Tristan Irle, Privatdetektiv, erhält kurz darauf einen geheimnisvollen Anruf, der ihn dazu bewegt, sich der Gruppe am nächsten Tag anzuschließen. Schon bald muss er feststellen, dass nicht alle in der Gruppe so freundlich sind, wie sie vordergründig vorgeben. Als es erneut zu einem Zwischenfall kommt, ahnt der Detektiv, dass ein Mörder unter ihnen weilt.

Tristan Irle – Locht ein! (2007)

Große Aufregung unter den Golfern im Kreisgebiet. Am Vorabend der Clubmeisterschaft findet man einen Toten auf dem Golfplatz und das mitten im Wasserhindernis. Keiner kann sich so richtig erklären, wie dieser scheinbare Unfall vonstatten ging, und zum Erstaunen von Privatdetektiv Tristan Irle hält sich die Trauer um das verstorbene Clubmitglied in Grenzen.

Als der Detektiv die Ermittlungen übernimmt, kommen Hinweise zutage, die auf Mord deuten. Tristan Irle beginnt Fragen zu stellen, die erheblich mehr Aufregung erzeugen als der Start der Clubmeisterschaft. Besonders der Clubpräsident und der Spielführer fühlen sich belästigt, dann findet Irle die Tatwaffe …

Tristan Irle hat Lampenfieber (2008)

Intendant Wolferl Wanderschmied hat sich für den Saisonbeginn etwas Großes ausgedacht. Eine prächtig inszenierte, romantische Komödie mit jungen Schauspieltalenten und alten Hasen soll das Publikum zum Lachen verführen. Dummerweise überlebt einer der jungen Schauspieler die Generalprobe nicht, was eine Kette von Ereignissen auslöst, die sich Intendant Wolferl so nicht für seine Inszenierung vorgestellt hat. Zum Glück gehört Privatdetektiv Tristan Irle zur Schauspieltruppe. Er übernimmt die Ermittlungen. Jetzt zeigt Tristan sein wahres Talent und stöbert Intrigen auf, was ihn ins Rampenlicht führt. Doch auf den Brettern, die die Welt bedeuten, ist manches nicht so, wie es scheint, und Tristan weiß, der Mörder beobachtet die Szene ganz genau.

Tristan Irle und der Grabräuber (2009)

Ein mitternächtlicher Anruf lockt Tristan Irle, Privatdetektiv, auf den städtischen Friedhof. Etwas Ungeheuerliches ist dort geschehen – Grabschändung und Mord. Das Opfer, der Grabschänder selbst. Eine verwirrende Situation, die nicht klarer wird, als sich herausstellt, dass im geschändeten Grab ein Freimaurer liegt.
Dann klopft Lena Lamberti, eine junge Historikerin, an Tristans Haustür und behauptet Unglaubliches. Sie hat Hinweise gefunden, die zu einem geheimnisvollen Artefakt führen, das im Kreisgebiet versteckt sein soll. Zusammen gehen sie einer Spur nach, die weit in die Zeit zurückreicht, immer auf der Hut vor einem Mörder, der ihnen im Nacken sitzt.

Tristan Irle – Wo ist Marlowe? (2010)

Der NRW-Tag steht in Siegen kurz bevor. In der ganzen Stadt ist man damit beschäftigt, die nötigen Stände und Buden aufzubauen, da findet man im Oberen Schloss eine Leiche. Wenig später wird Privatdetektiv Tristan Irle zum Tatort gerufen und ein Unbekannter, der sich van Veen nennt, droht mit einem Bombenanschlag.
Das Innenministerium sowie die örtliche Polizei ist auf das Äußerste alarmiert, doch das Fest absagen will keiner.
Tristan Irle begibt sich zusammen mit ein paar Freunden auf die Suche nach dem Täter. Die Offiziellen sehen jedoch al-Qaida am Werk und ziehen ihre Kräfte zusammen. Zu allem Überfluss ist Marlowe, Tristans Kakadu, verschwunden.

Tristan Irle – Der Bienenstich (2011)

Die Eisenstraße, eine tausend Jahre alte Straße im Kreisgebiet, ist in einem desaströsen Zustand. Die Bürger des kleinen Ortes Lützel wollen die kilometerlangen Risse in der Asphaltdecke und die tiefen Schlaglöcher nicht mehr hinnehmen. Sie beschließen, etwas zu unternehmen, allen voran Paul Nöll, Ortsvorsteher und leidenschaftlicher Imker.
Zur selben Zeit genießt Privatdetektiv Tristan Irle ein paar ruhige Tage in der Pension seiner Freundin unweit des Dorfes auf dem Giller. Doch mit der Ruhe ist es schlagartig vorbei, als ein mysteriöser Todesfall die kleine Dorfgemeinde erschüttert. Politiker und Dorfbewohner sehen die publicityträchtige Aktion plötzlich gefährdet. Keine guten Voraussetzungen für die anlaufende Ermittlung, die sich wie Honig dahinzieht. Und da gibt es noch Bienen, die stechen.

Tristan Irle serviert kalte Platte (2012)

Der Abriss der sogenannten Siegplatte steht kurz bevor. Siegens Bürgermeister und andere Honoratioren versammeln sich auf der Platte, um den Abriss feierlich freizugeben. Ein mächtiger Hydraulikmeißel beginnt seine Arbeit, doch kaum hat der Meißel die ersten Betonstücke abgeschlagen, da stockt plötzlich die Arbeit.
Zwischen einem Querträger der Betondecke entdecken Arbeiter eine Leiche. Wie kam sie in vier Meter Höhe? Wie starb sie? Wurde sie ermordet?
Fragen, die Privatdetektiv Tristan Irle mit Hilfe einer forensischen Pathologin beantworten soll. Bei seinen Ermittlungen findet der Detektiv Hinweise, die ihn zu einem Geldverleiher und Geschäftsleuten führen. Das macht die Verdächtigen nervös und einer schreckt vor weiteren Gewalttaten nicht zurück.

Tristan Irle – Die letzte Filmklappe (2013)

Ein Fernsehkrimi wird in Siegen gedreht. Das mehrköpfige Filmteam hat vor den Burgmauern des Oberen Schlosses sein Lager aufgeschlagen. Zwei der beliebtesten TV-Kommissare des Landes ermitteln im Innenhof des Schlosses, als es am Set einen fürchterlichen Unfall gibt.
Zur selben Zeit findet Privatdetektiv Tristan Irle eine mysteriöse Botschaft auf seiner Türschwelle in Siegens Altstadt. Stehen Unfall und Botschaft in einem Zusammenhang?
Der Detektiv beginnt zu ermitteln, während ein arktischer Schneesturm die Rubensstadt fest im Griff hat. Schon bald stellt Tristan Irle fest, dass er es mit einem Serienkiller zu tun hat, der vor nichts zurückschreckt.

Tristan Irle trifft den Wisent (2014)

Tristan Irle besucht mit seiner Nichte Sara das Wisentgehege nahe Wingeshausen. Sara arbeitet an einem Schulprojekt, das sich mit den riesigen Landtieren befasst. Sie stürzt sich mit der Energie einer überzeugten Teenagerin begeistert auf alles, was mit den Wisenten zu tun hat.
Im Gehege angekommen, müssen die beiden erleben, wie einer der Ranger tot aufgefunden wird. Zum Entsetzen aller wird die Leitkuh *Gutelaune** verdächtigt, den Ranger aufgespießt zu haben.
Eine Katastrophe nicht nur für Sara, nein, auch für den Zweiten Vorsitzenden des Trägervereins Otto Otterbach. Der Ex-

Landrat kämpft noch mit den Auswirkungen seines Amtsverlustes, da droht plötzlich eines der renommiertesten Naturschutzprojekte zu scheitern.
Nur wenn geklärt werden kann, dass *Gutelaune* nichts mit dem Tod des Rangers zu tun hat, kann die Reputation des Projektes wiederhergestellt werden.
Und es gibt nur einen, der sich gegen zornige Waldbauern, schießwütige Jäger, konkurrierende Ranger und gegen die Wildnis im Rothaargebirge behaupten kann: Detektiv Tristan Irle.
* *Gutelaune* (w), geboren: 8. 4. 2000, Herkunft:
Sielmanns Naturlandschaften Döberitzer Heide.

Tristan Irle – Sturmwind (2015)

Die Energiewende zeigt ihr Gesicht am Horizont des Rothaargebirges. Windmühlen, so hoch wie der Kölner Dom, ragen über die Baumwipfel. Nicht jedem gefällt das. Umweltaktivisten und Windkraftbefürworter tragen einen hitzigen Kampf aus. Dann, eines Morgens, findet man eine Leiche, aufgehängt am Mikado-Brunnen vor dem Rathaus in Siegen. War das eine Botschaft?
Unter den Augen des neuen Landrats bildet die Polizei eine Mordkommission. Privatdetektiv Tristan Irle beginnt ebenfalls zu ermitteln. Die Spuren führen zu Windmühlen und Naturschützern, und jeder scheint etwas verbergen zu wollen. Als es zu weiteren tödlichen Zwischenfällen kommt, stellt sich die Frage: Kann man den aufziehenden Sturm noch verhindern?

Tristan Irle – Der Missionsbefehl (2016)

Die „Riewekooche Gäng" hat einen Missionsbefehl: Aufstieg in die 1. Paintball-Bundesliga. Dafür sind die Studenten der Universität Siegen zu allem bereit. Der persönliche Assistent des Landrates hat ebenfalls eine Mission: Möglichst billig ein neues Flüchtlingsheim bauen zu lassen. Dazu muss er zwei konkurrierende Fertighaushersteller in ein Boot bringen. Doch beide Missionen drohen zu scheitern, als der Captain der „Riewekooche Gäng" ermordet wird, der unglücklicherweise der Sohn einer der Fertighaushersteller ist.
Privatdetektiv Tristan Irle beginnt zu ermitteln. Er stellt schmerzlich fest, dass Neid und Konkurrenzkampf zerstörerische Züge annehmen können, ausgerechnet dann, wenn Gutes getan werden soll.

Als Hörbücher in der Tristan-Irle-Reihe erschienen:

Tristan Irle serviert kalte Platte (2012)

Autor Ralf Strackbein liest – 350 min. Laufzeit
Vollständige Ausgabe · ISBN: 978-3-935378-34-5

Tristan Irle – Die letzte Filmklappe (2013)

Radio Siegen liest – 350 min. Laufzeit
Vollständige Ausgabe · ISBN: 978-3-935378-36-9

In der Raphael-Olofsson-Reihe bereits erschienen:

Der Billy-Code – Mord im schwedischen Möbelhaus (2008)

ISBN: 978-3-935378-19-2

Wolkenmord – 12.000 Meter über Afrika (2012)

ISBN: 978-3-935378-32-1

Das Aschebuch (2014)

ISBN: 978-3-935378-37-6

Die ägyptische Totenbarke (2017)

ISBN: 978-3-935378-41-3

Nicht jeder der genannten Titel ist immer lieferbar. Vergriffene Titel werden in einem bestimmten Rhythmus wieder aufgelegt. Fragen Sie bitte im Einzelfall bei Ihrem Buchhändler nach, welche Titel lieferbar sind.